Marianne Zückler

Der Blanke Hans und seine Frauen

Roman

Husum

Umschlaggestaltung unter Verwendung eines Fotos von Günter Pump

Bibliografische Information der Deutschen Nationalbibliothek

Die Deutsche Nationalbibliothek verzeichnet diese Publikation in der Deutschen Nationalbibliografie; detaillierte bibliografische Daten sind im Internet über http://dnb.dnb.de abrufbar.

Die Recherche zu diesem Buch wurde durch die Kulturstiftung Schleswig-Holstein gefördert.

Lektorat: Dr. Gregor Ohlerich, Obst & Ohlerich, Berlin

Gesamtherstellung: Husum Druck- und Verlagsgesellschaft
Postfach 1480, D-25804 Husum – www.verlagsgruppe.de
ISBN 978-3-89876-762-0

Die Geschichte „Der Blanke Hans und seine Frauen", ihre Handlungsorte und alle auftretenden Personen sind frei erfunden.

Prolog

Im Juli kam meine Redakteurin mit leuchtendem Blick aus dem Urlaub.

„Das ist es."

Sie legte ein paar Fotos auf den Tisch. Naturaufnahmen. Urlaubsfotos.

Das Übliche: Meer, gigantische Sonnenauf- und -untergänge. Vogelschwärme, grüne Wiesen, dösige Schafe, Gänse mit Plattfüßen.

„Dieser Horizont! Diese Weite! Diese Wolkenschiffe, dieses Licht! Hör mal!"

Aus ihrem Aufnahmegerät kreischten Vogelstimmen.

„Sind das Klänge? Seelenklänge … "

Langsam begann ich mir Sorgen zu machen. Andrea ist nicht nur meine Redakteurin, sondern fast so etwas wie eine Freundin. Wir kennen uns schon ziemlich lange. Entweder hatte sie sich mal wieder unsterblich verliebt, oder –?

„Also, ich habe da oben jemanden kennengelernt."

Aha, alles klar.

„Er lebt auf einer Hallig mit knapp hundertsechzig Einwohnern und ist der Bürgermeister."

Der Bürgermeister? – „Darüber will ich etwas haben. Und du bist genau die Richtige."

Andreas Ton war wieder nüchterne Chefin.

„Ich will etwas haben über die Frauen auf der Hallig."

Warum nicht, dachte ich, das wird ein kleiner Extraurlaub, die Reportage mache ich mit links.

Drei Monate sollten vergehen, bis ich das Projekt eintakten konnte. An einem schon kühlen Oktobertag erreichte ich in Schlüttsiel in letzter Minute die Fähre. Ich war der einzige Fahrgast. Als ich in der abendlichen Dämmerung das Schiff bestieg, plante ich drei Tage für die Reportage über die Halligfrauen ein, plus ein paar Tage Urlaub.

Ich ahnte nicht, dass ich dabei war, mich auf eine Lebensreise zu begeben.

1. Kapitel

14. Oktober

Mein erster Tag auf der Hallig beginnt mit einem Anruf des Bürgermeisters. Hans B., ein redefreudiger Mensch. Er entschuldigt sich mehrfach dafür, mich gestern Nacht nicht wie versprochen vom Anleger abgeholt zu haben. Ein Rohrbruch. Es gäbe keinen Notdienst, wie in der Stadt. Na klar, denke ich, und es gibt auch keine Taxis, wie in der Stadt.

Als ich gestern Nacht auf dem in tiefster Schwärze liegenden Pier stand und auf ihn wartete, spürte ich Unruhe in mir aufsteigen. Zum Glück schälte sich bald eine bullige Gestalt aus der Dunkelheit, die sich mit einem unverständlichen Gemurmel vorstellte und mich nach einer wortkargen Fahrt an meiner Unterkunft absetzte. Der Schlüssel passte, ich sank ins Bett.

Und ob ich schon wüsste, mit wem ich sprechen wolle? Es sei nicht so leicht, an die Leute heranzukommen. Friesenschädel eben.

Davon hatte ich bereits eine Kostprobe bekommen. Aber Frauen, sagte ich mir, sind in der Regel mitteilungsfreudiger als Männer. Diese Erfahrung stimmte mich optimistisch.

Man duze sich auf der Hallig, erklärt der Bürgermeister, also Hans. Ich stelle mich als Nina vor und rieche, dass meine Bratkartoffeln Farbe annehmen. Das Duzen mache alles einfacher. Und wie unsere Sendung so ankomme? Reichweite und so weiter?

Ich bin jetzt in Eile, wegen der Bratkartoffeln, und verspreche ihm, mich zu melden, wenn ich seine Unterstützung brauche.

Meine Regel Nummer eins bei allen neuen Projekten: erst etwas Ordentliches essen, dabei planen, Stichpunkte machen, To-do-Liste anlegen.

Endlich sitze ich am Tisch, schaue aus dem Fenster in die endlose Wattlandschaft und spieße Bratkartoffeln und Sülze auf. Feinste Halligsülze, bestimmt sündhaft teuer, eben Halligpreise, und sündhaft gut. Draußen kreisen Wattvögel über dem Meer. Ihre Stimmen kommen näher, entfernen sich. Es sieht aus, als trage der Wind sie davon, um sie dann wieder zurück in den feuchten Sand sinken zu lassen. Ich schaue dem Wind bei der Arbeit zu und picke meine Bratkartoffeln. Mir wird ganz wunderlich vor Glück. Die Stille um mich erscheint vollkommen und ich nehme kaum wahr, dass mein Blick sich wie magnetisch angezogen auf den Horizont ausrichtet. Auf den Horizont, der wie eine lange, geduldige Linie am Ende der Welt liegt, sehr fern und ganz nah bei mir.

15. Oktober

Erster Rundgang, den Deich entlang, um die Hallig herum. Kaum Wind. Strahlende Sonne. Dieser Blick bis zum Horizont, einfach fantastisch. Der Deich prima in Schuss. Keine kläffenden Hunde, keine Touristen. Das Wattenmeer endlos. Grandios! Austernfischer und Strandläufer staksen im Watt neben mir her. Über mir die Endlosigkeit des rosa-violetten Himmels. Ich hätte meine Gummistiefel mitnehmen sollen. Aber – für die paar Tage? Wer weiß, ob das Wetter überhaupt stabil bleibt. Lilly könnte es hier gefallen, im Sommer. Muss ja nicht immer Ausland sein. Wir mieten eine Ferienwohnung, lesen, sind am Meer. Finden im Watt alte Tonscherben, Zeugen der ersten Halligbewohner. Den Ort Rungholt, im 14. Jahrhundert untergegangen in einer apokalyptischen Sturmflut des Blanken Hans, soll es tatsächlich gegeben haben. Wir lassen uns einfach treiben und gehen im Watt auf Spurensuche.

Auf der Nachbarwarft lockt das Café „Küstenschwalbe“, ein altes, reetgedecktes Hallighaus. Ich habe

Glück, es ist geöffnet. Die Wirtin, Ende dreißig, mit wallendem Haar, eine weiße Schürze um die schmale Taille gebunden, blickt kurz auf, als sie mich sieht. Sie habe eigentlich geschlossen, aber ich könne reinkommen. Sie weist mit einer Kopfbewegung zu einem Tisch, an dem ein einziger Platz eingedeckt ist. Zum Schnacken habe sie keine Zeit, sie müsse die Zimmer für ihre Gäste fertigmachen.

Wusste sie, dass ich komme? Hat sie immer einen Tisch eingedeckt? Hat sie jemand anderes erwartet? Ich sitze verwundert allein in ihrer Stube, umgeben von Fotografien aus der alten Halligwelt. Ein Foto zeigt zwei Frauen in langen, schwarzen Kleidern, die eine klein und schmächtig, die andere groß und knorrig. Sie stehen nebeneinander wie aufgereiht, beide halten Heugabeln in der Hand. Sie scheinen durch die Kamera hindurchzuschauen. Ob sie sich gesträubt haben, sich fotografieren zu lassen? Haben ihre Familien das Foto in Auftrag gegeben? Waren sie verwitwet, unverheiratet? Mägde? Ich hoffe, dass die Wirtin mir etwas über die beiden erzählen kann, und widme mich meinem Himbeerkuchen. Backen kann sie großartig! Ob sie hier geboren ist? Ich werde auf dem Rückweg noch einmal vorbeischauen und sie um ein Gespräch bitten. Bevor ich gehe, zücke ich mein Handy, um ein Foto von den beiden Erntearbeiterinnen zu machen. Ich suche die ganze Wand ab und kann die beiden nicht mehr finden. Meine Augen gleiten von links nach rechts, von oben nach unten – die beiden bleiben verschwunden.

16. Oktober

Heute auf der Schlernwarft: Elf Häuser stehen auf dem künstlich aufgeschütteten Hügel. Alle Warften kommen mir irgendwie grundverschieden vor, obwohl eine der anderen gleicht. Dem muss ich später nachgehen.

Auf der Schlernwarft besuche ich, vermittelt durch das Büro des Bürgermeisters, Greta. Hans B. möchte unbedingt, dass ich mit Greta spreche. Sie ist eine Ureinwohnerin, Anfang achtzig, rüstig und stämmig, mit einem flotten Bob-Haarschnitt. In Jeans und selbst gestricktem Wollpulver steht sie vor ihrem Haus und wartet auf mich.

Zunächst will sie mich nicht hereinlassen. Sie ist schon aufgebracht, bevor ich mich vorgestellt habe. Das ganze Gedöns immer um die Halligmenschen verstehe sie eigentlich nicht. Und jetzt auch noch die Halligfrauen!

Skeptisch hört sie mir zu – und lässt sich dann doch überzeugen, mit mir zu sprechen.

Sie führt mich in ihr kleines Wohnzimmer. Ich darf auf ihrem violettrosa Sofa Platz nehmen, dessen Farbe mich an den Hallighimmel vom Vormittag erinnert. Wie auf einer Wolke sitze ich ihr gegenüber, auf dem Couchtisch zwei Tassen und eine Schale mit Keksen. Auf einer Kommode stehen Bilder von ihren Kindern und Enkelkindern. Das Fenster daneben gibt den Blick frei auf die grünen Fennen vor der Warft und den Halligthafen in der Ferne. „Möchtest du Kaffeesahne oder schwarz?" In der Tat, man duzt sich. Ich gebe mir einen Ruck und duze zurück. Bei einem so großen Altersunterschied fällt mir das ohne Anlauf schwer.

Mein Mikrofon solle ich wegstecken, das käme nicht in Frage. Irritiert packe ich es wieder weg. Sie beobachtet mich dabei und setzt sich in ihren violettrosa Polstersessel. In unserem Gespräch ist sie der Kapitän, ich bin der Leichtmatrose. Sie hält das Steuer fest in der Hand, und ich halte mich an der Reling fest.

Unter vollen Segeln geht es durch die Jahrzehnte. Ja, sie sei auf der Hallig geboren und habe als Kind den Krieg und die Bomber erlebt. Heute noch würde sie manchmal davon träumen. „Wir konnten uns nirgends verstecken, wenn Tiefflieger kamen, hier ist ja alles platt."

Und auch nach dem Krieg habe es an allem gefehlt. Früh habe sie mitarbeiten müssen als Kind. Kuhdung klopfen zum Beispiel, damit es für den Winter genug Brennmaterial gab. „In Unterhosen und mit nackten Füßen stampften wir auf dem Kuhdung herum."

Greta lacht und stampft mit den Füßen auf den Teppichboden. Man sei natürlich auch ausgerutscht und stank nach Kuhschiet! Das sei normal gewesen. „Jeder Bauer hat das hier so gemacht. Und jeder half jedem."

Sie erzählt von einer Kindheit, die schön war, trotz aller Entbehrungen, trotz bitterer Armut. Die Kinder von heute dagegen – sie verschränkt ihre Arme vor der Brust. Nur Computer spielen und träge im Zimmer herumsitzen. Doch nicht die Kinder seien schuld, sondern die Zeit und ihre schwachen Eltern.

Die alte Halligwelt könne sich heute niemand mehr vorstellen. „Und wen interessiert das noch? Die Politiker? Die jungen Menschen, die hierherkommen und gar nicht wissen, was das ist, ein Leben auf der Hallig?" Früher habe man, wenn man mit dem Pullover im Zaun hängen blieb, jeden Wollfaden der Mutter nach Hause bringen müssen, sonst habe es was mit dem Stock gegeben. Heute würde man das Nachhaltigkeit nennen. „Auch so ein dämliches Modewort."

Plötzlich schlägt ihre Stimmung um und sie verschließt sich wie ein Krebs in seinem Schutzpanzer.

Mehr gäbe es nicht über sie zu sagen. Ihre beiden Brüder seien im Krieg gefallen, sie habe als älteste Tochter den Hof übernommen und später mit der Zimmervermietung begonnen. „Meine vier Kinder habe ich nebenbei großgezogen, und aus allen ist etwas geworden", fügt sie nicht ohne Stolz hinzu. Nein, ihr Mann komme nicht von der Hallig. Und ich könne ruhig schreiben: „Der Krieg hat die Männer kaputt gemacht und ihre Frauen mussten es ein Leben lang richten."

Nach der Gefangenschaft sei ihr Mann nicht mehr der gewesen, den sie vor dem Krieg auf Föhr kennengelernt habe. Greta schweigt und schaut mich an. Härte und Trauer liegen in ihrem Blick.

Im Krieg ist die Hallig von schwerwiegenden Zerstörungen verschont geblieben. Die großen Sturmfluten mit ihren schrecklichen Verwüstungen seien weitaus schlimmer für die Halligbewohner gewesen. „Ich wollte trotzdem nie auf dem Festland leben."

Heute lebt ihre ganze Familie drüben. Auf der Hallig gäbe es für die Kinder und Enkel keine Zukunft mehr. „Ich komme gut alleine zurecht. Das bleibt auch so." Stolz reckt sie sich auf und schaut aus dem Fenster in die untergehende Sonne. „Und wenn es so weit ist, komme ich als Radieschen auf unserem Friedhof wieder raus." Sie habe schon alles mit dem neuen Pastor abgesprochen. Der sei zwar zu weich, gebe sich aber Mühe.

Ich bin entlassen und stehe schon auf, da erwähnt sie, dass sie viele Jahre im Gemeinderat gewesen ist. Als eine der ersten Frauen. Und sie hat dort auch einiges für die Frauen bewirkt. Den ersten Hallig-Kindergarten hat sie durchgeboxt, gegen einigen Widerstand.

Forschend schaut sie mich an. „Jetzt ist Schluss mit Erzählstunde."

Ihr Mittagessen steht auf dem Herd und sie hat noch viel zu tun.

Mit einem kräftigen Ruck steht Greta auf. Ich streife hastig meine Regenjacke über. Sie wartet bereits an der Eingangstür auf mich, die schwere, abgearbeitete Hand auf der Klinke. Ich bedanke mich für das Gespräch, und sie schenkt mir ein schmales Lächeln aus Vorbehalt und Wärme.

Irritiert stehe ich wieder im Innenhof der Schlernwarft. Die vielen bunten Gartenzwerge erinnern an eine Laubenpieperkolonie. Ratlos taste ich nach dem Mikrofon in meiner Jackentasche. Vor meinem inneren

Auge sehe ich sie auf ihrem Wolkensessel sitzen – die Herrscherin der Schlernwarft.

17. Oktober

Am Abend. Erste Begegnung mit dem Nachbarn.

Meine Heizung ist ausgefallen. Niemanden auf der Hallig wundert das. Alle kennen meine Heizung, so scheint es. Mein Nachbar Bernd, Jahrgang 1965, blond, sommersprossig, leichter Bauchansatz, leiht mir seinen alten Heizlüfter. Er kommt im Jogginganzug, hat einen festen Händedruck und ist recht wortkarg. Meine langjährig erprobte und ausgefeilte Fragetechnik perlt an ihm ab. Ich erfahre aber, dass sich seine Exfrau vor vielen Jahren in die Hallig verliebt hat. Er ist dann mitgegangen und – geblieben. Wenn ich noch etwas bräuchte, solle ich mich melden. Bei Sturm gäbe es kaum Internet, ich könne sein WLAN mitnutzen.

Prima. Das ist Nachbarschaft! Ich schalte den Heizlüfter an und richte das Gebläse so aus, dass die warme Luft meine kalten Füße wärmt.

18. Oktober

Das Wetter ist umgeschlagen. Es regnet und stürmt. Windstärke 8. Das Internet funktioniert nicht, jetzt auch kein Telefon mehr.

Zum Glück geht die Heizung wieder.

Ich fühle mich schlapp. Das muss am Wetter liegen. Ich plane, den Tag zu nutzen, indem ich meine Hallig-Lektüre durcharbeite. Charlotte, die rechte Hand des Bürgermeisters, hat mich großzügig damit eingedeckt. Sie ist wirklich sympathisch, auch ihr Mann Ernst. Ein Halligmann wie aus dem Bilderbuch. Landwirt. Ruhige Ausstrahlung, liebenswürdiges Lächeln, er spricht leise und bedacht. Ein Fels in der Brandung. Beide haben mich für heute auf ihren Hof auf der Mooswarft zum Kaffee eingeladen. Aber bei dem Schietwetter? Charlotte kommt ursprünglich aus Hamburg. Sie hat in Berlin studiert, zeitgleich mit mir. Theoretisch hätten wir uns in den 1980er-Jahren kennenlernen können. Anglistik, Germanistik und Ethnologie. Sie hat ihre Universitätslaufbahn abgebrochen für ein Leben als Mutter und Ehefrau auf der Hallig. Und das in der Hochphase der Frauenbewegung. Wären wir uns damals begegnet, hätte ich einen großen Bogen um sie gemacht. Mutterglück! Kleinfamilienglück! Ob sie ihren Schritt bereut hat? Dörfliches Halligflair am Busen der Natur statt Karriere, kulturelle Vielfalt und Großstadtleben?

19. Oktober

Sonntag. Die Halligbewohner schlafen noch. Das Wetter ist wieder umgeschlagen. Wahnsinn! Wo eben noch graue Nebelsuppe schwappte, leuchtet jetzt ein irrer Regenbogen. Windstille, knapp 20 Grad. Kein Mensch ist unterwegs. Ich starte zu meinem großen Deichrundgang. Unvermittelt taucht neben mir eine Robbe aus den Fluten auf. Eine echte Robbe mit tellergroßen dunklen Augen und einem aparten Schnurrbart. Während der zwei Stunden, die ich auf dem Deich unterwegs bin, taucht sie immer wieder auf. Als wollten wir uns gegenseitig davon überzeugen, dass wir noch auf Kurs sind – ich auf der Hallig, sie im Meer.

Meine nächste Gesprächspartnerin hat es sich kurzfristig anders überlegt und abgesagt. Charlotte sagt, sie verstünde es auch nicht, ich müsse eben Geduld haben. Gerade die älteren Halligbewohnerinnen seien es nicht gewohnt, über sich zu reden. Man brauche Zeit, um ihr Vertrauen zu gewinnen. Die hat Nerven! Erst ein richtiges Interview, sonst nur Vorgespräche, Geplänkel und Ausflüchte.

Eine Woche ist morgen vorbei, geplant hatte ich drei Tage plus Kurzurlaub. Aber der Termin mit Hannelore, einer älteren Gastwirtin, steht. Vorsorglich schalte ich mein Handy ab, dann kann sie mir nicht absagen.

Auf dem Rückweg zu meiner Warft beginnt es zu regnen. Unter dem Vordach eines Duschhäuschens am Deich finde ich in letzter Minute Schutz vor den niederprasselnden Hagelkörnern. Der Himmel zieht sich rabenschwarz zu. Während ich in die sich auftürmenden Wellen und weiß schäumende Gischt blicke, taucht die Robbe wieder auf. Mit ihren tief dunklen, glänzenden Augen sieht sie mich unverwandt an. Ich denke an die Sagen, die ich zur Vorbereitung gelesen habe. In Robben hat man auch die Inkarnation von den Frauen gesehen, die der Hexenverfolgung zum Opfer gefallen sind. Hexen, so erzählen es die Sagen, haben ihr Unwesen im Meer getrieben und waren verantwortlich für schwere Unwetter. In Seehunde verwandelt, foppten sie Fischer und Schiffer. Bevor sie ihre Schiffe untergehen ließen, tauchten die Tiere ein letztes Mal vor ihnen auf und gaben sich als Hexen zu erkennen.

Argwöhnisch lasse ich meinen Blick übers Wasser schweifen. Die Robbe ist verschwunden. Taucht sie gleich wieder neben mir auf? Kündigt sie meinen Schiffbruch an, bei dem Versuch, das Leben der Halligfrauen in ein Radiofeature zu gießen? Oder will sie mich an alle meine Schiffbrüche erinnern, die ich erlitten habe, vergessen möchte? Die ich versenkt habe, ganz tief, auf dem Meeresboden.

HANNELORE

„Als Kind habe ich mir geschworen, vor nichts Angst zu haben.
Ich bin mit den Sturmfluten groß geworden und sie haben mich auch stark gemacht.“

Auf der Auenwarft

16 Uhr. Hannelore erwartet mich. Sie begrüßt mich zurückhaltend mit einem knappen, freundlichen „Moin" und führt mich in eine behagliche kleine Gaststube, in der die Familienfeiern stattfinden. Kurz bleibt sie am Fenster stehen und begutachtet kritisch die Regenwolken am Himmel.

In der Ecke steht ein gusseiserner schwarzer Ofen, daneben ein alter Schaukelstuhl. Die Wände sind mit Delfter Keramikfliesen verkleidet, darauf die klassischen blau-weißen Mühlen-, Schiff- und Leuchtturmmotive. Daneben hängen Schwarzweißfotografien an den Wänden. Sie zeigen die alte Halligwelt und ihre Menschen. In der Mitte des Raumes steht ein langer aufgearbeiteter Bauerntisch mit zwölf friesischen Bauernstühlen. Auf dem Tisch zwei blaue Teebecher, eine Thermoskanne und ein in Leder gebundenes Fotoalbum.

Hannelore schenkt uns friesischen Tee ein, den ich nicht mag, aus Höflichkeit aber nicht ablehne. Sie setzt sich mir gegenüber und beginnt ruhig zu sprechen.

Ich bin 1943 bei Fliegeralarm auf der Wolkensteinwarft geboren. Die Hebamme konnte nicht kommen, sie lebte auf der Farneswarft, also musste es so gehen. Später hat meine Mutter mir erzählt, wie sie unter dem Dröhnen der Bomber bei meiner Geburt geschrien hat. Aber alles ist gut ausgegangen.

Hannelore sieht mit ihren einundsiebzig Jahren sehr attraktiv aus. Eine grazile Frau mit straffem Körper, aufrechter Haltung, funkelndem Blick.

Eigentlich sollte ich Rosa heißen, aber weil das ein jüdischer Name ist, riet der Bürgermeister meinem Vater davon ab. Meine Eltern haben lange über meinen Namen gestritten. Jeder wollte, dass der Name der eigenen Mutter vorne ansteht. Vater hat sich schließlich durchgesetzt.

Hannelore schlägt das lederne Fotoalbum auf. Während sie umblättert, beobachte ich ihre ruhigen Bewegungen. Beim Betrachten eines Bildes hält sie inne.

Das sind meine Eltern, meine drei Brüder und das bin ich! Nach meiner Taufe.

Unter der kleinen Schwarzweißfotografie steht: „Hannelores Taufe, Juni 1943". Vor der kleinen Halligkirche steht die sechsköpfige Familie, aufgereiht wie eine Perlenschnur. Die Mutter, schwarz gekleidet, hält das Kind auf den Armen, ihr Blick ist ernst. Daneben stehen der stolze Vater im dunklen Anzug und die drei Brüder Werner, Jaspar und Sönke. Unwirsch schauen sie den Betrachter an. Der Mittlere, Jaspar, scheint sich zu genieren. Wegen der zu kurzen Ärmel und Hosenbeine?

Das schwarze Kleid trug meine Mutter noch Jahre später bei feierlichen Anlässen. Sie war eine starke Frau und hat viel durchgestanden. Das waren sie alle hier, stark. Hier muss man stark sein.

Meine Eltern hatten einen kleinen Hof mit Schafen, Rindern und Schweinen. Damals waren die Halligleute noch autark. Wir mussten schon sehr früh bei der Arbeit mithelfen. Vor der Schule haben wir die Kühe gemolken, Wasser aus dem Fething geholt oder aus den Zisternen gepumpt. Nach der Schule ging es dann weiter: Schafe vom Deich holen, auch bei Sturm und Kälte. Das waren alles weite Wege und im Winter sind dir Hände und Füße abgefroren. Zu Hause hieß es dann: „Help jern Modder!" Ja, Mutter trug – wie die meisten alten Halligfrauen – die Hauptlast für unsere Familie. Es ist immer das Los der Halligfrauen gewesen. Die Männer fuhren zur See und die Frauen hielten monatelang die Stellung auf der Hallig. Urgroßvater und Großvater waren noch Seemänner und Handelskapitäne, sie waren wirklich auf den Weltmeeren unterwegs. Frauen, wie meiner Urgroßmutter und Großmutter, blieb gar keine Wahl, sie mussten allein auf der Hallig klarkommen. Sie hatten die Kinder und Alten zu versorgen und mussten die schwere landwirtschaftliche Arbeit bewältigen. Und es war selbstverständlich, dass sie sich um diejenigen Halligbewohner kümmerten, die niemanden mehr hatten. Es war ein Geben und Nehmen in der alten Halligwelt.

Sind deine Eltern alteingesessene Halligleute gewesen?

Mein Vater schon. Mutter kommt von Langeneß. Mit vierzehn kam sie mit ihren Eltern hierher, zu einem alten Mann auf der Kesselwarft. Er hatte nach einer Familie gesucht, die seine Tiere, sein Land und ihn betreute. Für ein Halligmädchen gab es keine Möglichkeit, etwas Richtiges zu lernen, und so half sie überall auf der Warft mit. Ihre Mutter starb ganz plötzlich, da war sie kaum sechzehn! Das einzige Kleid, das sie besaß, färbte sie schwarz, um an der Trauerfeier teilnehmen zu können. Wer kann sich heute noch vorstellen, in was für ärmlichen Verhältnissen die Menschen hier lebten?

Hannelores fragender Blick. Trotz meiner ausgiebigen Lektüre fällt es mir tatsächlich schwer, das Ausmaß der Armut in dieser unerbittlichen Natur zu begreifen. Die ungeheuere Härte, die ich auf den Fotos in den Gesichtern der alten Halligleute lese, lässt mich instinktiv auf Abstand gehen.

Nach dem Tod ihrer Mutter musste meine Mutter für ihren Vater und den alten Mann sorgen. Von den älteren

Halligfrauen lernte sie alles, was man können musste, um hier zu leben. Mit siebzehn hat sie sich in meinen Vater verguckt. Das war Liebe, aber leicht hatte sie es nicht. Meine Großmutter, also ihre Schwiegermutter, war eine echte Friesin. Ich trage zwar ihren Namen, aber mehr auch nicht. Sie hat meine Mutter nie akzeptiert. Sie hat zu ihr gesagt: „Du bist nix. Du hest nichts un du bist nich vun hier!“

Mit kurzen Schlägen auf die Tischkante unterstreicht Hannelore ihre Worte.

„Du bist de Häuslerdochter!“ So waren die Menschen hier eingestellt. Weißt du, was das ist, eine Häuslerstochter? Das waren Arbeiter, die keinen Besitz hatten. Mein Großvater ging über die Hallig und machte alle Arbeiten, die sonst keiner machen wollte. Wer hier Besitz hatte, der holte sich jemanden für die schwere Arbeit von den anderen Halligen.

Mein Blick fällt auf eine Fotografie, sie zeigt Hannelores Großmutter in schwarzer Halligtracht, mit Gehstock. Aufrecht und stolz schaut sie in die Kamera. Man sieht, dass sie eine schöne Frau gewesen sein muss. Neben ihr steht Hannelores Mutter, hochschwanger, in Arbeitskleidung, mit festem Blick.

Meine Eltern setzten sich mit ihrer Liebe durch. Als meine Mutter in das Haus meines Vaters kam, lag meine Großmutter mit schwerer Thrombose im Bett und mein Onkel mit offener TBC im nächsten Lukenbett. Er hatte so einen Spucknapf, damit spielte mein dreijähriger Bruder. Er muss einen Schutzengel gehabt haben, dass er nicht auch krank wurde. Meine Mutter versorgte die beiden Kranken und meinen Bruder. Und dann kam ja noch die tägliche, schwere Arbeit auf dem Hof dazu.

Hannelore schaut mich bewegt an. In ihren Augen steht geschrieben, wie hart es für die Tochter eines armen Häuslers gewesen sein muss, mit einer herrischen, hilfsbedürftigen Schwiegermutter unter einem Dach zu leben.

Das schwere Halligleben machte die Menschen nicht nur stark und zäh, sondern auch unnachgiebig und hart. Hart gegen sich und andere. Mit welcher Selbsthärte muss die junge Frau die Angst gebändigt haben, dass sich ihr Kind an der Tuberkulose anstecken könnte?

Mein Vater verlor bei der Arbeit einen Arm. Es blieb nur noch ein bisschen Gelenk übrig. Ich kenne ihn nur ohne Arm. Abends waren die Männer zu meiner Mutter gekommen und sagten: „Din Mann sin Büx steiht vull vun Bloot.“ Mutter wusste von nichts! Sie hatte die Kühe versorgt, die todkrank mit Maul- und Klauenseuche auf der Weide lagen.

Es dauerte über ein Jahr, bis mein Vater einigermaßen wiederhergestellt war und mitarbeiten konnte. Meine Mutter hat auch diese Zeit durchgestanden und dafür gesorgt, dass unser Leben weiterging. Wie sie das alles ausgehalten und geschafft hat, weiß ich nicht.

Deine Mutter hat dich sehr beeindruckt?

Sie war eine sehr gradlinige Frau. Sie war stark, aber auch ängstlich.

Mit verschränkten Armen schaut mich Hannelore ruhig an.

Wenn du heute an sie denkst, was ist dir besonders in Erinnerung?

Ihre Stimme. Sie hat oft bei der Arbeit gesungen. Ich höre heute noch manchmal ihre helle, warme Stimme.

Und dein Vater?

Mein Vater war hart. Vielleicht hatte er einen weichen Kern, aber den zeigte er selten. Er war aufbrausend, doch wenn er sich umdrehte, war er wieder normal. Er hing sehr an meiner Mutter. Der Verlust eines Arms war für einen Mann aus seiner Generation schlimm. Ich glaube, er hat sich dafür geschämt. Er fühlte sich als Nichtsnutz.

Ich habe das nie so empfunden. Ich habe ihn dafür bewundert, was er trotzdem alles machen konnte. Oft hing ich an seinem Hakenarm und war stolz, wenn er mich zu sich hochzog oder durch die Gegend trug. Er konnte unglaublich viel damit machen. Und was er nicht konnte, das machte meine Mutter für ihn.

Gedankenverloren blättert Hannelore in ihrem Album weiter und hält auf einer Seite inne. Ähnlich wie Hanneloresanneslores Mutter tat auch meine Mutter vieles, um meinem Vater den Alltag erträglich zu machen. Mein Vater hatte als junger Mann im Krieg ein Bein verloren. Die körperliche Behinderung stand neben der seelischen Kriegswunde.

Oft war er launisch, jähzornig, verlor die Kontrolle. Nachts wachte er schweißgebadet auf und schrie.

(*Bewegt*) Da schau! Das ist mein Vater, wie er leibte und lebte. Er liebte seine Pferde über alles. Hier siehst du ihn auch mit seinem Hakenarm.

Hannelore zeigt auf eine Schwarzweißfotografie. Aufmerksam schaue ich mir ihren Vater an. Er ist Mitte vierzig, groß, stämmig, mit breiten Schultern. Er steht zwischen zwei kräftigen Arbeitspferden und hält sie am Zaumzeug fest. Ein echter, stolzer Halligfriese? Ein Heros? Er lächelt, sein Blick ist nicht siegesgewiss.

Und das bin ich. Da war ich acht, meine Mutter Anfang vierzig.

Ein zierliches blondes Mädchen schaut mich keck an, auf dem Kopf eine kleine Haartolle. Lebendigkeit und Widerspruchsgeist liegen in Hannelores Blick, als wollte sie sagen: „Ich habe vor nichts und niemandem Angst." Neben ihr steht in einer Kittelschürze ihre Mutter. Sie hält Abstand zu ihrer kleinen Tochter. Ihre Haltung ist gebeugt, sie wirkt abgekämpft. In ihrem Gesicht liegt Strenge.

Meine Mutter war damals oft im Krankenhaus auf dem Festland. Ihr ganzer Bauch war voller Narben und Schnitte, da war kein Zentimeter mehr frei.

Vor der geschlossenen Tür zur Gaststube jammert Hannelores Kater. Sie lässt ihn rein und spricht mit ihm.

Wir wuchsen als Kinder wie Halligkraut auf. Für mich waren alle Halligbewohner meine Familie.

Hannelore vergewissert sich mit einem Blick, ob ich ihrem Themenwechsel folge.

Wir hatten einen tollen Lehrer. Er konnte gut mit Kindern umgehen und das Lernen machte bei ihm Spaß. Wir waren damals vierzig Kinder, alle unterschiedlichen Alters, keine leichte Truppe. Er hat uns im Unterricht oft stundenlang Geschichten erzählt. Und wenn er mit den Größeren Kopfrechnen machte, mussten wir Kleinen mitrechnen. Im Winter, wenn mit Petroleum gespart werden musste, saßen wir alle um den Bollerofen und er sang mit uns oder spielte auf seinem Akkordeon. Zu Hause ließ er uns hinterher einen Aufsatz darüber schreiben. Er war streng, trotzdem fühlte man sich bei ihm aufgehoben. Ich habe viel bei ihm gelernt.

Hannelores Gesichtszüge sind plötzlich jung, ihre Worte sprudeln.

Sobald im Winter die Priele zugefroren waren, liefen wir Schlittschuh, bis es dunkel wurde. Das Eis knackte unter unseren Füßen, aber wir hatten keine Angst. Wir waren zusammen und hatten unseren Spaß. Und wenn wir abends spät nach Hause kamen, waren Hände und Füße wie abgestorben und man hätte schreien können vor Schmerzen. Aber wir haben nichts gesagt, sonst hieß es: „Bliev bi't Huus, hier gifft dat genoch to doon."

Wehmut liegt in Hannelores Blick.

Meine Kindheit war wirklich ein Abenteuer. Die Sturmfluten waren für mich geheimnisvoll. Ich kann mich noch gut an eine der großen Sturmfluten in den 1950er-Jahren erinnern. Ich war etwa neun und stand in unserer Stalltür. Der Wind heulte und unser Reetdach ging hoch und runter. Ich stand da wie angewurzelt und die Wellen kamen die Warft hochgekrochen, sie wurden höher und höher. Es war grausam.

Hannelore schaut mich ernst an.

Meine Mutter weinte, auch weil meine Brüder noch mit dem Postschiff auf dem Weg zu uns waren. Vater sagte: „Brüllen ännert ok nix!" Als die Wellen dann in unser Haus kamen und meine Mutter aus Angst schrie, habe ich mir geschworen: Ich will nicht so ängstlich werden wie sie. Ich will stark sein und niemals Angst haben.

Unsere Blicke treffen sich, wir erkennen uns. Auch ich schwor als Kind, nie so ängstlich zu werden wie meine Mutter. Wenn sie unter den jähzornigen Wutausbrüchen meines Vaters weinend flehte, er möge ihr verzei-

hen, und sie ihn mit „Vati“ ansprach. Er brüllte sie grundlos nieder.

Ich höre heute manchmal noch diesen Wind, der nicht aufhört zu heulen, und sehe den gewaltigen Strudel des Wassers. Diese Bilder vergisst du nicht. Aber Angst hatte ich nie. Als Kind dreht man sich viele Dinge zum Guten. Eine andere Sturmflut kam nachts und früher als erwartet. Meine Eltern und Brüder versuchten noch, ein paar Sachen in Sicherheit zu bringen und auch die Tiere. Später sind sie doch im Wasser umgekommen. Mein Vater hatte mich aus dem Schlaf gerissen und auf den Dachboden getragen. Er hatte mir eingeschärft, seine Aktentasche mit den wichtigen Papieren und Urkunden ganz dicht an meinem Körper zu halten. Als wir dann mit unseren paar Habseligkeiten auf dem Dachboden saßen, in Decken gehüllt, war es mucksmäuschenstill. Selbst meine großen Brüder sagten keinen Pieps. Du hättest eine Stecknadel fallen hören. Alle waren bange, ob unser Haus dem Sturm standhalten und die Tiere überleben würden. Nur ich hatte keine Angst und fing an zu singen: „Wedele, wedele, hinterm Städele hält der Bettelmann Hochzeit.“ Meine Mutter hatte mir das Lied beigebracht. Plötzlich sangen alle mit. Auch mein Vater, der nicht gerne sang.

Ein Lächeln huscht über Hannelores Gesicht.

Das meine ich, wenn ich sage, als Kind versucht man Dinge und Situationen so zu drehen, dass man sie besser aushält. Ich bin mit den Sturmfluten aufgewachsen und es hat mich auch stark gemacht.

Mit welchen Wertvorstellungen bist du aufgewachsen? Gab es so etwas wie eine Halligmoral?

Meine Eltern haben sehr darauf geachtet, dass wir immer zur Kirche gingen. Still sein, ordentlich sein und ehrlich sein. Sie legten Wert darauf, dass wir unsere täglichen Pflichten gewissenhaft erledigten. Und es war ihnen wichtig, dass wir lernten: „Man snackt nich öwer annern." Auf der Hallig passiert alles noch viel enger beieinander als auf dem Festland. Durch ein falsches Wort kann man in Teufels Küche geraten.

Kritisch schaut sie mich an, als würde sie überlegen, ob sie mich noch weiter ins Innere des Halligkosmos führen könne.

Meine Eltern waren zwar streng, aber sie ließen mir trotzdem in der Pubertät meine Freiheit. Auf der Schlernwarft war schon damals das Jugendlager. Zu jeder Jahreszeit kamen große Gruppen vom Festland und es waren auch viele Jungs in meinem Alter dabei. Im Sommer gingen wir mit ihnen baden. Meine Mutter hat nur einmal gefragt: „Wie kannst du di unnerstahn un di vör de Jungs in Baadebüx wiesen? Dat heff ik nie nich maakt!" (*Anerkennend*) Aber sie hat es mir nie verboten.

Auf der Farneswarft gab es jedes Wochenende Tanz. Das ging bis morgens. Es waren unglaublich tolle Feste! Meine Eltern vertrauten mir, und ihr Vertrauen wollte ich nicht enttäuschen.

Verklärt Hannelore die Vergangenheit, damit sie aushaltbar wird und die alte Halligwelt nicht untergeht?

Bei meinen Brüdern war klar, sie mussten einen Beruf erlernen. Bei den Mädchen hieß es, sie können heiraten und sich anders durchs Leben schlagen. Nach der achten Klasse war für mich Schluss. So war die Einstellung damals hier. Ich wäre gerne auf dem Festland weiter zur Schule gegangen. Aber es war kein Geld da, jeder Groschen wurde umgedreht.

Keine Anklage und kein Hadern. Gleichmut liegt in Hannelores Stimme. Es ist ein Schicksal, das sie mit vielen Frauen in den 1950er-Jahren teilte.

Unsere Mutter wäre gerne Lehrerin geworden, aber ein Studium war nur für den Bruder vorgesehen. Für sie war kein Geld da.

Ich wollte das Leben auf dem Festland kennenlernen und etwas erleben! Und ich hatte Glück. 1961 war eine ältere Dame bei uns zu Besuch, als Pensionsgast. Jedes Jahr kam sie im Sommer und wohnte im Schlafzimmer meiner Eltern. Sie wusste, dass ich von der Hallig wegwollte, und hat meine Eltern so lange bearbeitet, bis sie zustimmten und ich mit ihr nach Wuppertal durfte. Ich wohnte bei ihr und schlief in ihrem Wohnzimmer auf dem Sofa. Sie half mir in der ersten Zeit sehr, mich in der Stadt zurechtzufinden. Ich war vorher nicht oft auf dem Festland gewesen und kannte das Leben dort nicht! In einem Café fand ich schnell eine Arbeit und stand hinter dem Kuchentresen. Die Arbeit machte mir Spaß. Aber mein Traumberuf war, Sekretärin zu werden. Schon als Kind wollte ich in einem schönen Büro arbeiten, Schreibmaschine schreiben und Steno lernen. Das stellte ich mir toll vor. Also suchte ich nach Möglichkeiten. In einem kleinen Verlag fand ich dann eine Arbeit. (*Lebhaft*) Ich stellte mich wohl nicht ganz dusselig an, mein Chef bot mir an, einen Steno- und Schreibmaschinenkurs zu belegen. Auf einmal lag mein Traum in greifbarer Nähe, ich brauchte nur zuzugreifen.

Hannelore schaut mich gleichmütig an. Ich stelle mir die junge Frau vor, die genug Mut besitzt, in die Fremde zu gehen, um ihren Traum wahrzumachen.

Das war im Winter 1962, kurz vor der großen Sturmflut. Damals wohnte ich bei einer Zimmerwirtin auf dem Dachboden, in einer kleinen Kammer mit Pappwänden. Ich war fürchterlich erkältet, und sie schickte mich zum Arzt. Nachdem er mich untersucht hatte, schaute er mich mit großen Augen an.

„Sie kommen von der Hallig? Haben Sie schon etwas von Ihrer Familie gehört?“ (*Bewegt*) Ich wusste überhaupt nicht, wovon er sprach. „Die Leute sitzen auf ihren Dächern und auf Sylt sausen die Häuser ins Meer. Das ist die größte Sturmflut aller Zeiten!“

Er hatte noch nicht ausgesprochen, da war ich schon raus! Ich rannte nach Hause zu meiner Zimmerwirtin. Wir saßen in ihrem Wohnzimmer vor dem Fernseher und ich sah, wie dieses riesige Hotel auf Sylt ins Meer stürzte. Mir war klar, wenn es so aussah, war bei uns auf der Hallig alles verloren. Ich wusste, ich muss zurück.

Hannelore schweigt und schaut aus dem Fenster. Gleißendes Licht fällt in ihre Gaststube. Was mag damals in ihr vorgegangen sein? Ich sehe Hannelore vor mir, wie sie auf dem Sofa sitzt, vor dem Fernseher, und alles nur halb mitbekommt. – Hannelore räuspert sich. Mit ruhiger Stimme fährt sie fort.

Im Verlag waren alle sehr verständnisvoll und hilfsbereit. Mein Chef sagte: „Wir kündigen dein Zimmer und organisieren deine Reise, damit du schnell nach Hause kommst. Du schaust, was los ist, und hilfst beim Wiederaufbau. Wenn du dann immer noch möchtest, kannst du im Herbst wieder bei uns anfangen.“ Ich weiß nicht mehr, wie ich zum Bahnhof gekommen bin. Die Züge waren überfüllt und ich hatte nur einen Gedanken: „Hast du noch eine Familie oder hast du keine mehr?“ In Hamburg blieb der Zug stehen. Stundenlang. Dort stand auch alles unter Wasser. Dieses ungewisse Warten war furchtbar. Nach Stunden fuhren wir endlich weiter. In den Bäumen hingen Gardinen, zerbrochene Möbel und was der Sturm sonst noch mit sich gerissen hatte.

Irgendwann war ich dann in Husum. Mein Bruder lebte dort mit seiner Frau. Er war längst auf dem Weg auf die Hallig. Ich sehe meine Schwägerin noch vor mir, wie sie mich anguckt und sagt: „Deine Eltern leben und die anderen Halligleute auch. Allen geht es gut."

In Hannelores Augen stehen Tränen. Berührt erwidere ich ihren scheuen Blick.

Ich telefonierte mit meinem Vater und er sagte: „Du snackst am besten mit de Böverste vun de Soldaten. De fleegen Dag um Dag un bringen allns, wat wi bruken." Das klappte nicht, aber man ließ mich mit Feuerwehrleuten und anderen freiwilligen Helfern auf dem letzten Schiff mitfahren.

Sie starrt ins Leere, als würde das Entsetzen sie erneut packen.

Es war eisig kalt und diesig. Wir fuhren an allen Halligen vorbei, und es wurde ganz still unter Deck. Es war gespenstisch. Alles war vom Sturm verwüstet. Die Häuser in Trümmern. Auf den Wiesen, zwischen den Eisschollen, lag totes Vieh mit abgerissenen Gliedmaßen. Diese Bilder vergisst du nicht.

Kurz streift mich Hannelores Blick. Ihre Hände umschließen fest ihren Teebecher. Langsam trinkt sie, Schluck für Schluck.

Als wir endlich ankamen – wie soll ich das beschreiben? Die alten Halligháuser waren zusammengefallen. Baufällig waren die meisten ohnehin gewesen. Aber jetzt! Alles zerstört und eingestürzt. Auf den Warften, den

Weiden und am Deich lag totes Vieh. Das war wie der Weltuntergang.

Wie macht man danach weiter?

Die Monate des Wiederaufbaus waren hart. Überall, an allen Wänden und Möbeln, klebte dieser schwarze Wattschlick. Den konnte man nicht einfach abkratzen oder wegputzen. Das ganze Mobiliar hättest du wegschmeißen müssen. Aber das ging nicht, dafür war kein Geld da. Bei allen lagen die Nerven blank. Meine Mutter hat viel geweint, sie hatte einfach schon zu viel durchgestanden.

Trotzdem war es auch eine schöne Zeit, weil alle mit anpackten. Man saß oft lange zusammen, redete und lachte viel. Es war ganz selbstverständlich, dass man sich gegenseitig half. Ob man mit den anderen konnte oder nicht, spielte keine Rolle. Man freute sich, dass es voranging und alle wieder Mut fassten. Wir waren füreinander da, es gab eine große Verbundenheit.

Sehnsucht liegt in Hannelores Blick.

Nach den Subventionen und Spenden für den Wiederaufbau hat sich das leider verändert. Es klingt verrückt, aber jede große Sturmflut hat die Menschen auch immer wieder zusammengebracht und in ihrem Zusammengehörigkeitsgefühl gestärkt. Ich vermisse heute dieses – wie soll ich das beschreiben – unsichtbare Band zwischen uns allen.

Hannelore hält inne und blättert in ihrem Fotoalbum weiter. Traurigkeit scheint in ihrem Gesicht auf.

Neun Monate habe ich bei den Aufräumarbeiten und beim Wiederaufbau der Hallig mitgeholfen. Im Oktober 1962 fuhr ich zurück nach Wuppertal. Ich wollte meine Ausbildung als Sekretärin beginnen. Doch nach zwei Wochen auf dem Festland sagte ich: „Leute, ich muss zurück." Ich wollte in diesem Kessel nicht mehr bleiben. Der Faden war einfach gerissen.

Hannelore steht auf und schenkt uns erneut Tee ein.

Das Leben in der Stadt hatte mich beim ersten Mal fasziniert und ich fand es aufregend. Doch als ich das zweite Mal nach Wuppertal kam, konnte ich dort nicht mehr sein. Ich wollte nur weg und zurück!

Aus Heimweh oder Sehnsucht nach der Hallig?

Vielleicht war es wirklich dieses Heimatgefühl. Ich kann es mir bis heute nicht erklären. Ich wusste nur, ich kann dort nicht wieder anfangen, wo ich aufgehört hatte. (*Pause*) Ich glaube, es war diese Freiheit, diese freie Natur und die Weite … (*Unruhig*) Wie soll ich das beschreiben? Man muss hier leben und es selbst erfahren. Beschreiben lässt sich das nicht.

Hannelore schweigt. Der Kater springt auf ihren Schoß und reckt seinen flauschigen Hals zu ihr hoch.

Mein Leben wäre sicher ganz anders verlaufen, wenn ich damals nicht auf die Hallig zurückgekommen wäre. Das weiß ich, aber ich bereue es nicht.

Erneut schweigt Hannelore. Sie fixiert einen Punkt im Raum. Der Kater beginnt unter ihren streichelnden Händen zu schnurren. Dann atmet sie tief durch.

Ja, wie ging mein Leben weiter? Da gibt es nicht viel zu erzählen. Zwei oder drei Jahre habe ich in den Sommermonaten hier im Gasthof gearbeitet. Der Besitzer sagte irgendwann zu mir: „Na, Deern, wenn du wüllt, kannst du dit Ganze hier maal öwernehm'n." Ich habe erwidert: „Din Laden kannst du di in'e Hoor smeern!"

Nicht geschenkt wollte ich diesen Betrieb haben! Ich mochte damals hier den Winter nicht mehr und suchte mir für diese Zeit immer einen Job auf dem Festland. Ein paar Jahre bin ich hin- und hergependelt. Heute ist das anders, ich genieße den Winter auf der Hallig sehr.

Sie atmet tief durch.

Ja, auf dem Festland lernte ich meinen späteren Mann kennen. Er kam aus der Schweiz, aus Flims. Ein schöner Ort.

Ihre blaugrünen Augen strahlen.

Es war für mich die große Liebe. Zuerst wollte ich mit ihm in der Schweiz leben. Aber nach drei Monaten dort war Schluss und ich habe gesagt: „Wenn ich hier nicht wegkomme, drehe ich durch." Überall diese hohen Berge. Ich fühlte mich erdrückt und konnte nicht mehr atmen. Mir fehlte die Weite, das Grenzenlose.

Seit ich auf der Hallig bin, fühle ich eine grenzenlose Weite. Das Wattenmeer bei Ebbe mit seinen labyrinthischen, bizarren Mustern und geheimnisvollen Pfaden, die alle in die Endlosigkeit zu führen scheinen, fasziniert mich und macht mich beklommen zugleich. Auch der unverstellte Blick auf die magische Linie zwischen Meer und Horizont mit der Verlockung: Was liegt hinter dieser Linie? Die absolute Freiheit, die Ewigkeit, das Nichts? Mein innerer Kompass sendet Warnsignale.

Die Hallig und das Leben hier gefielen auch meinem späteren Mann. Anfang der 1970er-Jahre bin ich mit ihm wieder ganz auf die Hallig zurückgegangen und wir haben den Gasthof erst gepachtet und später gekauft. Er war auch vom Fach und plötzlich sah ich einen Sinn darin, den Betrieb doch ganz zu übernehmen. Wir haben viel gearbeitet, besonders in der Saison. Vieles musste ich noch lernen, was den Betrieb betraf, aber es machte auch Freude und man wächst mit seinen Aufgaben. Ja, und dann kam meine Tochter. Wir haben viel gearbeitet, der Betrieb wurde mein Leben. Viel mehr gibt es über mein Leben nicht zu erzählen.

Der Faden zwischen uns droht abzureißen. Unruhig schaut sie auf ihre schmale Armbanduhr und schubst den Kater von ihrem Schoß. Instinktiv, ohne lange nachzudenken, schiebe ich eine Frage nach, die mir besonders am Herzen liegt.

Jede Gemeinschaft hat ihre schwarzen Schafe. Wie wird diese Rolle hier vergeben?

(*Schweigt*) Die Leute hier zeigen nicht, was sie wirklich denken. Das habe ich immer so erlebt. Man hört von guten Freunden, die außerhalb leben, was geredet wird. Sie rufen dich an und fragen: „Du, ich habe das und das gehört. Stimmt das?"

Ist das eine Art Schutzmaßnahme für die Halliggemeinschaft?

Ich weiß es nicht. Ich frage mich das auch oft. Vielleicht ist es eine Art von Schadenfreude. Vor der Sturmflut 1962 hatten alle das Gleiche. Erst nach dem Wiederaufbau und den Subventionen fing es an: Der eine bekam ein größeres Haus als der andere. Der Tourismus kam langsam in Gang, damit ging so richtig die Vermietung von Fremdenzimmern los. Jeder begann zu gucken, ob der andere nicht mehr Gäste und mehr an Auslastung hatte als er selbst. Das macht natürlich viel kaputt.

Ein Ruck geht durch ihren zähen Körper.

Früher, vor der großen Flut, gab es diesen großen Zusammenhalt unter uns allen. Von allen Warften kam man zusammen, meistens in den Wintermonaten. Ablenkung durch Fernsehen oder Internet gab es nicht und die Schiffe zum Festland fuhren nur sehr selten. Man spielte Karten und es wurde viel erzählt. Die Frauen bereiteten Essen vor, es gab Frikadellen, gestampfte Kartoffeln, Gemüse. Das reichte. Man trank Punsch, Tische und Stühle wurden weggestellt und man tanzte. Um dreiundzwanzig Uhr kamen die Torten der Frauen auf den Tisch. Jede Frau hatte ihre Geheimrezepte, die sie nicht preisgab. Das war ein richtiger Wettstreit unter den Halligfrauen. Meine Mutter hat mir ein kleines Schreibheft mit ihren Rezepten vermacht, das hüte ich wie einen Schatz.

Was bedeutet dir diese Vergangenheit, die alte Halligwelt?

(*Erstaunt*) Was sie mir bedeutet? Sie ist ein großer Schatz in meinem Leben. Manchmal möchte ich alles noch einmal erleben und es wie in einem Film ablaufen lassen. Ich wäre einfach dabei und könnte den Alten noch einmal zuhören. Und ich würde sie fragen wollen, wie sie das Leben hier empfunden haben.

Hannelore lächelt vage, als wäre sie auf einem Karussell, das sich endlos um die vergangene und verlorene Halligwelt dreht. Dann klappt sie das lederne Fotoalbum zu. Ihre Mimik ist nicht dechiffrierbar. Aufrecht sitzt sie da.

Du sagst, es gab früher einen großen Zusammenhalt. Wenn es schwere familiäre Probleme gibt, findet man dann Unterstützung oder muss man das alleine schaffen?

Hannelore verschränkt die Arme vor der Brust.

Über solche Sachen wird auf der Hallig nicht gesprochen. Die Frauen sind viel zu stolz, um zuzugeben, dass ihnen das passiert ist.

Aus Stolz, aus Scham?

Ruhig steht Hannelore auf und schenkt uns erneut Tee ein.

Ja. Vielleicht ist es Scham.

Stille.

Mir ist das selber passiert. Ich habe lange gebraucht, bis ich den Mund aufgemacht habe. Ganz lange. Ich habe eine Ehe geführt, in der ich viel eingesteckt habe und ich ziemlich unterdrückt wurde. Irgendwann ging es nicht mehr. Solange die Kinder noch klein sind, denkt man ja, das kann man nicht machen. Ich hatte in dieser Zeit immer einen ganz klugen Spruch: „Auseinandergehen kann man schnell. Aber so eine Ehe zusammenhalten, das ist die wahre ..."

Hannelore spricht das Wort nicht aus. Liebe? Herausforderung? Prüfung?

Man denkt immer, das ändert sich. In den Wintermonaten hatten mein Mann und ich ein sehr gutes Verhältnis. Aber im Sommer, wenn die Gäste hier waren, spielte er verrückt. Das ging so weit, dass ich abends in der Küche bleiben musste, damit mich niemand von den Gästen sah. Seine Eifersucht war krankhaft.

Dann hast du dich aber doch aus der Ehe gelöst.

Das war ein langer Prozess. Er hat immer gesagt: „Du bist eine Null. Ohne mich bist du nichts." Irgendwann fing ich an, das zu glauben. Aber dann kam der Zeitpunkt, da sagte ich mir: (*entschieden*) „Jetzt reicht es." Ich habe auf seine Beleidigungen nicht mehr reagiert und war auch nicht mehr zu Tode betrübt. Ich habe mich vor ihn gestellt und gesagt: „Mach weiter. Komm, ich stehe hier. Du erreichst mich nicht mehr." Das hat er dann auch gemerkt.

Konnte die Halliggemeinschaft damit umgehen? Gab es Menschen, die Mitgefühl und Hilfsbereitschaft signalisierten?

Ich will es mal so sagen: Man hat mir eher das Gefühl gegeben: „Du hast selbst Schuld." Und wenn ich an die männlichen Nachbarn denke, waren die meisten auf der Seite meines Mannes. Ich hatte oft das Gefühl, dass sie sagten: „Heute Abend ist es langweilig. Lass uns gucken, was drüben bei denen wieder los ist."

Mein Mann schmiss mit vollen Tabletts, egal, was drauf war. Niemand griff ein oder sagte: „Leon, jetzt ist Schluss!" (*Ironisch*) Das war doch lustig. Man konnte zugucken, wie in einem Krimi. Der Mensch ist vielleicht so. Solange es ihn nicht direkt betrifft, schaut er weg oder erhebt sich über die Person, die erniedrigt wird.

Hannelore scheint mich fragen zu wollen: „Hat nicht jede von uns so eine Erfahrung hinter sich? Man schafft es oder schafft es nicht, aus dem Teufelskreis auszusteigen."

Aber das rechne ich meinen Eltern heute noch hoch an. Sie kannten meinen Mann. Als ich schwanger war und geheiratet werden sollte, haben sie gesagt: „Du musst nicht heiraten, wir ziehen dein Kind gemeinsam auf." Das hätten damals nicht viele gesagt.

Hattest du Freunde, die dir geholfen haben?

(*Ruhig*) Ich hatte niemanden. Ich wollte auch mit keinem darüber reden. Ich habe mir eingebildet, ich hätte versagt. Ich bin schuld.

Aber dann, an einem Geburtstag, hat es bei mir Klick gemacht. Freunde waren vom Festland gekommen. Er hat mich vor ihnen bloßgestellt. Da ist der letzte Faden gerissen. Das war es dann.

Stille. Sie sieht mich an, ihr Blick sagt: Frag jetzt nicht, was gewesen ist.

Warum bist du auf der Hallig geblieben und nicht aufs Festland zurückgegangen?

Das frage ich mich manchmal noch heute. Wieso habe ich das so lange ausgehalten? Vielleicht war es meine starke Verbindung zur Hallig. Aber ich weiß es letztlich nicht. Als Wirtin musst du gut verdrängen, um unangenehme und verletzende Momente in die Schublade zu stecken. Das hat mir sicher geholfen.

Und irgendwann kamen die grauen Männer mit ihren Aktenkoffern vom Festland. Sie boten mir an, alles hier zu kaufen. Aber ich wollte nicht. (*Stolz*) Nur über meine Leiche! Arbeiten muss man überall. Hier weiß ich, wofür ich arbeite, und habe den Winter für mich. Ich kann den Laden zulassen und das machen, was mein Gewissen mir sagt.

Würdest du sagen, man lernt durch die Erfahrung der Naturgewalt, auch anders mit der Gewalt von Menschen umzugehen?

Vielleicht. Du wirst hier innerlich stark und standfest. Als ich so weit war, gab es auch schon Gerd und er hat damals gesagt: „Ich helfe dir, egal was ist." Aber ich glaube, ich hätte es auch alleine geschafft. Ich bin ein Mensch, der sich nicht vertreiben lässt. Und wenn ich zu einer Sache stehe, dann schaffe ich es auch.

Hast du deinem Mann verzeihen können?

Ja, sonst würde ich heute noch eine Hasskappe tragen. Wenn ich ihn heute zufällig auf dem Festland treffe, kann ich mit ihm reden, da klingt keine Saite mehr.

Das Telefon klingelt. Eine Hochzeitsgesellschaft vom Festland will bei Hannelore feiern. Geduldig gibt sie Auskunft: „Ja, man kann bei plötzlichem Unwetter alle Gäste auf der Hallig unterbringen, alles kein Problem. Alles schon dagewesen, alles machbar." Irgendwann ist das Gespräch beendet.

Hat sich der Tourismus in den letzten Jahren verändert?

(*Gelassen*) Heute schmeiße ich die Küche zur Not alleine. Früher kamen täglich große Schiffe von Föhr, Amrum und Sylt. Von Sylt allein kamen riesige Dampfer mit fünfhundert bis sechshundert Leuten. Die fielen ein wie die Fliegen. Alles Tagestouristen. Das ist schon lange nicht mehr so. Aber wir leben immer noch vom Tagestourismus. Der Langzeittourismus reicht nicht. Und inwieweit es die Hallig letztlich beschädigt, kann ich nicht sagen. Man wird blind für diese Gefahr. Ich denke immer: Du lebst ja davon.

Wie stellst du dir deine Zukunft auf der Hallig vor?

Gute Frage. Viele gehen weg, weil die medizinische Versorgung schlecht ist. Wenn du hilfsbedürftig bist, wird es schwer, hier zu leben. Im Moment verdränge ich das Ganze noch. Aber es ziehen immer mehr Leute weg und verkaufen ihre Häuser. Ich kann nur sagen, ich will hier leben. Egal, was kommt.

Die Haltung der Halligleute zu neu Zugezogenen ist ambivalent. Warum?

Es ist die Angst vor zu vielen Fremden. Die Angst, dass es irgendwann nur noch Sommerhäuser gibt und im Winter die Häuser leer stehen. Die Hallig verödet langsam. Es gibt nur wenige Kinder. Das soziale Gefüge geht kaputt. Diese Entwicklung hätte ich mir früher nie vorstellen können.

Wer wird deinen Betrieb später übernehmen?

Meine Tochter könnte das! Aber sie soll ihren eigenen Weg gehen. Sie lebt mit ihrem Mann auf dem Festland. Beide haben dort ihre Arbeit und ihr soziales Netz. Soll man sie da rausreißen? Das geht nicht und ich will das auch nicht.

Du hast über vierzig Jahre einen Betrieb geleitet und erfolgreich weitergeführt. Bist du darauf stolz?

(*Gleichmütig*) Darüber habe ich mir nie Gedanken gemacht. Mein Betrieb ist mein Leben.

Unser Gespräch wird durch lautes Klopfen unterbrochen. Felix, etwa vierzehn, kurzes, rotes Haar, kommt hereingestapft. Der alten Halligtradition nach überbringen heute noch Kinder und Jugendliche die Nachricht von Geburt oder Tod.

Die Nachbarin Elisabeth, einundneunzig, ist in der letzten Nacht im Pflegeheim in Husum gestorben. Elisabeths Tod trifft Hannelore.

Sie hättest du kennenlernen müssen. Sie war noch eine von den alten Halligfrauen. Den Mann, den sie auf der Hallig liebte, durfte sie nicht heiraten. Nach dem Krieg kam sie unverheiratet mit ihren Zwillingen zurück und versorgte über Jahrzehnte ihre Eltern, die nicht gut zu ihr waren. Die hätte dir noch viel erzählen können.

Während ich mich im Nebel auf der Halligstraße langsam vorwärtstaste, kreisen Hannelores Worte in meinem Kopf. Sie ist noch eine der alten Halligfrauen. Was heißt das? Zäh und aufopferungsbereit? Hart zu sich und anderen? Hat sie sich zum Wohle der anderen selbst aufgegeben? War sie letztlich geborgen und beheimatet in der Härte?

2. Kapitel

21. Oktober

Gespräch mit Hannelore ist gut gelaufen. Überraschende Offenheit, trotz anfänglicher Distanz. Charlotte sagt, das spricht sich rum. Jetzt werden auch weitere Halligfrauen mit mir reden wollen. Abwarten. Zwei Gespräche in einer Woche? Das muss ich Andrea erst einmal klarmachen. Jetzt regnet es wieder aus vollen Kübeln. Windstärke 9. Das Internet funktioniert seit Stunden nicht mehr. Zum Glück geht die Heizung.

Am Abend

Langes Telefonat mit Lilly. Sie ermutigt mich, länger zu bleiben. Hoffentlich gibt Andrea mir mehr Zeit und verschiebt den Sendetermin.

Meine Idee, dass wir im nächsten Sommer hier Urlaub machen, gefällt Lilly. „Glaubst du wirklich, du kannst es ganze zwei Wochen an einem Fleck aushalten?“, frage ich fürsorglich. „Ich bin lernfähig!“, grummelt sie zurück.

„Deine Mutter hat geschrieben“, fährt Lilly vorsichtig fort. Pause. „Soll ich ihren Brief für dich öffnen?“

„Nein, schick ihn zurück.“

Wie alle. In ein paar Wochen wird Mutter achtzig.

22. Oktober

Anruf von Andrea. Am Samstag! Sie ruft sonst nie an, wenn ich unterwegs bin. Ob ich mich schon mit dem Bürgermeister getroffen hätte. Ich bejahe. „Interessanter Typ, allerdings etwas zu viel Sendungsbewusstsein.“

Ich weiche weiteren Fragen nach Hans B. aus. Andrea scheint wirklich in ihn verknallt zu sein. Sie ist in

Spendierlaune und damit einverstanden, dass ich länger bleibe als geplant.

„Sag ich doch, die Hallig und ihre Bewohner sind deine Kragenweite. Aber bitte: keine durchgeknallten Aussteigerinnen."

Weil es davon zu viele gibt?

„Nur echte Halligfrauen und die, die sich bewusst für ein Halligleben entscheiden. Du wirst sie und ihre Geschichten schon finden."

24. Oktober

Erster Tag „Land unter"

6.10 Uhr. Seit heute Nacht ist „Land unter". Tosender Wind, heulend bis in die Morgenstunden. Die Tiere der beiden Nachbarhöfe brüllten die halbe Nacht durch. Aufgeregte Stimmen. Jetzt große Stille. Die ganze Warft ist umschlossen von einem See. Enten paddeln friedlich darauf herum, als wäre es ganz es normal, dass die Hallig in einem großen Wasserbett liegt.

Zum Arbeiten und Lesen meiner Halliglektüre habe ich keine Lust. Stattdessen liege ich mit Tee und Keksen im Bett. Luxus pur! Wann habe ich mich das letzte Mal so faul im Bett gelümmelt? Durch Charlottes Kieker, den sie mir großzügig zum Vögelbeobachten ausgeliehen hat, kann ich die ganze Hallig überschauen. Vielmehr das, was davon jetzt noch übrig ist. Nebelhauben legen sich langsam wie Käseglocken über die Warften in der Ferne. Diese Stille hat etwas Unheimliches.

Mittags

Immer noch keinen Schritt vor die Tür gemacht. Der Nebel hat sich restlos verzogen. Sonnenlicht liegt wie Eidotter über der ganzen Hallig. Klare Sicht. Es ist, als säße ich in meiner Wohnung auf einem hohen Berggipfel. Um mich herum liegen in weiter Ferne die anderen acht Warften wie hohe Felsen in einer Berglandschaft. Bis zum kleinen Hallighafen kann ich jetzt schauen. Ein gelber Kleintransporter schwimmt auf dem überfluteten Parkplatz. Durch die umschwemmten Fennen scheinen die Warften in eine unüberwindbare Ferne gerückt zu sein.

Abends

Mein Handy geht nicht. Ist der Akku kaputt? Skypen geht auch nicht. Lilly wird auf meinen Anruf warten. Beunruhigend, dieser Zustand. Ich fühle mich vom Festland und auch von der Realität zunehmend abgeschnitten. Alles versinkt im Nichts, alles scheint zunehmend unwirklich.

25. Oktober

Zweiter Tag „Land unter"

Der Himmel hängt wie Blei über der Hallig. Wieder schlecht geschlafen. Der ständige Wind und das Gezerre am Dach haben mich die halbe Nacht wach liegen lassen. Vermutlich Halligkobolde, die mich mit ihrem Dachgerüttel auf meine Halligtauglichkeit prüfen. Sie kennen mich nicht. Gleich drehe ich meine erste Runde auf der Warft, auch wenn wir vom Wasser eingeschlossen sind.

Ein Lichtblick: WLAN und Handy funktionieren wieder.

Nachmittags

Charlotte ruft an. Sie erkundigt sich, wie es mir geht und ob ich genug zu essen habe. „Gott sei Dank sind die Vögel nicht mehr am Brüten." Im Sommer, erfahre ich, wäre „Land unter" besonders schön, aber für die brütende Halligvogelwelt und die Landwirtschaft natürlich zerstörerisch. „Wenn wir Pech haben, bleibt es noch zwei Tage so."

„Zwei Tage?!“ Meinen inneren Seufzer hat Charlotte wohl gehört.

„Was heißt Pech? Die Zeit bleibt stehen und man kommt zu Dingen, die sonst immer liegen bleiben. Die Steuer, und mal richtig ausmisten“, bekennt Charlotte lachend.

Meine Uhr läuft. Eine Woche länger ist mit Andrea abgesprochen. Mehr nicht.

„Auf dem Hof bei Marion und Paul, vier Häuser weiter“, plaudert Charlotte am anderen Ende, könne ich Fleisch und Eier kaufen. „Marions Fleischware ist bis über den Deich hinaus bekannt.“

Marion, erfahre ich, hat es ähnlich wie Charlotte vor vierunddreißig Jahren das erste Mal auf die Hallig verschlagen. Sie sei aus Liebe geblieben. Dazu sei Charlotte damals nicht bereit gewesen. „Ich wollte beides: Familie und Hochschullaufbahn. Aber das sollte wohl nicht sein.“

Bereut Charlotte es, dass sie ihre Lebenspläne für ein Familien- und Halligleben aufgegeben hat? Wenn ich das Leben hier schon nach zwei Tagen „Land unter“ anstrengend und eintönig finde …

„Frag Marion, ich könnte mir vorstellen, dass sie mit dir spricht.“

Abends

Ich fühle mich schlapp, aber ich beherzige Charlottes Vorschlag und mache mich mit der Taschenlampe auf den Weg zu Marions Hof. Nach längerem Klopfen öffnet endlich eine Frau um die achtzig, mit grau meliertem Haar und Dauerwelle. Warum ich so lange klopfte, anstatt einfach reinzukommen, knurrt sie und mustert mich und meine vom Wind zerzausten Haare. Ich entschuldige mich, es fällt mir immer noch schwer, sie selbstverständlich zu duzen, während ich mich vorstelle.

„Komm zur Sache, ich kann nicht ewig stehen", unterbricht sie mich ungeduldig. Auf meine Frage, ob ich mit Marion sprechen könne, erwidert sie knapp: „Da hast du Pech. Meine Schwiegertochter ist auf dem Festland. Da musst du noch mal kommen. Aber dass sie mit dir reden will, das glaube ich nicht", und schon ist die Tür wieder zu.

Kein Zweifel, Andrea erwartet, dass ich diesen Halligfrauen ihre Geheimnisse entlocke.

Nachts

Liegt es an dieser Stille und Enge? Ich laufe unruhig auf und ab. Diese Grabesstille, diese Enge auf der Warft. Zu wissen, dass ich jetzt noch zwei Tage länger hier festsitzen werde, hat etwas Beunruhigendes. Es schwemmt Dinge an die Oberfläche, die längst hinter mir liegen, die ich besiegt und überwunden habe. Und wenn Lilly Mutters Brief öffnet, liest und nicht zurückschickt? Was dann? – Es würde mich belasten und alte Wunden aufreißen.

26. Oktober

Dritter Tag „Land unter"

Das Wasser scheint langsam zurückzugehen, auch die Sonne lässt sich heute für ein paar Stunden blicken. Meine kurzen Runden auf der Warft kommen mir zwar immer noch wie Hofgang im Gefängnis vor, aber ich gewöhne mich an diesen unwirklichen Zustand. Enge und Weite. Mehr noch, ich beginne, Abgeschiedenheit und Stille zu genießen. Auch Stille hat Klänge. Ich schaue in die Weite und in den Himmel, der beständig sein Farbenkleid wechselt.

Sechs Stunden später

Es ist aufregend mitzuerleben, wie das Wasser immer mehr zurückweicht. Die Fennen, Priele und Feldwege mit ihren schmalen Wasserstegen werden wieder sichtbar, auch die Straßenverbindungen zwischen den einzelnen Warften tauchen wie aus dem Nichts wieder auf. Der Deichpfad um die Hallig herum wird morgen wieder begehbar sein. Was versunken und vergangen schien, wird plötzlich wieder Gegenwart. Ein Naturschauspiel geht zu Ende.

27. Oktober

8.30 Uhr. Mein Handy schellt. Am anderen Ende meldet sich räuspernd Hans B. Ob er stören würde? Aber ich sei ja schon auf.

Kann er hellsehen? Er wohnt auf der Mooswarft, und das sind immerhin vier Kilometer Luftlinie bis zur Kesselwarft.

„Jetzt habe ich noch Zeit und kann in Ruhe ein paar Takte mit dir schnacken." Die Termindichte eines Politikers auf der Hallig sei nicht viel anders als auf dem Festland.

Mag sein, aber was will er? Ich bin es nicht gewohnt, so früh in meinen morgendlichen Ritualen gestört zu werden.

„Ich habe mit Charlotte überlegt, mit welcher Frau du unbedingt sprechen solltest, um auch die Probleme des demografischen Wandels auf der Hallig transparent zu machen." Schön, dass er sich seine Gedanken macht, aber seine Einmischung behagt mir nicht.

„Birgit ist eine der jüngeren Frauen auf der Hallig, sie kommt vom Festland." Er könne sich gut vorstellen, dass sie bereit sei, mit mir zu sprechen. In seinem Tonfall schwingt Sorge mit. Es scheint ihm ein echtes Anliegen zu sein, dass ich mit Birgit spreche. „Wenn ich dich richtig verstehe, geht es dir doch auch darum, das Leben der Frauen hier nicht nur mit Weichzeichner zu malen."

Was mischt er sich ein? Oder ist es aufrichtiges Interesse?, überlege ich, während er engagiert fortfährt: „Hier findest du alle Brennpunkte auf engstem Raum, an denen unser Land krankt." Für die große Politik könne man von einer Hallig verdammt viel lernen! Aber die wenigsten, auch nicht seine Parteigenossen auf dem Festland, würden das begreifen.

Er redet sich zunehmend in Rage. Mir knurrt der Magen, aber ich schweige. „Das ist ein weites Feld", seufzt er und schwenkt zu Birgit zurück. „Dass du den Tipp von mir hast, behalt für dich." Etwas Schneidendes liegt in seiner Stimme. „Die Menschen hier sind leicht verletzbar und fürchten stets, dass man über ihre Köpfe hinweg bestimmt." Sein Stöhnen über diese Halligmentalität ist selbst durch das Handy nicht zu überhören. „Sie mussten sich früher immer gegen die Bevormundung vom Festland behaupten, und das sitzt heute noch bei vielen in den Köpfen." Jetzt müsse er aber los und Gäste von der Fähre abholen. Wir sollten unser Gespräch unbedingt ein andermal fortsetzten.

Welches Gespräch? Doch vielleicht wird man hier mit der Zeit so, überlege ich und schaue aus meinem Küchenfester auf die satten grünen Fennen unterhalb der Warft. Eine kleine Schafherde grast dort friedlich, als hätte es „Land unter" nicht gegeben.

28. Oktober

Nach drei Tagen „Land unter" mein erster Rundgang über die Hallig und mein erster Besuch auf der Wolkensteinwarft bei Birgit. Während ich mit schnellen Schritten einen der drei Zufahrtswege zur Warft hinauflaufe, werde ich das Gefühl nicht los, beobachtet zu werden. Aber von wem? Weit und breit ist im Innenbereich der Warft niemand unterwegs. Es herrscht vollkommene Stille. Die Fenster der Häuser, die zum Warfthügel liegen, sind hinter buschigen Hecken verborgen, wohl auch als Schutzmaßnahme vor unerwünschten Blicken. Wer also sollte mich beobachten können? Ich versuche, mein mulmiges Gefühl zu ignorieren, und konzentriere mich auf die Warft: zwei schmucke reetgedeckte Hallighäuser mit Anbau, ein moderner Bauernhof mit dezenter Werbung: „Ponyhof und Zimmervermietung" und vier rot verklinkerte Ein- und Zweifamilienhäuser aus den 1970er-Jahren. Äußerlich scheinen alle Häuser gut in Schuss zu sein. In den kleinen Gärten stehen vereinzelt Strandkörbe, sorgsam mit Plastikfolie abgedeckt und zum Meer ausgerichtet. Der Innenhof ist mit Bäumen und Büschen begrünt, und statt des üblichen Fethingteichs steht im Zentrum der Warft ein kleiner Spielplatz mit Klettergerüst, Piratenschaukel und einem ausgedienten kleinen Fischerboot, das zu einem Sandkasten umgebaut wurde. Kein Zweifel, die Wolkensteinwarfter sind auf große und kleine Feriengäste vorbereitet.

Vor einem etwas zurückgesetzten, rot verklinkerten Einfamilienhaus bleibe ich stehen. Kein Namensschild an der Tür, doch nach der Beschreibung des Bürgermeisters muss Birgit hier wohnen. Ich klopfe an die Tür und warte. Eine Frau Mitte zwanzig öffnet. Sie ist zierlich und hochschwanger, sieht mich zurückhaltend an und versucht, den weinenden Jungen auf ihrem Arm zu beruhigen. Ich stelle mich vor, als plötzlich hinter ihr wie aus dem Nichts ein kahlköpfiger, stämmiger Mann in Küstenschutzmontur auftaucht. Seine blauen Augen scannen mich kalt.

Ja, antwortet die Frau, sie sei Birgit und habe von meiner Frauenreportage gehört. „Ich habe aber kein Interesse und keine Zeit, mich vermarkten zu lassen!" Birgit mustert mich abweisend, als würde sie überlegen, ob ich wirklich die Wahrheit sage. Ständig kämen irgendwelche Journalisten und TV-Leute herüber und würden die Halligbewohner ausfragen, als wären sie Kühe, die man bis zum Abwinken melken könne.

Der Mann hinter ihr grinst, es scheint ihm zu gefallen, wie seine Frau mit mir spricht. „Wir brauchen niemanden, der über uns schreibt." Schon ist die Tür wieder zu. Erst jetzt sehe ich im Fenster ein großes Schild hängen. „Haus – Privat zu verkaufen! Keine Maklergebühren." Alles ist in großen Druckbuchstaben geschrieben und mit einem dicken Filzstift umrandet, als sei es eine Traueranzeige. Hinter dem Haus steht ein alter Opel aus den 1990er-Jahren. Auf dem Festland wäre es ein Retromodell.

Ratlos trete ich den Rückweg an, wieder fühle ich Blicke im Rücken. Stehen beide hinter der Gardine und warten, bis ich ihre Warft verlassen habe? Einen besonders glücklichen Eindruck machte Birgit nicht. Finanzieller Druck, Schwangerschaftsprobleme, Stress mit dem kahl rasierten Typen?

Ihre barsche Zurückweisung geht mir nach. Ich hätte mich bei Birgit ankündigen müssen. Vielleicht hatte sie zunächst gedacht, ich wäre ein Gerichtsvollzieher oder vom Jugendamt. Was geschieht mit mir hier auf der Hallig, dass ich nicht mehr planvoll vorgehe? Düstere Wolken ziehen sich über mir zusammen. In Bruchteilen von Sekunden beginnt es in Strömen zu schütten, und beißender Wind bläst mir ins Gesicht, als wäre es der Blanke Hans höchstpersönlich, der mich von seiner Hallig fegen will.

Doch dann die gute Wendung am Schluss. Julia hält mit ihrem kleinen roten Kombi neben mir. Wir sind uns schon einige Male auf dem Deich begegnet. Ohne große Worte bringt sie mich zur Kesselwarft. Wir sind für morgen zum Gespräch verabredet. Sie scheint genau der Typ zu sein, den ich brauche: ein weiblicher Neuzugang auf der Hallig!

JULIA

„Das Leben auf der Hallig macht dich härter – und auch weicher.“

Auf der Kesselwarft

Am nächsten Tag sitzen Julia und ich in Decken gehüllt an meinem Küchentisch. Wieder einmal ist die Heizung ausgefallen, der alte Heizlüfter röchelt im Hintergrund. Julia ist Mitte dreißig, schlank, sportlich gekleidet und perfekt dezent geschminkt. Eine Aura von Abenteuer und Neugier umgibt sie. Wann immer ich sie zufällig treffe, strahlt sie, selbst bei Wind und Regen auf dem Deich. Wie schafft sie das bloß unter dieser Hallig-Käseglocke, in der sich alle abwartend und zugeknöpft geben?

Wir beginnen unser Gespräch. Gespannt schaut sie mich aus ihren himmelblauen Augen an.

Kannst du dich an deinen ersten Halligaufenthalt erinnern?

Das vergesse ich nicht. Vor neun Jahren sah mein Mann einen Fernsehbeitrag über die Halligen. Er war total aus dem Häuschen: „Guck mal, das könnte uns gefallen." Ich war zuerst gar nicht so begeistert, aber dann dachte ich: „Warum nicht?" Wir waren beide beruflich ziemlich ausgepowert. Kurz entschlossen sind wir dann im Herbst für eine Woche hierhergefahren. Schon die Überfahrt war wunderschön. Alles, was man sonst an Gedanken mitschleppt, an Arbeit und was man hätte noch tun müssen, war weg, wie abgeschnitten! Alles auf dem Festland geblieben. Anders lässt sich das nicht beschreiben.

Versunken nestelt Julia an den Fransen ihrer Wolldecke.

Am Anleger mussten wir auf unsere Vermieterin warten. Die Warften waren in rötlich schimmerndes Sonnenlicht getaucht und das Meer schien wie ein Schwimmreif um die Hallig zu liegen. Ich hatte das Gefühl: Hier warst du schon mal. Das klingt verrückt. Mein Mann zog mich später oft damit auf. Es war für mich wirklich so, obwohl ich vorher noch nie auf einer Hallig gewesen war. Ein irres Gefühl. Fremd und doch nicht fremd zu sein.

Julia lächelt verlegen. Ist es mein erstaunter Blick, der sie irritiert? Ich denke an meine Ankunft. Bei Dunkelheit war ich als Einzige von Bord gegangen, bedacht, nicht auf der glitschigen Landungsbrücke auszurutschen. Unwirklich und wenig einladend hatte der kleine Halligbafen vor mir gelegen. Auf dem überschaubaren Parkplatz nur eine Kutsche und ein paar Planwägelchen, sonst menschenleer. In einem Wartehäuschen hatte ich vor dem eisigen Wind Zuflucht gefunden. Unruhig wartend sah ich im spärlichen Mondlicht in der Ferne drei Warften in Nebelschwaden gehüllt.

Wir hatten auch Glück. Es war ein Traumwetter, wir wohnten in einer schönen Ferienwohnung mit Blick aufs Meer und erlebten das erste Mal „Land unter". Das war vielleicht der Stein, der alles ins Rollen brachte. Dieses atemberaubende Naturschauspiel hat mich total fasziniert. Es war aufregend, mitzuerleben, wie das Wasser langsam kam und sich wie ein gewaltiger Reif um die Warft legte. Eine solche Nähe zum Wasser und zur Natur hatte ich noch nicht erlebt. Den ganzen Tag saßen wir nur im Wintergarten und haben das Wasser, die Wolken und die Weite beobachtet. Diese Stille und Einsamkeit begann ich bald richtig zu genießen. Ich kam mir vor wie im Paradies. Wir waren natürlich nicht auf „Land unter" eingestellt. Man lud uns sogar abends zum Grillen ein.

In den folgenden Jahren sind wir immer wiedergekommen und suchten uns jedes Mal auf einer anderen Warft eine Unterkunft. Damals habe ich es schon so wahrgenommen, dass jede Warft ein Universum für sich ist.

Was meinst du mit Universum?

Auf einer Warft lebt doch seit Jahrhunderten nur eine kleine Anzahl von Menschen. Jeder Einzelne prägt mit seiner Geschichte das Zusammenleben und die Atmosphäre. Auch wenn dieser Mensch längst gestorben ist, hinterlässt er Spuren. Durch die Bewohner strahlt jede Warft eine eigene Energie aus. Du spürst sie, wenn du sie betrittst. Es fühlt sich auf jeder Warft anders an.

Das klingt fast esoterisch.

Mit Esoterik kann ich nichts anfangen. Aber seit ich hier lebe, bin ich sicher, es gibt Kraftfelder, und jede Warft hat ihr eigenes Kraftfeld. Als Tourist nimmt man das nicht so schnell wahr, doch wenn du hier lebst, spürst du diese Energie. Das ist einzigartig, vielleicht auch geheimnisvoll.

Ist es das, was auch ich wahrnehme, wenn ich über die Hallig gehe und zögere, die Warften grundlos zu betreten? Es ist, als würde man eine Trutzburg erklimmen – auf die Gefahr hin, von einem Halligritter mit Schild und Schwert empfangen zu werden. Eine unwirkliche Atmosphäre weht einen an, abhängig von der Tageszeit, der eigenen Gemütslage und der Wetterlage. Sobald man den Innenhof einer Warft betritt, ist man von klösterlicher Stille umschlossen. Selten trifft man einen Menschen auf den markierten öffentlichen Wegen. Man fragt sich, ob da überhaupt Menschen leben. Wenn es neblig ist, scheint es, als es würden aus den Fethingen tote Seelen rufen: Wer bist du? Was willst du hier?

Wie kam es, dass ihr euch für ein Leben auf der Hallig entschieden habt?

Das war ein langer Prozess. Wir haben immer mehr gespürt, dass sich etwas Entscheidendes in unserem Leben ändern muss. Wenn wir von der Hallig wieder runter waren, ging der Stress wieder los. Immer der gleiche Trott: morgens aufstehen, zur Arbeit fahren, abends im Stau stehen und genervt nach Hause kommen. Mit der Zeit sträubte ich mich immer mehr dagegen. Ich wollte auf der Hallig bleiben. Jedes Mal kamen wir glücklich und ausgeglichen zurück. Kaum waren wir wieder in der Tretmühle, ging es abwärts.

Auf einmal war klar: Es musste etwas passieren, und zwar sofort, nicht erst in zehn Jahren.

Julia holt bei der Erinnerung tief Luft.

Wir hatten auch Pläne, ins Ausland auszuwandern, aber mir war das zu riskant. Ich bin spontan, aber nicht so ein Abenteuertyp wie mein Mann. Als wir dann vor vier Jahren ein weiteres Mal zum Urlaub auf die Hallig kamen, sagte ich zu Roman: „Komm, lass uns bei der Gemeinde nachfragen, wie es hier mit Arbeit und Wohnen aussieht." Im Gemeindebüro griff einer der Mitarbeiter sofort zum Hörer und rief den Bürgermeister an. Man traf sich, und wir wurden nach unseren Erwartungen gefragt und auf unsere Halligtauglichkeit abgeklopft. Ja, und wir hatten Glück! Im Außendienst der Gemeinde wurde gerade eine Stelle frei und sie fragten meinen Mann, ob er sich vorstellen könne, eine Probezeit zu absolvieren. Roman ist Zahntechniker und nicht so der Naturbursche. Aber er mag die Natur und ist gerne bei Wind und Kälte draußen. Er hat damals gezögert, aber ich habe ihm zugezwinkert und er war einverstanden.

Ich habe sofort gespürt, dass es ein Schnitt wird, der unser Leben radikal verändert. So kam es auch. Nach den vier Wochen Probezeit bot man Roman die Stelle an und ein Haus, das wir auf der Schlüterwarft mieten konnten. Es gab nichts mehr zu überlegen. Worauf sollten wir noch warten? Das Leben ist zu kurz, um nur zu träumen. Wir sind einfach ins kalte Wasser gesprungen.

Julia schaut mich unbewegt an. Würde ich diesen Schritt wagen ohne ein sicheres Netz? Alles auf dem Festland aufgeben, um auf einem kleinen Eiland mit ein paar Einwohnern neu zu beginnen?

Du bist ohne eine berufliche Perspektive hierhergekommen? Du hattest auf dem Festland eine feste Arbeit, eigenes Geld, Kollegen, dein Leben ...

Ganz so mutig war ich nicht. Sie wussten hier, dass ich Kosmetikerin und medizinische Fußpflegerin bin, und haben gesagt: „Prima, so jemanden haben wir hier noch nicht!" Aber ich war auch sehr offen, etwas Neues auszuprobieren, das nichts mit meiner bisherigen Arbeit zu tun hatte. Ich wollte mich in einem völlig neuen Lebensraum neu kennenlernen.

Wie haben Freunde und Familie reagiert, als sie hörten, ihr geht auf die Hallig? Haben sie versucht, euch von eurem Entschluss abzubringen?

Die Reaktion war bei allen ähnlich. „Was wollt ihr dort? Da verblödet ihr! Seid ihr verrückt, alles aufzugeben?" Meine Eltern waren sehr in Sorge: „Hier habt ihr eine feste Arbeit und Eigentum. Was soll werden, wenn es schiefgeht? Dann habt ihr alles verloren!" Bei einigen Bekannten hatte ich manchmal das Gefühl, sie seien neidisch. Wir wagten einen Schritt, den sie sich nicht zutrauten. Ein Freund sprach aus, was viele dachten: „Ihr steigt aus dem System aus, den Mut hätte ich nicht." So fühlte ich mich gar nicht. Wir wollten beide unser Leben grundsätzlich verändern, und dazu gehörte, aus dieser Tretmühle auszubrechen.

Von was ist dir der Abschied am schwersten gefallen?

Alles ging rasend schnell. Innerhalb eines halben Jahres haben wir unser Leben auf dem Festland sozusagen abgewickelt. Wir mussten unser Haus zügig und zu einem möglichst guten Preis verkaufen. Auch viele andere Dinge haben wir abgestoßen, die man auf der Hallig nicht mehr braucht. Unsere Autos zum Beispiel. Romans Wagen war mit sehr vielen Extras ausgestattet, es war sein Ein und Alles. Hier aber braucht man einen praktischen Wagen mit Ladefläche. Seinen Schatz gegen einen praktischen Transporter einzutauschen, ging ihm sehr an die Nieren. Für mich waren der Verkauf unseres Hauses und die Übergabe hart. Schließlich hatten wir viel Geld, Zeit und – ja – Liebe in unser Haus investiert.

Sie schaut mich unruhig an. Bereut Julia ihre Entscheidung?

(*Bewegt*) Dann kam die Schüsselübergabe und wir standen plötzlich mit nichts da. Nichts Vertrautes! Keine Sicherheit mehr. Das war ein mulmiges Gefühl. Du weißt ja nicht wirklich, ob es richtig ist und was dich dort erwarten wird.

Kannst du dich an eure Überfahrt erinnern?

Roman war mit dem Umzugstransporter vorgefahren. Es war November, kalt und stürmisch. Ich weiß noch, ich habe auf dem Deck gestanden, aufs Meer geschaut, war total erleichtert und habe gedacht: „Jetzt ist es geschafft." Man lässt alles hinter sich und zieht einen richtigen Strich.

Wie hat man euch auf der Hallig empfangen?

Wir konnten unser neues Haus nicht wie geplant beziehen. Das war kein toller Einstieg. Doch die Gemeinde stellte uns eine Wohnung zur Verfügung und wir durften unsere Möbel bei der Feuerwehr unterstellen. Es hatte sich schnell auf den Warften herumgesprochen, dass die Neuen angekommen waren. Viele kamen und halfen ohne viel Schnack beim Ausräumen des Umzugswagens mit. Das war ein gutes Gefühl, einfach zu spüren, du bist fremd und willkommen!

Nach einem Monat konnten wir unser Haus beziehen und erst mal alles sacken lassen. Wieder halfen viele bei unserem Einzug. Diese unkomplizierte Hilfsbereitschaft hat mich erstaunt, das kannte ich vorher nicht.

Julia lächelt bei der Erinnerung.

Habt ihr ein Einweihungsfest gefeiert?

Unser Fest war ein Hammer! Wir hatten alle Halligbewohner eingeladen und sie sind gekommen. Das Haus war rappelvoll, es war eine super Stimmung, es wurde viel gelacht und wild getanzt. Ja, feiern können die Halligleute. Es ist selten so aufgesetzt oder steif, wie ich es vom Festland kenne. Einige waren natürlich auch gekommen, um zu gucken, wie es bei uns aussieht. Gegen Mitternacht hieß es plötzlich: „Land unter". Auf einmal waren alle Halligbewohner wie vom Erdboden verschluckt und gaben richtig Gas, um es noch rechtzeitig nach Hause auf ihre Warft zu schaffen. Das war unser zweites „Land unter" und auch das werde ich nie vergessen. Es war sehr windig, eiskalt und stockfinster. Wir standen auf der Terrasse, während die Wellen immer höher wurden. Es war ein ganz anderes Gefühl als beim ersten Mal. Wenn du „Land unter" bei Tage und Sonnenschein miterlebst, siehst du, was auf dich zukommt. Jetzt war es stockduster, wir hatten nur unsere Taschenlampen, um zu beobachten, was um uns herum passierte. Diese Naturgewalt so unmittelbar zu erleben, war fesselnd, gleichzeitig fühlte ich mich ihr auch ausgeliefert.

Dein Mann hatte eine Vorlaufzeit, um zu testen, wie es sich auf der Hallig lebt, wenn man kein Tourist mehr ist. Du hattest diese Möglichkeit nicht. Dein Einstieg war vermutlich schwieriger.

Julias wacher Blick wandert unruhig im Raum herum. Warum?

Es war ein Sprung ins Nichts. Ich weiß nicht, ob ich das noch einmal wagen würde ... Zum Glück weißt du ja nie, was kommt. (*Atmet tief durch*) Man hat mich hier sehr, sehr herzlich aufgenommen und mir den Start leicht gemacht. Vielleicht auch, weil ich offen bin und es mir nicht schwerfällt, auf Leute zuzugehen. Ich bin von Haus zu Haus und von Warft zu Warft gegangen und habe mich vorgestellt. Manche sprachen mich gleich an und fragten, ob ich Zeit und Lust hätte, ihre Ferienwohnungen zu putzen. Ich dachte, warum nicht, dann lernst du sie kennen. Zuerst war es mit dem Putzjob auch in Ordnung, im Laufe der Zeit aber ... Man muss schon aufpassen, dass man nicht ausgenutzt wird.

Julia wischt sich durchs Gesicht, lächelt verlegen.

Wenn man ganz woanders neu beginnt, denkt man, glaube ich, immer: Alles wird anders. Das ist deine Chance! Das ist natürlich naiv. Eigentlich wollte ich nicht mehr in meinen Beruf arbeiten, aber hier wurde es für mich ein Standbein. Es sprach sich schnell herum, dass ich Kosmetikerin und Fußpflegerin bin. Gerade die Älteren fragten mich, ob ich auch Hausbesuche mache. So bin ich in viele Häuser gekommen. Das gelingt nicht jedem, der neu auf der Hallig ist. Ich denke, es lag auch an meiner aufgeschlossenen Art.

Hilft das beim Einleben, wenn man offener ist als die Halligbewohner?

Schon, du musst bloß aufpassen, was du sagst. Hier ist alles sehr eng und überschaubar. Mit der Zeit bekommst du aber mit, wem du etwas sagen kannst, ohne dass es sich gegen dich richtet.

Es gibt Alteingesessene, die stellen Neuzugezogene auf den Prüfstand und nehmen sich das Recht heraus, sie auch ausgrenzen zu dürfen. Das musste ich erst einmal verstehen lernen, um darauf entsprechend reagieren zu können.

Ich habe diese Art Feuerprobe auf dem Festland in dieser Schärfe nie erlebt.

Auf der Hallig muss man sich Respekt verschaffen, der allen signalisiert: „Stopp! Bis hierhin und nicht weiter!“ Jeder, der neu ist, muss das durchstehen, und es ist für Frauen vielleicht noch schwieriger. Es ist auch nicht Mobbing, wie man es vom Festland her kennt. Ich erlebe es eher als ein Kräftemessen zwischen zwei Welten, der Festlandwelt, also der Welt der Zugezogenen, und der Halligwelt und ihrer Bewohner.

Kannst du das an einem Beispiel erklären?

Die Gemeinde bot mir im Tourismusbereich eine Stelle an. Prima, dachte ich, jetzt habe ich eine feste Stelle und kann mit meinen Nebenjobs ganz aufhören.

Im Sommer gibt es Tage, da strömen bis zu fünfhundert Tagestouristen auf die Hallig, und ich war dafür verantwortlich, die Kurtaxe einzunehmen. Das ist harte Arbeit, viele Touristen ärgern sich unverhältnismäßig über die paar Cent und beschimpfen einen. Parallel machte ich mit dem Putzen und meinen Hausbesuchen als Kosmetikerin weiter. Ich wollte es langsam ausklingen und niemanden hängen lassen. In der Saison ist es schwer, hier jemanden zum Putzen zu finden. Aber irgendwann dachte ich, wir sind nicht rübergekommen, um Tag und Nacht zu arbeiten. Roman und ich sahen uns nur noch spätabends vor der Glotze. Dafür hätten wir auch auf dem Festland bleiben können. Aber wir waren gekommen, um zu leben.

Als mir alles zu viel wurde, blies mir ein eiskalter Wind ins Gesicht. Ich geriet in einen gefährlichen Strudel, weil ich befürchtete, wenn ich weniger arbeiten würde, nicht mehr dazuzugehören. Ich musste erst krank werden, um sagen zu können: Schluss, ich kündige und gebe meine Putzjobs auf. Sollen die Halligleute von mir denken, was sie wollen.

Hast du damals auch überlegt, aufs Festland zurückzukehren?

(*Erstaunt*) Nein. Warum sollte ich?

Was hat dich gehalten?

Julia schlägt ihre Beine übereinander, nachdenklich blickt sie aus dem Fenster. Azurblau liegt der Halligimmel über dem Wattenmeer. Abrupt wendet sie sich zu mir.

Vielleicht die Hallig? Und ich wollte nicht aufgeben. Trotz der Härte und Krisen prägt einen das Leben hier sehr und man wächst über sich hinaus. Du lernst Selbstbewusstsein, weil du täglich Standfestigkeit beweisen musst. Auf dem Festland glauben viele, man lebt auf einer Hallig in der Natur und in Freiheit. Von wegen! Gerade als Frau mit anderen Erfahrungen musst du dich ganz anders durchsetzen und absolut deine Grenzen stecken, sonst bist du hier am falschen Ort. Aber es ist auch eine Chance. Du bist hier nicht das Klischee „Frau“. Alle wissen, ob sie es dir zeigen oder nicht, wie schwer es ist, alleine auf der Hallig zu leben. Man betrachtet dich nicht als Objekt. Das ist einer der Gründe, warum ich hier lebe.

Auf dem Festland kannst du fast immer ausweichen oder dich in einer Nische einrichten. Hier geht das nicht. Alle müssen miteinander klarkommen. Gerade weil einige dir das Gefühl geben: „Du bist nicht von hier. Du darfst arbeiten und bei uns leben. Aber halte dich aus allem raus. Hier bestimmen wir!“ Nur, wer ist dieses WIR? Die wenigen Alteingesessenen, die es noch gibt und die langsam wegsterben, oder diejenigen, die glauben, sie könnten über andere bestimmen? Solche

„Bestimmer“ haben auch nur Macht, wenn wir sie ihnen lassen. Und ich wollte mich nicht vertreiben lassen.

Stille. Man könnte eine Stecknadel fallen hören. Julias Handy klingelt. Mit raschem Griff in ihre Handtasche holt sie es heraus, schaut aufs Display und zögert kurz, das Gespräch anzunehmen. Wenn sie es tut, zerreißt der dünne Faden ihres Vertrauens zu mir.

Es ist Roman.

Julia drückt den geschmeidigen, asiatischen Handyton weg. Erneut bemerke ich diesen scharfen Zug um ihre Mundwinkel.

Mein Mann, also ... wir sind noch verheiratet, leben aber nicht mehr zusammen. (*Pause*) Eigentlich war es wegen unserer Trennung, dass ich mich entschieden habe, zu bleiben und nicht aufzugeben. Nach dem ersten Winter machte Roman die Arbeit im Außendienst nicht mehr so viel Spaß. Er begann, das Leben auf dem Festland zu vermissen, seine Arbeit als Zahntechniker und seine Fußballmannschaft. Zunächst spielten wir uns noch etwas vor, schoben es auf die neuen Umstände und versuchten, unsere Beziehung zu retten. Für Zweifel war kein Raum. Wir mussten hier zusammenhalten und gerieten immer mehr unter Druck. Irgendwann brach alles sintflutartig über uns zusammen. Wir hatten alles auf dem Festland für ein Leben hier aufgegeben. Und es sollte eine falsche Entscheidung gewesen sein?

Traurig zieht sie sich zusammen.

Nach meinem Zusammenbruch im zweiten Jahr hat Roman gesagt: „Ich kann nicht mehr, ich will nicht mehr, ich gehe zurück.“

Julia schaut mich traurig an und lächelt.

Damals habe ich schon überlegt: Gehe ich auch zurück? Mein bisheriges Leben, mein Neubeginn, alles lag vor mir in Trümmern. Es gab Momente, da wollte ich ins Wasser gehen. Das Wichtigste in meinem Leben hatte ich verloren. Roman war mein Mann und mein bester Freund, und unsere enge Bindung war zwischen uns auf der Hallig noch mehr gewachsen.

Auf dem Festland hast du einen größeren Freundeskreis, der dich stützen kann, wenn irgendetwas miteinander nicht rund läuft. Hier muss man gut überlegen, bei wem man sich aussprechen will. Meine Eltern und Freunde haben mich angerufen und bekniet: „Komm zurück. Was willst du dort alleine noch? Du suchst dir eine neue Arbeit und gemeinsam sucht ihr euch einen Paartherapeuten, der eure Beziehung rettet." Aber Roman ist nicht der Mann für eine Paartherapie und ich wollte nicht aufs Festland zurück.

Also ist das Halligleben eine harte Bewährungsprobe für eine Beziehung?

Für mich war es so. Hier fallen mit der Zeit alle Masken. Die üblichen Rangeleien verlieren an Gewicht, weil du dich aufeinander verlassen können musst. In dieser Abgeschiedenheit und in der kleinen Gemeinschaft muss man sich als Paar zurechtfinden und neu aufstellen. Hier werden die Karten in einer Partnerschaft ganz neu gemischt und du lernst dich noch einmal neu kennen. Hier gibt es nichts, was dich als Paar so schnell auffangen kann. Wir haben diese Zerreißprobe nicht bestanden.

Du hast viel verloren. Deinen Mann, deine Arbeit. Wie hast du aus der Krisensituation herausgefunden?

Das ist schwer zu sagen. Ich wollte bleiben und es schaffen. (*Pause*) Zunächst habe ich mir eine neue Arbeit gesucht. Das ist auf einer kleinen Hallig nicht leicht, aber die Gemeinde hat mir auch geholfen. Heute kann ich mir die Arbeit einteilen und arbeite einen Tag in der Woche als Kosmetikerin. Das ist nicht optimal, aber es ist in Ordnung.

Es gibt ein paar Frauen, die kommen auch vom Festland und leben als Single hier. Mit ihnen habe ich in der ersten Zeit viel Kontakt gehabt. Ich weiß nicht, ob ich es sonst geschafft hätte. Viele meiner Bekannten und Freunde auf dem Festland können es bis heute nicht verstehen, warum ich immer noch hier lebe.

Und es gab eine alte Halligfrau. Else. Sie ist eine sehr geerdete Frau und hat viel durchgestanden. Als junge Frau war sie nach dem Krieg mit anderen Flüchtlingen aus Ostpommern hierhergekommen. Auf der Flucht verlor Else ihre Kinder und ihren Mann. Später fand sie hier ihren zweiten Mann. Heute lebt sie bei ihrem Sohn und ihren Enkeln auf dem Festland.

Nach unserer Trennung war ich oft bei ihr. Else hat mir gezeigt, wie man backt und strickt. Mit Nähen und Stricken hat sie ihre Familie viele Jahre über Wasser gehalten. Wenn Else von ihrer Flucht erzählte, wurde ich immer kleiner und dachte: Else hat alles verloren und es trotzdem geschafft. Und du gehst schon in die Knie wegen einer kaputten Ehe und weil hier nicht alles so läuft, wie du es dir vorgestellt hast.

Was können wir als Frauen vom Festland von den alten Halligfrauen lernen?

Von einer wie Else kann man lernen, wie man gelassen bleibt. Ihre Würde und ihr Stolz beeindrucken mich. Die alten Halligfrauen mussten in Krisenzeiten oft alleine zurechtkommen und die schweren landwirtschaftlichen Arbeiten verrichten. Sie mussten mit ihren Ängsten und den Verlusten bei „Land unter" und Sturmflut klarkommen und in der Lage sein, auch ohne ihre Männer die Schäden zu beseitigen. Das prägt. Sie wissen, was sie in ihrem Leben geleistet haben. Wenn du sie fragst, woher sie diese Kraft genommen haben, lächeln sie dich mitleidig an. Sie ruhen in sich. Das beeindruckt mich. Ich bin mir nicht sicher, ob ich diese Ausstrahlung im Alter auch haben werde.

Aber etwas einsam wird man schon, wenn man hier alleine lebt.

Als ich auf die Hallig kam, hatte ich großen Respekt vor den Frauen, die alleine vom Festland herüberziehen. Wenn sie dann noch attraktiv, klug und selbstbewusst sind und in der Halligpolitik mitwirken, kann die Halligtratschküche schnell überkochen. Du musst verdammt stark sein, um das nicht an dich herankommen zu lassen. Vor meiner Trennung hätte ich gesagt: „Hier alleine leben? Nie und nimmer." Jetzt gehöre ich zu ihnen. Manchmal fühle ich mich noch dünnhäutig, aber es stimmt, wie es ist.

Hörst du, was über dich geredet wird?

Oh ja. Für die einen bin ich die Klugscheißerin vom Festland, für andere die Hallighure. Und manchmal höre ich von ein paar Alteingesessenen: „Wenn man über dich redet, hört man nichts Schlimmes, nur positive Sachen!" Aber was das ist, verraten sie nicht.

Sie verschränkt grinsend die Arme vor der Brust.

Was vom Festlandleben vermisst du hier?

(*Gelassen*) Nichts mehr. Bevor wir uns damals entschieden hatten, habe ich mir eine Liste gemacht: Was kann ich auf dem Festland machen und was werde ich auf der Hallig davon vermissen. Das Interessante war, auf meiner Checkliste stand von Beginn an nichts Großartiges.

Nach unserer Trennung dachte ich: Jetzt wirst du auch einen Halligkoller bekommen, alleine schaffst du das Leben hier nicht. Manchmal greife ich zum Hörer oder maile mit meiner Familie und meinen Freunde auf dem Festland. Oder ich fahre für ein paar Tage rüber. Nach zwei, drei Tagen will ich aber schnell wieder zurück. Mir fehlen die Weite, das Meer, der muffige Wattgeruch und der Schlick. Ich packe dann meine Koffer und sage: „Tut mir leid, ich muss wieder zurück."

Julia unterstreicht ihre letzten Worte mit einer entschiedenen Geste. Die Hallig, ein Zufluchtsort nach Verlusterfahrungen? Ein Ort für Neubeginn und Trauer? Ein Sehnsuchtsort, an den man all das trägt, was im Leben auf dem Festland schiefgelaufen ist?

Das klingt, als könntest du auf das Festland ganz verzichten.

Es gibt Phasen, da vermisse ich den Großstadttrubel, das Bummeln durch Straßen, im Café zu sitzen, ins Kino, in die Sauna oder Therme zu gehen oder spontan jemanden zu treffen. Mir reicht es meist nach einem halben Tag, aber ich bin froh, die Möglichkeit zu haben, aufs Festland zu fahren, um einfach Abwechslung zu haben.

Was sind das für Momente?

Jeden Tag siehst du die gleichen Gesichter. Jeder Tag läuft ähnlich ab. Nach einem halben Jahr wird plötzlich alles sehr eng und man will vor dieser Enge flüchten. Das verrückte ist, diese Enge entsteht durch die Weite in der Natur.

Wenn du im Urlaub hier bist, staunst du und denkst: „Wow, diese Weite, unglaublich. Fantastisch!" Man genießt es. Erlebst du sie jeden Tag, beginnt dich diese Weite zu erdrücken. Im Winter, wenn die Hallig nur noch Grautöne hat und alles platt ist, wird die Unendlichkeit mit der Zeit enger und enger. Dann ist es höchste Zeit, von der Hallig runterzukommen, um keinen Halligkoller zu bekommen.

Spätestens nach drei Tagen auf dem Festland willst du aber wieder nach Hause. So eine starke Sehnsucht nach einem Ort habe ich vorher nicht gekannt. Vielleicht ist es das, was die Hallig so besonders macht. Sie strahlt eine Sogwirkung aus. Das sagen viele.

Woher kommt diese Sorgwirkung?

Die Natur. Die Landschaft. Die fetten Wiesen, die selbst noch im Winter grün sind, solange es kein „Land unter“ gab. Vögel, die zu Tausenden kommen. Die nicht greifbare Weite. Dieser Himmel, der sich nachts verwandelt, als wärst du in Tausendundeiner Nacht oder in der Wüste. Das Watt. Die Lichtspiele bei Sonnenauf- und -untergang.

Übertreibt sie nicht? Zugegeben, auch ich nehme das ständig wechselnde Lichtszenario auf der Hallig als einmalig wahr, besonders bei Wetterumschwüngen. Es ist schwer, diesem Lichtsog nicht zu verfallen. Als würden einen Sirenen aus einer anderen Welt locken. Ein Traum? Eine Flucht aus der Realität? Eine Sinnestäuschung, ausgelöst durch Erschöpfung und Sehnsucht nach einer heileren Welt?

Man taucht ein in eine Welt, die es sonst nicht gibt. Wenn ich früher ein Stück vom Regenbogen sah, dachte ich: „Nett, ein Regenbogen.“ Hier bleibe ich stehen, weil ich nicht nur den Regenbogen vollständig sehe, sondern plötzlich sind es zwei, die sich über die ganze Hallig spannen.

Ich nehme Dinge in der Natur wahr, für die ich früher blind war, und schärfe meine Wahrnehmung. In der Hochsaison will man im Sommer am liebsten nach der Arbeit nur noch die Beine hochlegen. Doch dann klopft ein Nachbar an die Tür und lädt dich auf sein Segelboot ein. Du lässt dich treiben auf dem Meer, hörst die anderen um dich reden, schaust in die Wolkenbilder und versinkst im Lichtspektakel der untergehenden Sonne. Ganz langsam fahre ich dabei runter und komme mir sehr nah. Diese Nähe zu mir habe ich so nirgendwo auf dem Festland gefunden.

Eröffnet ein Halligdasein im 21. Jahrhundert, im Strudel unserer hochleistungsgesteuerten Burnout-gefährdeten Gesellschaft, die Möglichkeit, sich als Mensch zu erkennen? Mehr als auf dem Festland? Ist es das, wonach Menschen suchen, wenn sie sich heute für ein Leben auf der Hallig entscheiden? Ist es das, was Julia hält? Die intensive Erfahrung mit der Natur als Spiegelung ihrer Existenz?

Du beschreibst deine Verbindung mit der Hallignatur sehr lebendig. Trotzdem habe ich noch nicht ganz verstanden, was den Unterschied zum Festland ausmacht. Was ist das Einzigartige an der Naturerfahrung auf der Hallig?

Mir fällt es schwer, das in Worte zu fassen. Ich mache hier Erfahrungen, die mich bescheiden und ... ja, demütig werden lassen. Ich lebe auf einem kleinen Eiland mitten im Meer und begreife allmählich, dass ich ein Teil davon bin. Wenn ich im Watt unterwegs bin, schenkt es mir Ruhe und ich gewinne an Klarheit. Es ist nur Sand und Schlick, auf dem du läufst, aber du wanderst im Nichts in die Weite. Schritt für Schritt gehst du dem Horizont entgegen und dein Alltag rückt immer mehr in die Ferne. Eine ähnliche Erfahrung habe ich einmal in der Wüste gemacht. Aber hier habe ich das Gefühl, ich laufe der Unendlichkeit entgegen und der Wattboden trägt mich.

Ich meide das Watt bei meinen täglichen Wanderungen am Deich. Warum? Aus Angst, mich zu verirren und bei kommender Flut zu ertrinken? Ich könnte mich einer sachkundigen Führung anschließen. Warum interessiert mich das nicht? Macht das Watt mir Angst?

Im Watt bist du jenseits von allem. Du tauchst wirklich in eine andere Welt ein. Das sind Ausnahmesituationen, die man dort erleben kann. Erfahrungen, die etwas mit einem machen und dich verändern. Für mich ist es die Begegnung mit Endlichkeit und Unendlichkeit.

Glaubst du an Gott?

Jeder glaubt, auch wenn wir es nicht wahrhaben wollen, oder? Unsere Halligkirche ist eine besondere Kirche. Schon das Jesuskreuz. Man hat es bei der großen Sturmflut aus dem Wasser gerettet. Es sollen übrigens Halligfrauen gewesen sein, die es unter Lebensgefahr aus der Flut geholt haben.

Für die Menschen, die hier geboren sind, ist ihre Kirche immer noch sehr wichtig, das spürt man. Gott hat ihre Vorfahren und ihre Hallig vor dem Untergang bewahrt. Und ich merke auch, dass sich meine Einstellung zum Glauben wandelt. Ich bin aus der Kirche ausgetreten und bleibe es auch. Doch es gibt Momente, da setze ich mich in unsere kleine Kapelle, schaue mir die geschnitzten Holzfiguren der Seefahrer an und frage mich, wie es wohl ihren Frauen ergangen ist, wenn ihre Männer und halbwüchsigen Söhne auf hoher See monatelang unterwegs waren und sie nicht wussten, ob sie gesund heimkehren würden. Ob sie ihnen treu blieben oder sie mit ihrer Kinderschar und ihren Alten auf der Hallig im Stich ließen. Solche Halligmänner gab es ja auch. Ich sitze also da, horche in die Stille und lasse alles auf mich wirken. Auf dem Festland wäre ich nie auf die Idee gekommen, eine Kirche nur zu betreten. Hätte mir das jemand vorausgesagt, ich hätte ihn für komplett verrückt erklärt. Inzwischen singe ich sogar im Kirchenchor, wenn meine Stimme gebraucht wird.

Beunruhigt dich der Gedanke, dass du eine Jahrhundertflut erleben könntest?

Ehrlich gesagt, möchte ich keine miterleben! Wenn hier die Deiche brechen und ein richtiger Orkan losgeht, ist man dieser Naturgewalt völlig ausgeliefert. Die Vorstellung, alles verlieren zu können, flößt mir inzwischen nicht mehr so viel Angst ein. Man kann nichts für immer festhalten. An einem Ort wie diesem hier, wo man den Naturkräften ausgesetzt ist, begreift man das vielleicht eher.

Wenn die alten Halligbewohner über ihre Erfahrungen mit der großen Sturmflut erzählen, lernt man: Sie sind nicht abgehauen. Sie sind wie ihre Vorfahren hier geblieben und haben ihre Häuser wieder aufgebaut. Einfach, weil sie hier leben wollten. Ein altes Halligehepaar hat einmal bei einer Gedenkveranstaltung an die große Sturmflut 1962 sehr bewegend über diese Zeit des Wiederaufbaus erzählt. Damals wollten beide nicht weitermachen. Trotzdem sind sie dageblieben. Alle sind geblieben und haben sich für die Hallig und den Wiederaufbau entschieden. Dieser starke Wille, hier leben zu wollen und dafür alles auf sich zu nehmen, das verstehe ich immer besser.

Du identifizierst dich stark mit den alten Halligbewohnern. Aber die Neuzugezogenen bringen doch auch etwas in die Halliggesellschaft ein.

Ich denke, was manche Halligbewohner von uns Neuzugezogenen lernen könnten, ist, Verantwortung zu übernehmen für das, was man tut. Bei einigen Alteingesessenen nehme ich eine Anspruchshaltung wahr, als wären sie etwas Besonderes. Manchmal kommt man sich bei politischen Diskussionen vor wie in einem Kindergarten. Es gibt einige, die glauben, dass die Gemeinde für alles zuständig sei, auch für das, was sie selbst verursacht haben. Dieses Verhalten nehme ich auf der Hallig noch krasser wahr als auf dem Festland. Wenn man das aber sagt, heißt es schnell: „Du kannst nicht mitreden. Du bist neu." Bei einigen habe ich auch den Eindruck, dass sie uns zum Sündenbock für alles machen, was auf der Hallig nicht rundläuft.

Inzwischen kann ich das ignorieren und arbeite im Gemeinderat mit.

Man hat mich sogar gebeten, Schriftführerin zu werden, vermutlich auch, weil es niemanden gab, der es sein wollte. (*Lacht*) Das war hier schon immer die klassische Rolle der Frauen, wenn sie vom Festland auf die Hallig kamen. Mir macht es aber Spaß. Auf dem Festland und vor meiner Trennung habe ich mich nie politisch engagiert. Ich stehe nicht gerne in der ersten Reihe. Hier ist alles sehr konkret und hautnah. Entweder du entscheidest dich, für die Gesellschaft etwas zu tun, auch wenn du Prügel einstecken musst, oder du ziehst dich zurück, wie es viele machen. Auch das kann ich verstehen, wenn man einfach nur hier leben will und seinen Frieden sucht mit sich und der Welt.

Hast du für dich schon ein Resümee über dein Leben auf der Hallig gezogen?

(*Nachdenklich*) Ich glaube, das Halligleben macht dich härter – und auch weicher. Du wirst weicher, weil man lernt, die Menschen zu respektieren. Vieles geht einem sehr nah, weil man alle kennt, man lebt auf engem Raum zusammen. Man wird härter, weil man hart und stark sein muss. Man lernt, mit der Einsamkeit umzugehen. Du musst mit dir ins Reine kommen, sonst musst du gehen.

Im Dezember lebe ich vier Jahre hier. Eine kurze Zeit. Ich wusste nicht, was mich erwarten würde, und war offen für alles. Für das Leben auf der Hallig habe ich fast alle Bande zum Festland gekappt. Nach unserer Trennung weiß ich jetzt aber auch, wer auf dem Festland ein echter Freund ist.

Hier habe ich Nackenschläge eingesteckt und Verletzungen durchgestanden. Den Menschen, den ich liebte und mit dem ich alt werden wollte, habe ich verloren. Das sind viele Verlusterfahrungen. Ich werde an ihnen wachsen.

Zum Abschied geben wir uns die Hand. Julias Handschlag ist fest und warm. Sie bedankt sich für unser Gespräch. Es komme nicht häufig vor, dass man auf der Hallig unverhofft jemand kennenlernte und sich auch öffnen könne. Bei mir sei das etwas anderes. Ich sei ja nur für die kurze Weile meiner Recherche hier. „Ich stelle es mir nicht einfach vor, über uns Frauen auf der Hallig zu schreiben. Vermutlich wird es da für dich auch scharfe Klippen geben", fügt sie lächelnd hinzu. Und schon ist sie verschwunden.

3. Kapitel

31. Oktober

Das Interview mit Julia ist gut gelaufen. Heute fauler Tag. Charlotte hat recht, man verliert das Gefühl von Zeit. Sie bleibt nicht stehen, sie scheint sich auszudehnen, je länger man hier ist. Man verliert sich in seinen Gedanken, wenn man nur lange genug in den Horizont, in die Weite des Himmels schaut, die unendlich scheint. Ich gerate zunehmend aus dem Lot, verliere die Koordinaten meines bisherigen Lebens. Beängstigend und aufregend zugleich.

2. November

19.30 Uhr. Mein Nachbar Bernd hat unser gemeinsames Essen abgesagt. „Zu viel Arbeit!“ Bei meinem abendlichen Spaziergang zur Auenwarft hatte ich ihn bei Hannelore am Tresen mit dem Hafenmeister und einigen Halligmännern vom Küstenschutz getroffen, bei Bier und Apfelsaftschorle. Es war B. unangenehm, dass ich ihn in ihrer Gegenwart ansprach und sie mitbekamen, dass wir inzwischen mehr als nur ein knappes „Moin“ miteinander wechseln. Grinsend musterten sie uns. Hat er etwa Sorge, dass die anderen Männer ihn aufziehen, weil er Kontakt mit einer Lesbe vom Festland hat?

Meine Halliglammwürstchen mit Grünkohl und gestampften Kartoffeln – nach Halligrezept – lasse ich mir ohne Bernd schmecken und bin einfach faul. Zum Arbeiten keine Lust.

Nachtrag

Hans B. hat eine Nachricht hinterlassen. Er will mich morgen treffen, ob ich in sein Büro kommen könne?

Seine Einladung klingt gut gelaunt und aufgeräumt. Na dann, morgen also zum Bürgermeister.

3. November

Gleich am Morgen mache mich auf und besuche Hans B. auf der Jakobswarft. Sein Büro ist spartanisch eingerichtet. Er begrüßt mich mit einem kurzen „Moin", ohne aufzuschauen, und sucht fahrig in vier aufgeschlagenen Aktenordnern gleichzeitig nach Papieren. Griffbereit liegen zwei Handys und ein Smartphone neben ihm. Sein Schreibtisch: ein ausgedienter Sitzungstisch. Kein Zweifel, hier wird gespart. Unschlüssig, ob ich mich setzen sollte, bleibe ich abwartend im Türrahmen stehen.

Fast synchron klingeln zwei Handys mit unterschiedlichen Klingeltönen. In hektischem, jedoch beschwichtigendem Tonfall geht er auf seine hörbar erregten Gesprächpartner ein: „Jo, ik weet, ik kümmer mi dorum un mell mi denn!" Erst jetzt scheint er mich wahrzunehmen und ist erstaunt, dass ich schon da bin. Er müsse unerwartet aufs Festland zum Landrat, und das nächste Biosphärentreffen mit allen Halligen müsse heute auch noch vorbereitet werden. „Nichts läuft, wie es laufen müsste!" Seine Zutraulichkeit irritiert mich. In gereiztem Ton ruft er Charlotte aus dem Nebenraum herbei, ob sie nicht wüsste, wo die Unterlagen der letzten Gemeindeversammlung abgeblieben wären! Ruhig kommt Charlotte herein. Sie übergeht den scharfen Unterton ihres Chefs und wirft mir einen vertraulichen Blick zu, als wolle sie sagen: „So ist er immer." Beide scheinen sich gut zu kennen. Sie geht mit ihrem dampfenden Kaffeepott zu ihm und blättert konzentriert die aufgeschlagenen Ordner durch, während er weiter wie ein Rohrspatz über das mangelnde Ordnungssystem wettert. Auch das scheint Charlotte schon zu kennen. Sein Lamento perlt an ihr ab, ruhig wendet sie sich dem geöffneten Aktenschrank zu und zieht mit sicherem Griff einige Ordner aus den eng bestückten Regalen heraus, blättert sie kurz durch und legt ihm ohne eine Miene zu verziehen ein paar Papiere vor. Umgehend schlägt seine Stimmung um, erleichtert beginnt er, Charlotte in hohen Tönen für ihren Durchblick und ihr Organisationstalent zu loben. „Ohne Charlotte wäre ich verloren!" Er sucht meinen Blick und lächelt, als ich ihn erwidere.

Erneut schellt eines seiner Handys. Diesmal ist es der Fährbetrieb. Hitzig beginnt er, sich mit seinem Gegenüber in die Wolle zu bekommen, wie sie sich das vorstellten, wenn der Fährbetrieb in den kommenden Winterwochen noch mehr eingeschränkt würde. „Könnt ihr mir sagen, wie ich das meinen Leuten hier klarmachen soll?", regt er sich lautstark auf und scheint alles um sich herum dabei zu vergessen. Flüsternd nimmt Charlotte mich beiseite: „Das wird heute nichts mehr." Und schon stehe ich im zugigen Vorraum des Gemeindebüros und frage mich: Was war das und was wollte er überhaupt mit mir besprechen? Ich verbuche die Angelegenheit unter „Sturmwarnung beim Bürgermeister!"

6. November

Halbstündiger Spaziergang bei Regen zum Café „Küstenschwalbe" auf der Auenwarft. „Aus betrieblichen Gründen geschlossen!" Schade, der Kuchen und der Cappuccino bei der urigen Wirtin sind spitze, ein wahrer Lichtblick in der winterlich kargen Café- und Barlandschaft der Hallig! Ich werde es in den nächsten Tagen noch einmal probieren. Die Fotografie mit den beiden Heuarbeiterinnen lässt mich nicht los. Vielleicht kann die Wirtin mir mehr über die beiden Frauen aus den 1930ern erzählen und ich finde das Foto an der Wand wieder.

Nächtliches Gespräch mit Lilly. Sie hat für das erste Dezemberwochenende drei Tage Rom gebucht. Perfekt. Das schaffe ich, bis dahin bin ich längst mit dem Thema durch. Kleiner Kurzurlaub, urbane Kultur genießen, das ist genau das, was ich brauche, um nach meinen Robinson-Dasein hier wieder im Leben anzukommen. Robinson hatte wenigstens seinen Freitag.

9. November

Ich treffe Ulla nachmittags an der Schleuse. Ein beschaulicher Platz am Deich, um in der spätherbstlichen Sonne zu verweilen und über das Wattenmeer auf die anderen Halligen und Inseln zu schauen. Ulla ist Ende vierzig, groß und stämmig, ihre rotblonden Haare sind zum Pferdeschwanz zusammengebunden. Ihr Hund, eine Promenadenmischung mit schwarzen Sprenkeln im weißen Fell, kleinen Muschelohren und dunklen Knopfaugen, kommt neugierig auf uns zu gerannt. Er heißt Silver, erfahre ich, wie der einbeinige Pirat aus der „Schatzinsel". Hat Ulla etwa auf mich gewartet?

Ulla ist aus Berlin. Der schnoddrige Ostberliner Tonfall verrät ihre Herkunft sofort. Wir kommen schnell ins Gespräch, sind uns einig, dass für uns beide Berlin bis zum Fall der Mauer die Insel der Glückseligen war, abgeschieden von der Normalität von BRD wie DDR. Der breite, hellgraue Horizont gleicht plötzlich einer Mauer, die Himmel und Wasser in zwei Welten teilt. Heute ist der 9. November. Heute vor fünfundzwanzig Jahren ist die Mauer gefallen.

„Den Trabi ließ ich stehen! Da ging ja nichts mehr. Alle waren auf den Beinen zum Brandenburger Tor", erinnert Ulla sich bewegt. Sie beugt sich zu Silver herunter, greift seinen Knochen und wirft ihn schwungvoll fort.

Auch Lilly und ich waren in dieser Nacht mit Freunden und Kamera unterwegs. Wir ließen unser Auto stehen, quetschten uns durch die Menschenmenge

„Diese Aufbruchstimmung vergesse ich nie. Wir waren nicht mehr zu stoppen, durch nichts und niemanden“, sagt Ulla und schaut mich stolz von der Seite an.

Atemlos, ungläubig sahen Lilly und ich zu, wie Junge und Alte unter enthusiastischem Klatschen und anfeuernden Pfiffen begannen, auf Leitern die drei Meter hohe Mauer zu überwinden. Kaum waren sie auf der Mauerkrone angekommen, trafen sie auf DDR-Bürger, die in Anwesenheit der gehorsam müden Grenzsoldaten den Todesstreifen überquert hatten und ebenfalls die Mauer emporgeklettert waren. Glücklich heulend fielen sich Menschen aus Ost und West, auf der Mauerkrone im Freudentaumel vereint, gegenseitig in die Arme.

„Noch Wochen danach war ich im Rauschzustand. Die Freiheit – die beste Droge, oder?“ Ulla lacht auf, als würde der Wind noch einmal die Sprechchöre der Menschen zu uns auf die Hallig tragen: „Endlich frei! Endlich frei. Wir sind ein Volk! Endlich frei!“

Ich erinnere mich, dass ich mit Lilly über die Frage stritt, wie lange die kollektive Euphorie wohl anhalten würde.

„Ich weine der DDR keine Träne nach.“ Ullas Stimme schlägt um. „Der Wende verdanke ich mein zweites Leben.“ Etwas Verletzliches, Brüchiges klingt an. Was mag sie erlebt haben? Was liegt hinter ihr, dass es sie letztlich auf die Hallig verschlagen hat?

„Ein Interview? Über mich? Nee, dafür musst du hier andere suchen.“

Das war ein scharfer Ton. Mit hochgezogenen Schultern vergräbt sie ihre Hände tief in den Anoraktaschen. Die plötzliche Erstarrung ihres Körpers ist für mich fühlbar. Schweigend schauen wir über den kleinen Strand auf das endlose Meer und die graue Horizontlinie, die wirkt, als sei sie von fremder Hand mit einem Bleistift gezogen.

„Reden können wir“, bricht Ulla schließlich unser Schweigen und scheint meine Frage schon zu ahnen. „Die Neugier und die Liebe haben mich auf die Hallig verschlagen.“

Zu DDR-Zeiten war Ulla Dekorateurin und Chorsängerin in einem Laienchor gewesen. Anfang der 1980er-Jahre, bei einem internationalen Chorfestival in Danzig, lernte sie bei einer Führung im Dom Sören kennen.

„Sören war Wessi und Steuermann auf einem Dreißigtonner-Frachtschiff“, erzählt sie mit beiläufigem Stolz. Nach der Führung lud er sie und ihre Freundin zum Eis ein.

„Geknistert hat es sofort.“ Heimlich trafen Ulla und Sören sich noch zweimal wieder. „Aber hätte damals jemand gedacht, dass die Mauer jemals fallen würde?“ Ulla fischt eine Zigarette aus ihrer Jackentasche. Ruhig bläst sie kleine Rauchwölkchen aus und schaut auf das gleißende Sonnenlicht, das rötlich über das Watt flirrt.

Vier Monate nach ihrer ersten Begegnung trafen sie sich in Rostock wieder. Sörens Frachter lag dort vor Anker.

„Für Sören war es damals schon Liebe“, überlegt sie berührt und fährt tonlos fort: „Für mich ein Abenteuer. Ich war neugierig und wollte wissen, wie die Männer im Westen so ticken.“ Aber rübergehen, nee, das habe sie damals nicht gewollt. Trotz aller Widersprüche habe sie bis zum Schluss vom echten Sozialismus geträumt. „Es ging mir nicht schlecht“, betont sie mit Nachdruck. Fünf Jahre arbeitete Ulla als Dekorateurin in Berlin am Alexanderplatz, im damals größten Kaufhaus der Republik, und sie schaffte es, neben der Arbeit ihren Traum zu realisieren: „Sängerin zu werden und an der Hanns-Eisler-Schule zu studieren.“

Dafür nahm sie manches hin. Unvermittelt schaut sie mich an, prüft, ob ich ermessen könne, welche Kompromisse, welche Akte der Selbstverleugnung sie auf sich genommen hatte, um diesen Traum wahr werden zu lassen. Denn Ullas Verliebtheit, die heimlichen Treffen in Danzig und Rostock, blieben nicht ohne Folgen. Vor den Augen ihrer Kommilitonen wurde sie von der Staatsicherheit aus dem Hörsaal heraus zum Verhör geholt. „Sie wussten alles. Wann, wie oft wir uns getroffen hatten, worüber wir gesprochen hatten, sie kannten unsere Briefe. Alles."

Kurz streift mich ihr Blick, als wolle sie sich vergewissern, ob ich ihr zuhöre oder abschalte.

„Meine Tagebücher. Mein ganzes Leben. Alles lag komplett vor ihnen." Sie wischt sich eine Strähne aus dem Gesicht. „Sie dachten, ich plante Republikflucht. Jemand hatte mich denunziert. Na, und meine Gesangsausbildung, meine Pläne, Jazzsängerin zu werden, die konnte ich knicken."

Scharf ruft sie Silver beim Namen. Aufgeregt rennt er am Strand hin und her, beobachtet die Vögel im Watt und schreckt sie mit seinem lauten Gebell auf.

Erst nach der Einsicht in ihre Akten habe sie erfahren, wer sie verraten hatte. „Geahnt klar, aber wer will schon glauben, dass die beste Freundin, mit der man alles teilt, dass sie einen …" Sie holt tief Luft und winkt ab. „Schnee von gestern", fügt sie leise hinzu und drückt ihre Zigarette am Boden aus. „Es ändert nichts, wenn man sich weiter wie ein Hamster im Opferrad dreht. Man muss sich daraus befreien. Und ob ich es tatsächlich geschafft hätte, eine erfolgreiche Jazzsängerin zu werden, wenn das alles nicht passiert wäre, wer weiß.

Hier auf der Hallig lernt man, vieles mit anderen Augen zu sehen. Die Weite und Enge und Einsamkeit fordern einen geradezu heraus."

Hat sie recht? Ist es das, was ich in den letzten Tagen zu fühlen begann? Ich denke an mein Gefühlschaos, das seit dem Brief meiner Mutter in mir rumort.

„Und mal ehrlich, wer kann schon die Hand ins Feuer legen, nicht auch zum Verräter zu werden?“ Ulla fixiert mich, ich erröte unter ihrem Blick. „Jeder hat seine Dämonen, die er zähmen muss.“

Laut hechelnd kommt Silver vom Strand auf den Deichpfad gelaufen und legt seinen angeknabberten Knochen vor mir ab. Ulla scheint es zu gefallen, dass er mir seine Zuneigung schenkt. Etwas beklommen hebe ich den speichelfeuchten Knochen auf und werfe ihn zum Strand hinunter. Mit hohen Sprüngen versucht er, sein Beutestück im Flug zu erhaschen.

Kurz schaut Ulla auf ihre breite Armbanduhr – eine Taucheruhr – und bemerkt meinen neugierigen Blick. „Tauchen ist mein großes Hobby nach der Wende geworden. Die Welt im Meer, ihre Meeresbewohner sind unglaublich spannend.“

Doch bei aller Naturliebe ist Ulla auch politische Aktivistin, die sich für eine bessere Welt engagiert. „Viele Tagestouristen lassen ihren Plastikmüll überall liegen. Der Wind treibt ihn aufs Meer, die Seetiere und Vögel halten ihn für Nahrung und verletzen sich an den scharfen Kanten der Plastikflaschen.“

Sie hält inne und bemerkt meine Ungeduld. In der Tat interessiere ich mich in diesem Moment nicht für die ökologischen Sünden anderer.

„Tut mir leid, Sören sagt auch, ich soll mich da nicht immer so hineinsteigern.“ Einen Moment hält Ulla inne. „Wir sind für die Freiheit nicht geboren, oder?“ Sie schaut aufs Wasser, das langsam geht und den Zauber des Wattenmeeres freilegt.

„Die eigentliche Revolution fand nach der Wende statt. Viele sehen das heute noch anders.“

Hat Ulla recht?, überlege ich und verliere mich in der

Weite des aufsteigenden diesigen Horizontes in meiner Erinnerung. Die Wendezeit – der Beginn eines langwierigen, schmerzlichen Abschieds. Papas Prinzessin, meine große Schwester, beruflich und privat erfolgreich, der alles zu gelingen schien, verschwand. Lautlos schlich sie sich aus dem Leben.

„Ich habe mich damals als Teil des Aufbruchs gefühlt. Tagelang, nächtelang diskutierten wir die gesellschaftlichen Chancen für alle und suchten nach echten basisdemokratischen Modellen. Das war die Freiheit, von der ich immer geträumt hatte."

Einen Moment lang beneide ich Ulla für dieses leidenschaftliche, glühende Freiheitsgefühl, das ich bis heute nicht mit der Wende verbinden kann. Nach dem ersten Verebben der Euphorie teilte ich mit vielen anderen den schlichten Wunsch, man möge die Berliner Mauer wieder errichten. Die gesellschaftlichen Umwälzungsprozesse und auch die Ernüchterung vieler DDR-Bürger über die neu entstehenden Verhältnisse, die sie als schmerzlichen Verlust empfanden, schlugen um in wachsende Resignation und Aggression. Ein Jahr nach der Wende war das in den Berliner Straßen schon spürbar.

„Doch alles endete im Chaos oder in Intrigen, weil es immer um Macht geht. Irgendwann hatte ich die Schnauze voll von dem ganzen Hickhack. Keine Politdiskurse, keine Gutmenschen, keine hysterischen Feministinnen und keine Männer! Ich wollte die Welt kennenlernen."

Zwei Jahre reist Ulla mit dem Rucksack um den Globus. „Ich ließ mich einfach treiben wie Strandgut auf dem Meer und hielt mich mit Jobs über Wasser." Aber letztlich habe sie eine Unruhe gepackt und sie erinnerte sich an Sörens Worte über die Hallig: „Es gibt keinen anderen Ort auf der Welt, an dem die Freiheit so grenzenlos ist. Wo man findet, wonach man sucht."

„Ja, und ich bin immer noch hier.“ Dem Klang ihrer Stimme ist nicht zu entnehmen, ob sie es als Glück empfindet, auf der Hallig zu leben. „Sören behauptet, ich sei seinetwegen hergekommen! Er ist ein Romantiker und hat sein Herz nicht wie so viele hier in der Nordsee versenkt.“

Bei Ullas Ankunft im Mai 1992 fuhr Sören noch zur See. „Ich fühlte mich frei unter diesem weiten Himmel der Hallig.“ Es war Hochsaison, Ulla fand in einem der Gastwirtschaftsbetriebe schnell einen Job. „Nach der Wende hast du hier richtig gutes Geld in der Saison verdient und konntest die Wintermonate davon leben. Klar, große Sprünge waren nicht drin, aber es reichte.“ Ulla schaut zu Silver hinunter, der ruhig am Strand kauert und die Wattvögel bei der Futtersuche beobachtet. „Niemand hat hier gewusst, dass ich schon jemanden von der Hallig kannte.“

Im Spätsommer desselben Jahres besucht Sören seine Eltern auf der Hallig. „Er wusste, dass ich da bin. Hier bleibt nichts geheim, schon gar nicht, wenn es sich um einen Neuzugang an Festlandsfrauen handelt.“ Beim Feuerwehrball kamen sich beide näher. „Heike, meine Schwiegermutter, hat später behauptet, sie habe sofort gewusst, dass ich Sörens Frau werde“, erklärt sie lachend.

Auf der Hallig, erfahre ich, suchen heute noch häufig die Mütter die passende Festlandfrau für ihre Söhne aus.

„An Liebe hatte ich nicht mehr geglaubt. Ich wollte auch nicht an unsere erste Begegnung anknüpfen. Aber Sören hat nicht lockergelassen und sich mächtig ins Zeug gelegt, um mir seine Hallig richtig schmackhaft zu machen.“ Von ihrer Erinnerung berührt, sprudeln die Worte aus ihr heraus. „Nach der ersten Saison wollte ich aufs Festland zurück. Der erste Winter war für mich kein Zuckerschlecken gewesen. Alles tot. Der ständige

Wind, die Einsamkeit und immer die gleichen Gesichter. Wenn du dann noch durch Kälteeinbruch und Eis wochenlang vom Festland abgeschnitten bist, kommst du schon an deine Grenzen. Erst recht, wenn du auf der Hallig niemanden so richtig hast."

Doch Sören blieb hartnäckig. Immer wieder kam er unter einem Vorwand bei Ulla auf der Kesselwarft vorbei. In der Hoffnung, dass sie auf der Hallig bleiben würde, überließ die Gemeinde ihr preisgünstig die Wohnung, in der auch ich jetzt wohne. Und schon damals gab es das Heizungsproblem.

Ulla lacht auf. „Uns war das damals schnuppe." Einen Moment hält sie inne, als wolle sie ihre Worte genau abwägen. „Die Männer hier sind häufig nicht sehr redegewandt und selten spontan. Aber sie können gut zuhören, sind feinfühlig und leidenschaftlich. Manche jedenfalls."

Beim Biikebrennen, das an jedem 21. Februar zum Gedenken an die Seefahrer auf der Hallig gefeiert wird, kniete Sören am großen Feuer vor allen „Halligaugen" vor Ulla nieder und hielt um ihre Hand an.

Täusche ich mich oder wird sie beim Erzählen rot? „Es hätte auch schiefgehen können. Das wusste er, und hat riskiert, dass die Halligleute lästernd über ihn herfallen. Ich wäre nicht die erste Festlandfrau gewesen, die ihm einen Korb gegeben hätte, und er war auch nicht mehr der Jüngste unter den Halligprinzen."

Im Plauderton erzählt sie weiter über ihr heutiges Leben. Seit zwanzig Jahren arbeitet Sören nun beim Küstenschutz, engagiert sich für Gemeindebelange, vor allem für den Deichschutz. Nach dem Tod ihrer Schwiegermutter übernahm Ulla den Pensionsbetrieb mit zwanzig Zimmern. Ihre Söhne Sören und Anton leben heute auf dem Festland. Anton drückt in Flensburg die Schulbank und Sören studiert in Berlin an der Humboldt-Universität Biologie und Philosophie und lebt, wie seine Mutter vor der Wende, in Friedrichshain.

Ulla leitet ehrenamtlich seit Jahren den Halligchor und bietet in der Sommersaison Gesangs-Workshops für Halliggäste an. Ihr Traum ist ein kleines Jazzfestival in Zusammenarbeit mit den anderen Halligen.

Seit drei Jahren gibt Ulla auch an zwei Tagen Gesangsunterricht an den Musikschulen in Husum, Bredstedt und Flensburg. Es ist spürbar, wie sehr sie es genießt, ein Standbein auf dem Festland zu haben.

Kann sie sich vorstellen, wieder auf dem Festland zu leben? Ulla unterbricht mich schroff. „Nee, da will ich nicht mehr leben. Ich habe alles hinter mir gelassen.“ Ihr Blick schweift über das Wattenmeer.

„Sören kann auf dem Festland nicht auf Dauer leben. Ohne seine Hallig ist er wie ein Fisch ohne Wasser. Und wer weiß schon, was in zehn oder zwanzig Jahren sein wird, wenn wir alt und klapprig sind? Unsere Söhne werden nicht mehr auf die Hallig zurückkommen. Vielleicht ziehen wir später ins Rentnerparadies Mallorca.“

Sie lacht auf bei der Vorstellung. „Nee, ich will mir jetzt darum keinen Kopf machen. Es kommt sowieso immer anders. Im Moment hält mich hier das Gefühl von Freiheit und Weite gefangen.“

Sie lässt ihren Blick über das Watt schweifen, wo die Seevögel staksen und nach Futter suchen.

„Nichts ist hier real und von Dauer. Du hast es bei ‚Land unter‘ erlebt.“ Sie schaut mich fragend an. Bevor ich etwas erwidern kann, kommt sie mir zuvor. „Alles um dich herum versinkt im Wasser. Es entsteht eine völlig andere Realität.“ Sie grinst, als sie meinen Blick sieht, und fährt leidenschaftlich fort. „Hier begreift man, dass die Realität eine Erfindung ist und was wir daraus machen! Du lebst in einer geschlossenen Gesellschaft, ähnlich wie in der DDR. Manche behaupten sogar, hier herrschen autoritäre und politische Strukturen wie damals.“ Ulla wird richtig böse. „Wer das behauptet, weiß nicht, wovon er spricht. Auf der Hallig gibt es weder eine DDR-Minidiktatur noch eine Basisdemokratie. Und die Frauenquote interessiert hier die Frauen am wenigsten. Es lebe die Halligdemokratie und das Halligchaos!“ Kämpferisch streckt sie die geballte Faust in die Luft. „Nee, hier schafft es keiner auf lange Sicht, die Leute unter einen Hut zu bringen. Hier ist jeder sein eigener Herr und sein Knecht.“

Erstaunt blicke ich sie an.

„Hier regeln die Frauen das Geld und die Geschäfte und die Männer vertrauen ihnen. Das ist bei uns auch so. Sören tut fast alles, was ich sage, aber nach außen hin, zur Halliggemeinschaft, ist er der Herr im Haus.“

Sie sieht meinen ungläubigen Blick und vergräbt ihre Hände in den Taschen.

„Ich muss los. Sören wartet bestimmt schon. Heute ist Telefonkonferenz mit unseren Söhnen. Sie wollen tatsächlich mit ihren alten Eltern eine Rucksacktour unternehmen. Nur wohin ist noch unklar!“ Ihre Freude auf dieses Abenteuer ist nicht zu überhören und wirkt ansteckend.

Der Wind trägt einen durchdringenden Pfiff zu uns rüber. Silver rennt aufgeregt los, in Richtung Auenwarft. Mit ausladenden Schritten nähert sich ein mittelgroßer Mann auf dem Deichpfad. Das muss Sören sein. Rothaarig, Ende fünfzig, muskulös in Jeans und blauer Outdoorjacke. Mit ruhiger Bewegung überreicht er Ulla sein Smartphone und grüßt mich mit einem knappen „Moin“. Wachsam und scheu mustert er mich kurz. In seinem unverstellten Blick vereinen sich Herz, Seelenstärke und Gelassenheit.

Eilig verabschiedet Ulla sich und läuft an Sörens Seite telefonierend gegen den aufkommenden Wind in Richtung Auenwarft. Gibt es sie vielleicht doch? Die Liebe, über alle Grenzen, Enttäuschungen und Irrwege hinweg? – Erhaben über alle Zweifel, Leidenschaften, Vertrauensverluste und Lebenskrisen?

Unerwartet dreht Ulla sich noch einmal zu mir um und winkt. Ich erwidere ihren Gruß. Arm in Arm läuft sie mit Sören den Deichpfad entlang, dem samtig grünen Warfthügel der Auenwarft und dem Horizont entgegen.

Nachtrag – nachts

Eisige Kälte zieht durch die Türritzen, der Wind heult wie ein einsamer Wolf. Bis eben habe ich meine unverhoffte Begegnung mit Ulla in den Computer gehackt. Daraus lässt sich genauso etwas machen wie aus dem Interview mit Julia. Andrea wird begeistert sein. Keine Aussteigerin, keine Burn-out-Gefährdete. Ulla scheint eine glückliche Ehefrau und Mutter von zwei Söhnen zu sein, hat es geschafft, an ihren alten Lebenstraum anzuknüpfen und sich ein zusätzliches Standbein auf dem Festland aufzubauen. Sind Ulla, Julia und Charlotte die modernen Halligfrauen?

Das Geheul des Windes lässt endlich nach, kein Wimmern und Stöhnen mehr. Eine Windharfe, die mich in den Schlaf wiegen will.

10. November

Total verschlafen, schweißgebadet nach einem Traum von Sabine aufgewacht. Sie stand vor meinem Bett, schaute mich ängstlich an, sagte etwas. Weil ich es nicht verstand, trommelte sie mit ihren Fäusten auf mich ein. Dann Schwarzbild. Es muss an meinem Treffen mit Ulla, an unserem Gespräch über den Mauerfall liegen, dass Sabine mich erneut in meinen Träumen aufsucht.

Als Kinder hatten Sabine und ich uns geschworen, uns niemals und durch nichts trennen zu lassen. Ein paar Tage nach der Wende trafen wir uns am Brandenburger Tor. Es regnete. Sie hatte darauf bestanden, unbedingt ein Schwesternfoto für die Eltern zu machen. Eines der letzten gemeinsamen Fotos. Optimistisch strahlt Sabine auf dem Bild in die Kamera und hält schützend den Regenschirm über uns beide. Ich, die kleine Schwester, schaue eher verträumt und verloren.

Ein älterer Sachse, der eigens aus Leipzig angereist war, um die gefallene Mauer in Augenschein zu nehmen, hatte sich überschwänglich, mit Tränen der Rührung bereit erklärt, ein weiteres Foto von uns zu machen. Ich sträubte mich zunächst, doch Sabine ließ nicht locker. „Es ist ein historischer Moment! Die Eltern freuen sich."

„Ihre Schwester hat recht. Und da oben sitzt der Kuckuck!", mischte sich der sächselnde Kauz mit seinem altmodischen, grünen Wanderrucksack in unseren kurzen Schwesternstreit ein, bevor er wieder auf den Auslöser drückte. Das zweite Foto gelang besser: Wir beide schauen zuversichtlich, frei von Zweifel, Ängsten und Schwermut, in die Kamera. Sabine entschied später: „Das nehmen wir." Sie besorgte einen schlichten silbernen Rahmen und schenkte es den Eltern zum ersten Advent.

Kurz nach Silvester tauchte sie plötzlich ab. Ohne Angabe von Gründen verschwand sie im Nichts. Kündigte ihre gut bezahlte Stelle und verließ ohne Erklärung ihren Lebensgefährten. Verzweifelt saß Carsten in den ersten Monaten nach ihrem Verschwinden bei Lilly und mir in der Küche. Nächtelang versuchten wir mit einer nicht geringen Menge Alkohol zu ergründen, was in Sabine gefahren war, dass sie alles aufgegeben hatte und uns im Dunklen ließ, wo sie jetzt war? Fassungslos wiederholte Carsten die ewig gleichen Formeln, sie wären doch glücklich gewesen, auch ohne Kinder, und ich, als Sabines einzige Schwester, müsse doch etwas wissen. Ob sie früher schon so gewesen sei?

Jeden Monat kam eine Postkarte an die Eltern, belanglose Zeilen. Immer waren ihre Worte an Vati gerichtet, selten an unsere Mutter. Tröstend versuchte ich Mutter damals in meine Arme zu nehmen, doch ich fühlte nur den Schutzpanzer einer Schildkröte. Kühl wies sie mich zurück. „Es ändert nichts, Sabine wird nicht wiederkommen." Ihre Klarheit, auch die Kälte, die aus ihren Worten sprach, erschreckten mich. So kannte ich meine oft hilflose Mutter nicht.

Beide – Mutter und Sabine – hatten sich seit Sabines Pubertät heftige Kämpfe geliefert. Auch später war Sabine nicht zimperlich mit ihrer Kritik, ihren ungerechtfertigten Vorwürfen, die Mutter wortlos hinnahm. Das alles erklärte nicht Mutters Kälte und auch nicht die scheinbare Erleichterung nach ihrem Verschwinden.

Ein halbes Jahr später plötzlich Sabines Anruf auf meinem Anrufbeantworter. „Ich bin's. Ich komme nicht mehr zurück. Du warst schon immer die Tapfere von uns beiden. Pass auf dich auf. Ich bleibe deine Schwester." Das letzte Zeichen.

Tausendmal spulte ich das Band zurück, in der sinnlosen Hoffnung, einen entscheidenden Hinweis auf den Ort, an dem sie sich befand, überhört zu haben. Hilflosigkeit, Wut, einen Trümmerhaufen aus Verletzungen und Trauer hat sie hinterlassen.

Es ist zu spät und bringt nichts, sich weiter selbstquälerisch im Hamsterrad zu drehen. To-do-Liste anlegen und nicht vom Pfad abbringen lassen. Ich bin hier zum Arbeiten und nicht, um in meiner trüben Vergangenheit nach Seelenmüll zu fischen.

Es war ein Unfall. Mich trifft keine Schuld, ich habe sie nicht dem Wolf überlassen. Ich war ein Kind, Sabines Schwester, und nicht ihre Mutter. Was soll ich Mutter nun schreiben? „Alles Gute, Gesundheit, viel Glück und Zufriedenheit zu deinem achtzigsten Geburtstag. Mir geht es gut und ich wünsche weiterhin keinen Kontakt mit dir."

Es ist vorbei. Mutter lebt ihr Leben, ich meines.

4. Kapitel

11. November

Drei Dachdecker vom Festland sind gekommen. Sie haben heute bei Windstärke 3 und Nieselregen begonnen, das Feuerwehrdach zu decken. Von meinem Schlafzimmerfenster aus kann ich sie gut beobachten. Ich beneide sie nicht darum, bei diesem Schietwetter auf den schmalen Dachlatten herumzubalancieren. Ihre Arbeit scheint ihnen dennoch Spaß zu machen, sie sind gut durchtrainiert, feixen, lachen miteinander und wirken weit optimistischer, als ich es bin. Ob ich abreisen sollte? Übermorgen geht die Fähre. Aus meinen Interviews lässt sich schon etwas machen. Aber was kommt dann? Wovor haue ich ab?

Diese morgendliche Nebelstimmung auf der Kesselwarft setzt mir zu. Ich sollte mir ein Bärenfell zulegen, wenn ich vor die Türe trete und einigen Halligbewohnern begegne. Ihre zurückgenommene Freundlichkeit, die stoischen Gesichter, aus denen nicht abzulesen ist, ob sie einen überhaupt wahrnehmen oder lieber möchten, dass man wieder verschwindet, machen mich nervös. In der Anonymität der Stadt verunsichert mich ein solches Verhalten nicht. Hier fängt es an, mich in meinen Grundfesten zu erschüttern.

Bernd ist noch immer sehr zurückhaltend. Ob sich die Halligbewohner in der Hochsaison auch so unnahbar geben, wenn die Touristenmassen über die Hallig schwärmen? Erklärt sich ihr Verhalten aus der Enge und der winterlich trüben Jahreszeit?

Die angefangene Karte für Mutter liegt auf dem Tisch. Einen Dreizeiler werde ich wohl zustande bekommen.

Nicht wieder grübeln. Sobald ich Andrea in der Redaktion erreicht habe, mache ich mich auf den Weg zum Café „Küstenschwalbe". Vielleicht habe ich heute Glück, und die Wirtin erzählt mir etwas über die beiden Heuarbeiterinnen.

12. November

Streit mit Lilly. „Du hast genügend Material, das reicht für zwei Features!"

„Es reicht nicht, und ich verstehe immer noch nicht, was das Halligleben für Frauen bedeutet, und ich will keine Hochglanzstory schreiben."

„Wie willst du das Andrea klarmachen? Soll sie wieder den Sendetermin verschieben?"

Lilly hat recht, ich darf den Bogen nicht überspannen. Andrea hat meistens Verständnis, wenn ich länger brauche, und gibt mir trotzdem Aufträge.

„Ich mache mir einfach Sorgen. Du rufst kaum an, und wenn wir telefonieren, bist du anders als sonst, wenn du unterwegs bist."

Lilly kennt mich gut. Auch ich nehme wahr, dass etwas Unsichtbares uns zu trennen beginnt.

„Muss ich mir etwa Sorgen machen?"

„Quatsch, hier leben keine Lesben." Und wenn es so sein sollte, wäre es der falsche Zeitpunkt für ein Geständnis.

„Ehrlich gesagt, verstehe ich auch nicht, was du an diesen Halligfrauen findest. Man muss schon ziemlich speziell sein, um dort für immer leben zu wollen."

Im Streit aufgelegt. Lilly versteht nichts. Wie auch? Ich kann ihr nicht erklären, was genau es ist, das mich hier festhält. Es ist nicht die Reportage, auch nicht meine Begegnungen mit den Frauen oder die gewöhnungsbedürftige Halligwelt. Nicht meine Spaziergänge über die Hallig und nicht der unmittelbare Kontakt zur Natur. Es ist eine unsichtbare Kraft, die mich festzuhalten scheint. Eine spirituelle Kraft? Das würde

Lilly noch weniger verstehen, und ich verstehe es auch nicht.

Mittags

Andrea immer noch nicht erreicht. Es stürmt. Laut Wetterbericht haben wir Windstärke 6. Die Dachdecker sind dabei, die Dachpfannen wieder herunterzuholen, und befestigen große Plastikplanen auf dem Dach. Das muss auch nett sein. Das Dach schon fast halb fertig gedeckt – und jetzt in Windeseile alle Dachziegel wieder herunterholen und morgen wieder von vorne beginnen. Eine Metapher über das Leben selbst? Alles ist eine ständige Wiederholung, wir erkennen es bloß nicht und reiben uns auf, bis das Licht ausgeht. Und das war es. Wenn ich noch länger auf der Hallig bleibe, entwickele ich mich zur Nihilistin. Im besten Fall zur Philosophin.

Nachmittags

Meinen geplanten Besuch im Café „Küstenschwalbe" werde ich auf morgen verschieben. Scharfe Windböen jagen über die Hallig. Ich sollte langsam mit der Auswertung meiner beiden Interviews beginnen. O-Töne zusammenstellen, einen roten Faden für den Ablauf der Geschichte festlegen. Schon bei dem Gedanken überfällt mich Müdigkeit.

Der freie Blick und die rosa-perlmuttfarbigen Wolkenschiffe locken mich, ihnen zu folgen. Wer sagt, dass ich meinen inneren Schweinehund überhaupt überwinden muss?

13. November

Heute endlich Andrea erreicht. Sie will mich zurückrufen. Klang sie unterkühlt, oder bilde ich mir das ein und es liegt an meiner Halligstimmung?

Drei Stunden später

Andrea lässt mich zappeln. Sie hat immer noch nicht zurückgerufen.

Zufällige Begegnung mit Marion im Halligsupermarkt. Rotbackig, voller Lebensenergie, in blauer Arbeitsmontur und Gummistiefeln, hörte sie mir aufmerksam zu. Ja, ihre Schwiegermutter habe ihr von meinem Besuch erzählt. „Komm einfach vorbei. Wenn es passt, passt es, und wenn nicht, musst du wieder gehen." Ihr Grinsen kann sie sich sparen. Als hätte ich die Zeit auf meiner Seite! Was mache ich, wenn Andrea mir keinen Aufschub gewährt?

Es wäre spannend, mit Marion zu sprechen. Sie ist Landwirtin und führt mit ihrem Mann einen der größten Höfe auf der Hallig. Auch ein Interview mit ihrer burschikosen, zugeknöpften Schwiegermutter, deren Namen ich wieder vergessen habe, würde das Bild der alten und jüngeren Halligfrauen runden. Doch suche ich das überhaupt? Runde, ausgewogene Lebensschicksale? Tragen die nicht immer etwas Fragwürdiges in sich? Sind das nicht immer Selbstentwürfe der Befragten? Es ist nur ein Radiofeature. Meine Ansprüche wachsen in den Himmel. Es muss an dieser Weite und am Horizont liegen, an was denn sonst?

Besuch im Café „Küstenschwalbe"

Die Gemeinde hat mir ein Fahrrad zur Verfügung gestellt. Ich bin jetzt wesentlich mobiler. Bei strahlender Sonne radele ich am Nachmittag zur Auenwarft und habe Glück, die „Küstenschwalbe" hat geöffnet.

Kaum habe ich die gemütliche, im friesischen Bauernstil eingerichtete Caféstube betreten, winkt mich die Wirtin Frauke zu sich. Auf einem eingedeckten Tisch steht ein großes Tablett mit frisch gebackenen Keksen. „Probier mal und sag was dazu." Ihrer Bitte folge ich gerne. Verführerisch lächeln mich die goldglänzenden

Plätzchen an. Ich beginne mit den knusperigen Baiserhütchen, danach folgen Plätzchen mit einer Füllung aus Rosinen, Walnüssen und Haselnüssen. Als Letztes probiere ich die legendären Knerken aus Kartoffelmehl, Kardamom und reichlich Butter. Mit geschlossenen Augen lasse ich sie auf der Zunge zergehen und greife noch einmal zu, um ein wahres Qualitätsurteil abgeben zu können. Einfach großartig! Die Namen sind eigenwillig: „Baiserhütchen mit Arsen“, „Tote Tante“ und „Herzensbrecher“. Ist das eine erfolgreiche Vermarktungsstrategie? „Das interessiert mich nicht. Hauptsache, sie schmecken meinen Gästen.“

Die Rezepte und ihre Namen stammen noch von Fraukes Tante Gesine, der ehemaligen Besitzerin des Cafés „Küstenschwalbe“. „Meine Tante konnte aus fast nichts etwas backen, und es war zum Niederknien“, erklärt Frauke und wischt meine Kekskrümel von dem alten Bauerntisch, an dem ich auch schon bei meinem ersten Besuch gesessen habe.

Erwartungsvoll suche ich an der gegenüberliegenden Wand unter den vielen Schwarzweißfotografien die beiden jungen Heuarbeiterinnen. Ich atme auf. Das gerahmte Bild hängt genau dort, wo ich es bei meinem ersten Besuch gesehen habe. Also keine Sinnestäuschung.

Frauke scheint mich beobachtet zu haben, auch meine Erleichterung entgeht ihr nicht. Doch bevor ich sie etwas fragen kann, betritt eine gut gelaunte Seniorengruppe, wohl aus dem Ruhrpott stammend, das Café. Alle sind perfekt mit Outdoorkleidung ausgestattet. Der Blanke Hans muss sie auf ihrem Weg zur Auenwarft kräftig durchgeschüttelt haben, erster Schnee scheint gefallen zu sein. Rotbackig, durchgepustet, jedoch vergnügt nehmen sie zu zwölft Platz am großen Ecktisch.

„Wir brauchen mal ein Flens, gute Frau, und dann Linsensuppe, Bockwurst, Schwarzwälder Kirsch, in dieser Reinfolge“, bestellt ein Siebzigjähriger mit Kugelbauch und zwinkert Frauke jovial zu. Er scheint auch der Anführer der Gruppe zu sein, alle nicken, ohne seiner Bestellung etwas hinzuzufügen.

„Nee, ich habe nur Jever, Krabbensuppe und den Kuchen, den Sie in der Vitrine sehen", erwidert Frauke herzlich, aber resolut und verschwindet mit ihrem großen Kekstablett in der Küche. Kritisch begutachten die Frauen aus der Gruppe Fraukes Apfel- und Käsekuchen, wägen ab, ob der Gugelhupf schon eine Woche alt ist und die Friesenschnitte womöglich noch älter. Ihre Skepsis weicht, nachdem sie Fraukes Krabbensuppe begeistert ausgelöffelt und ihre Kuchen durchprobiert haben. Die Wangen gerötet von Bier, Prosecco und Punsch, versuchen einige der weiblichen Gäste, Frauke ihre Kuchenrezepte zu entlocken.

Während sie im Sauseschritt die Getränke bringt und nebenbei Fragen nach den Vorzügen und Nachteilen eines Halliglebens beantwortet, versenke ich mich in das Bild mit den jungen Heuarbeiterinnen. Sie wirken anders als die typischen Halligfrauen aus den 1930er- und 1940er-Jahren. Ihr Ausdruck unterscheidet sich von den anderen alteingesessenen Halligfrauen. Scheu und etwas verloren stehen beide dicht beieinander, als sei es ihnen unangenehm, fotografiert zu werden. Sie könnten Schwestern sein.

Auf dem zweiten Kanal höre ich, wie Frauke auf die Frage des Kugelbauchs, ob das Halligdasein für eine so hübsche, attraktive Frau auf Dauer nicht auch ziemlich einsam sei, gleichmütig erwidert: „Nee, sonst wäre ich ja nicht hier. Und das Leben auf einer Hallig ist nicht so viel anders als auf dem Festland. Demografischen Wandel haben wir hier auch." Aber natürlich gäbe es auch Vorzüge beim Halligleben. Als Frau bräuchte man keine Angst vor Überfällen zu haben und niemand würde erst nach Wochen tot in seiner Wohnung aufgefunden. „Hier passen alle aufeinander auf."

Einige der anwesenden Frauen quittieren Fraukes Ausführungen mit einem nachdenklichen Nicken. Keiner scheint ihren ironischen Unterton zu bemerken, und auf seltsame Weise fühle ich mich plötzlich ihr und der Halligwelt angehörig.

Derweil lässt der Kugelbauch Frauke nicht aus dem Blick und fixiert sie wie eine Trophäe, die er vor den Augen seiner Gruppe erobern will. „Wenn der Sturm so heult, friert man da nicht allein im Bett?“, versucht er Frauke aus der Reserve zu locken, doch sie überhört seinen plumpen Annäherungsversuch, schaut gleichmütig auf die Wanduhr und verkündet trocken, die Fähre sei bereits da. Sie hat noch nicht zu Ende gesprochen, da springen die aufgeschreckten Senioren schon hektisch auf und treiben sich gegenseitig zur Eile an. An ihrer Spitze der Kugelbauch. Er hat wohl keine Lust, mehr als einen Nachmittag auf der winterlichen Hallig zu verbringen.

Während Frauke schnell abkassiert, hole ich mein Handy heraus, um ein Foto der beiden Heuarbeiterinnen zu machen. Unerwartet steht Frauke neben mir. „Das sind Margret und ihre Schwester Sophie. Als Flüchtlingsmädchen kamen sie nach dem Krieg auf die Hallig. Sophie kenne ich noch, sie lebte auf der Mooswarft. Nach dem Tod ihrer Adoptiveltern übernahm sie den Hof und bewirtschaftete ihn, bis es nicht mehr ging. Tante Gesine und Sophie waren eng befreundet. Sie waren sich ziemlich ähnlich. Beide sehr eigenwillig. Beide haben den Mann, den sie haben wollten, nicht bekommen. Aber sie sind nicht unglücklich geworden. Gerne gefeiert haben sie, die beiden. Immer bis zum Morgen, und dann ging es zum Melken.“ Frauke lacht liebevoll auf. „Tante Gesine und Sophie saßen oft im Winter dort, wo du jetzt sitzt. Hoch und runter schnackten sie die alten Halliggeschichten und legten ihre Patience.“ Sophies Schwester Margret sei schon früh von der Hallig weg. „Über sie weiß ich kaum etwas. Meine Tante hat nur einmal durchblicken lassen, Margret sei nicht stark genug für die Hallig gewesen. Das wird schon stimmen. Nicht jeder ist für ein Leben hier geschaffen." Dabei guckt sie mich schräg von der Seite an, als würde sie kurz überlegen, zu welcher Kategorie ich gehöre.

Erst jetzt bemerke ich, dass es draußen bereits stockduster ist. Es schneit. Ich bezweifle, dass mein Fahrrad wintertauglich ist. Dennoch will ich meine Frage loswerden. Etwas umständlich und befangen gestehe ich Frauke, dass ich bei meinem ersten Besuch das Gefühl hatte, dass das Foto mit den beiden Schwestern plötzlich verschwunden gewesen sei.

Frauke reagiert schnell. Zu schnell? Sie scheint eine Beklommenheit überspielen zu wollen. Trocken erwidert sie: „Da bist du nicht die Erste." Sie habe es aufgegeben, sich weiter darüber Gedanken zu machen. „Gesine, also meine alte Tante, und ich haben oft über diese Frage gestritten. Meine Tante glaubte, es sei Margrets Poltergeist, der das Bild nach Lust und Laune verschwinden lässt, weil ihre Seele noch auf der Hallig gefangen ist."

Einige der Halligbewohner, entlocke ich Frauke, hätten Margret damals übel zugesetzt. Deswegen sei sie auch von der Hallig verschwunden. „Aber was genau vorgefallen ist, davon habe ich nie ein Wort gehört." Frauke bemerkt meinen ungläubig fragenden Blick und zuckt entschuldigend mit den Schultern. „Tante Gesine war gläubig und las oft in der Bibel. Doch an Poltergeister und Menschen mit zweitem Gesicht haben hier viele geglaubt. Ich auch. Hin und wieder."

Nachts

Ich kann nicht schlafen. Fraukes Erzählung über die beiden Flüchtlingsschwestern und den Poltergeist ihrer Tante Gesine gehen mir nach. Was war passiert, warum war Margret von der Halligbevölkerung davongejagt worden? War sie schwanger geworden? Von einem der alteingesessenen Halligmänner? Und dann nicht gut genug für eine Ehe, weil sie eine Fremde war? Ein hergelaufenes Flüchtlingsmädchen? Anderseits haben die Halligbewohner ihre Flüchtlinge durchaus herzlich aufgenommen, es entstanden sogar Ehen zwischen Halligbewohnern und Flüchtlingen, Höfe wurden vererbt. Ich werde Charlotte fragen, sie kann mir sicherlich mehr über die beiden Schwestern erzählen. Und über Margrets Poltergeist.

Wer weiß, womöglich begegne ich noch Sabines Poltergeist, wenn es die nächsten Tage so diesig bleibt und auf den grünen Halligfennen Dämonen, Elfen und Kobolde in den Nebelschwaden tanzen. In Island gibt es Elfenbeauftragte, die mitbestimmen, wo gebaut werden darf und wo nicht. Ob das ein guter Job ist?

14. November

Laut Webcam-Wetterbericht soll es heute den ganzen Tag diesig bleiben, eventuell gibt es Sturm. Die gute Laune der Dachdecker scheint das nicht anzukratzen. Sie sind schon erneut dabei, das Dach abzudecken. Flink und geschickt wie Raubkatzen klettern sie auf den Dachbalken herum und tragen die Dachpfannen des fast fertig gedeckten Daches wieder herunter.

Mittags

Ich plane, keinen Schritt vor die Tür zu machen. Mein Mantra für diesen Tag: „Mach hinne, Baby.“ Das Telefongespräch mit Andrea ist nicht gut gelaufen. Sie setzt mir die Pistole auf die Brust und ist nicht bereit, den Sendetermin noch einmal zu verschieben. „Was ist los mir dir? Mach hinne, Baby!“ Andrea hat Nerven. Soll sie sich doch mal länger, und nicht nur für drei Tage

„Yoga-Wellness", auf eine winterliche Hallig wagen. Mein Argumentieren ist zwecklos. Bis Ende der Woche hat sie mir Bedenkzeit gegeben. Wenn sie die Geschichte nicht bringt, werde ich die Kosten tragen müssen, und es wird verlorene Zeit gewesen sein. Warum mache ich es mir so schwer? Es spricht nichts dagegen, alles wie immer zusammenzufügen und daraus kleine, bunte Frauenporträts zu schneidern. Authentizität, Echtheit, Glaubwürdigkeit, der Versuch einer Annäherung an die vermeintliche Wirklichkeit? Was maße ich mir an? Ich werde mich der Realität beugen.

Nachts

Der Himmel ist übersät mit Sternen. Im rötlich schimmernden Halbmond schaukelt der kleine Häwelmann in seinem zerfetzten Nachthemd. „Er war auch Mutters Sonnenschein", geht es mir durch den Kopf. Während sie neben ihm schon eingeschlafen war, lag er abenteuerlustig in seinem Rollbett wach und blies sein Nachthemd zu einem Segel auf. In dieser Nacht wollte er die Welt kennenlernen und hatte Glück. Der alte Mond verstand seine Neugier und half ihm, in seinem Rollbett durch das Schlüsselloch auf die nächtliche Straße zu rollen und dann weiter durch die Stadt und den geheimnisvollen Wald zu fahren. Immer wieder fragte ihn der alte Mond: „Hast du immer noch nicht genug?"

„Nein, ich will mehr, mehr!", rief der kleine Häwelmann und fuhr weiter, bis ans Ende der Welt, bis hinauf zu den Sternen. Dann fiel er vom Himmel ins tiefe, schwarze Meer. Jedes Mal hielt Mutter inne, beugte sich zu mir und fragte: „Weißt du, wer ihn gerettet hat?" Ja, ich wusste es. Es war meine Mutter.

Mich hat sie beschützt, Sabine nicht. Die hat der Wolf gefressen.

15. November

7.30 Uhr. Es ist dunkel. Der Himmel zeigt noch nicht sein morgendliches Gesicht.

Heute ist Samstag, ich spreche beim Schreiben langsam mit. Je länger ich hier bin, desto stärker vergeht die Zeit offenbar nach anderen Gesetzmäßigkeiten, und die Wochentage verlieren ihre Bedeutung.

Charlotte rief mich gestern noch an und fragte, ob sie mir etwas vom Festland mitbringen solle. Sie ist ein Schatz und wird mich mit Biobrot, frischem Salat, Currypaste und Espresso versorgen.

Von meinem Küchenfenster aus kann ich die bunte Autoschlange auf der Straße zum Hafen beobachten. Auch der Postbote Laurin scheint aufs Festland zu fahren. In seinem schwarzen Rover ist er nicht allein. Eine attraktive junge Frau sitzt neben ihm. Ein Gast? Oder Ewa, seine neue Flamme, wie man auf der Hallig munkelt? Charlottes Kieker ist einfach klasse.

Kurz bin ich befremdet, dass ich mit einem Fernglas hinter anderen Menschen hergucke. Aber nur kurz. Es liegt nicht in meinem Naturell, fremde Menschen zu observieren und mir schräge Gedanken über sie zu machen. Es muss an der Enge und Weite einer Hallig liegen, die mich in einen dumpfen Trancezustand versetzt. Oder ist es der Mangel an äußeren Reizen, der mich einen Zustand der Langeweile empfinden lässt, der mir fremd ist?

Langeweile – nein. Müßiggang – ja. Lilly und ich waren eins in der Kunst des Müßiggangs. Unbeschwert lebten wir in den Tag hinein, diskutierten über Gott und die Welt, reisten per Autostopp durch Europa, studierten, was uns interessierte, ohne zu planen, wohin unsere Studien uns einmal führen sollten. Wir waren sorglos. Sabine warf mir meine Sorglosigkeit vor. Aus Neid, weil ich so anders war als sie? Weil sie Papas Prinzessin war und glaubte, seine hochgesteckten Erwartungen erfüllen zu müssen? Vater unterstützte meine träumerischen Höhenflüge, ganz entgegen seinen preußischen Idealen. Wäre Sabine noch am Leben, wenn es den Wolf nicht gegeben hätte? Wenn sie ihr Schweigen gebrochen und Hilfe bekommen hätte?

Heute Abend ist Bürgerversammlung. Es wird mich ablenken. Ich bin gespannt, ob es dort wirklich „hallig-demokratisch" zugeht und was das ist – mehr eine Variante von Diktatur oder von Chaos?

Schade, die Versammlung im „Walfang" fällt aus, doch ich treffe Alma und sie sagt mir ein Interview zu. Sie arbeitet abends im Gastbetrieb ihres Mannes mit. Sie sieht müde aus, kein Wunder, bei zwei Jobs und Familie. Wir sind für Dienstag verabredet. Da wollte ich eigentlich fahren, aber Alma kann nicht früher.

16. November

Heute Nacht wieder von Sabine geträumt und schweißgebadet aufgewacht. „Schwimmende Träume" nennt Theodor Storm die Halligen in seiner Novelle „Die Halligfahrt". Sein Aufenthalt dort wurde ihm zur „Lebensreise", während der er 1873, nach der Heimkehr aus der politischen Verbannung, den Tod seiner Frau literarisch zu verarbeiten versuchte.

Die Hallig, ein Ort für Trauernde, Schiffbrüchige, Gescheiterte, für Lebensmüde?

17. November

Seit den frühen Morgenstunden löst der Nebel sich nicht auf und der Himmel hängt schwarz über der Hallig. Mutters Geburtstag rückt näher. Ich schicke ihr Blumen via Fleurop. Das ist eine runde Sache, achtzig wird man nur einmal im Leben und sie hat etwas zum

Vorzeigen. Das war immer ihre größte Sorge. Auch nach Sabines ungeklärtem Tod. „Was werden die Leute denken?“

Wofür aber will ich Mutter Blumen schenken? Weil sie mir das Leben schenkte? Mich beschützte und Sabine dem Wolf überließ?

Abends mit Lilly geskypt. Sie ist mal wieder wundervoll! Lilly versteht zwar nicht, warum ich noch weitere Interviews machen will und einfach länger bleiben muss, doch sie lässt mich machen. Sie mischt sich selten ein. „Gut, verschieben wir Rom. Aber zu Nulfs und Franks Hochzeitsparty kommst du.“

„Klar, schon, um ein paar Anregungen für unser Hochzeitsfest zu holen.“

„Ist das ein Antrag oder Halligfieber?“ Beides vielleicht, doch ich schweige.

„Du willst mir Treue schwören, bis dass der Tod uns scheidet?“

„Und du?“

Lilly lacht vergnügt auf. Es waren ihr Lachen und ihre Grübchen, in die ich mich bei unserer ersten Begegnung verliebte. „Bleib und finde heraus, was du auf der Hallig suchst. Dein Feature wird toll. Und selbst wenn Andrea bei ihrem Nein bleibt, wirst du einen anderen Sender finden.“

Seufzend lege ich auf. Was für eine Frau!

ALMA

„Was für mich Stille ist? Frieden. Freiheit. Endlich angekommen zu sein.“

Auf der Kesselwarft

Alma und ich sind in meiner Dachgeschosswohnung auf der Kesselwarft verabredet. Nervös fliegt mein Blick über den Tisch: Zwei Teebecher mit einer Seerobbe und einem kernigen Seemann blicken sich treuherzig an. Eine kleine blaue Schale ist mit Feigen, Datteln und Nüssen gefüllt, eine Wasserflasche und eine Kanne Kräutertee stehen bereit. Mein Gespräch mit Alma ist eine Herausforderung ganz anderer Art. Alma kommt aus dem Libanon und ist Muslima. Aus unserem Vorgespräch kenne ich die Eckdaten ihres Lebens. Bei ihrer Flucht aus dem bürgerkriegsgeschüttelten Libanon auf die Hallig hat sie eine große Hilfsbereitschaft erlebt – nicht nur vonseiten der Halligbewohner, auch von Amtspersonen. Jedoch ließ Alma durchblicken, dass sie über bestimmte Dinge nicht sprechen wolle. Welche Dinge meinte sie? Ihre Vergangenheit im Libanon? Ihre Flucht?

Ich schärfe mir noch einmal ein, in unserem Gespräch achtsam zu bleiben und meine manchmal recht zügellose Neugier unter Kontrolle zu behalten. Wo immer ich Alma mit Halligbewohnern begegne, erlebe ich sie als integriert und von allen geschätzt. Sie ist Mitglied in einigen Vereinen, übernimmt ehrenamtliche Aufgaben im evangelischen plattdeutschen Gottesdienst. Sie kann wirklich Plattdeutsch sprechen! Und sie ist eine der ersten Frauen, die zur Halligfeuerwehr gingen. Ist das nicht eine gelungene Integration in einem ländlichen, deutschen Mikrokosmos?

15 Uhr 10. Wir waren für 15 Uhr verabredet. Erneut überprüfe ich den Tisch, setze Kaffeewasser auf. Wo bleibt sie? In meiner Fantasie zähle ich eins und eins zusammen. Wenn Alma mich jetzt versetzt, werden vermutlich auch andere Halligfrauen nicht mit mir spre-

chen wollen. Im Halligkosmos gelten eigene Kommunikationsformen.

Erst gestern hatte mir Frieda, eine der ältesten Halligbewohnerinnen, erklärt: „Minetwägen kann allns in sik tosaamenstörden, Internet un wat dat sunst noch so gifft. Wi Halliglüt sind plietsch." Zufällig hatte ich sie nachmittags im Café „Küstenschwalbe" getroffen, bei Teepunsch und Mandarinentorte. „Fröher hem de Halligfruuns grote bunte Döker op'e Wäschelien hung'n. Un glieks wussen de anner Warften öwer dat Niegste Bescheed. Un dat harr nich blots wat mit Storm to doon. Nee, dat weern ganz privaate Saaken. Dat kannst du mi glöben." Verschmitzt hatte Frieda mir zugezwinkert und dabei ihre kräftige, kleine Hand, die Pranke einer in die Jahre gekommenen Tigerin, auf meinen Arm gelegt. Mit einem heftigen Ruck war sie unvermittelt aufgestanden und verschwunden wie ein Hausgeist.

15.20 Uhr. War Alma heute Morgen beim Halligsupermarkt nicht sehr knapp angebunden? Sonst lächelt sie mich offen an, redet mit mir ein paar Worte, weicht nicht aus wie andere Halligbewohner, wenn man sich auf den kurzen Wegen der Warft trifft. Bei Alma weht mir kein Kältestrom entgegen. Vielleicht ist ihr etwas dazwischengekommen und sie hat meine Handynummer verlegt. Kurz entschlossen tippe ich ihre Nummer ins Handy. Schritte im Treppenhaus. Erleichtert atme ich tief durch und wiederhole meine Selbstbeschwörungsformel: „Sei locker, entspannt. Du bist locker, nicht verkrampft." Leise klopft es an meiner Tür. Alma. Verlegen entschuldigt sie sich für ihre Verspätung. Sie habe noch schnell bei ihren Schwiegereltern vorbeischauen müssen.

Mir fällt ein Stein vom Herzen. Almas Verspätung hat nichts mit unserem Treffen zu tun. Was ist das? Dieses permanente Misstrauen, das mich schon bei Kleinigkeiten überkommt, seit ich auf der Hallig bin – sind das die Halligdämonen?

Alma macht es sich im Korbstuhl bequem. Fröstelnd reibt sie ihre zierlichen Hände aneinander. Ihre Anspannung überträgt sich auf mich. Beruhigend beginne ich, sie auf unser Gespräch einzustimmen. Ab und zu nickt sie.

Deine Flucht aus dem Libanon hat dich geradewegs auf diese Hallig geführt. Wie kam es dazu?

Ernst greift sie in die Schüssel und nimmt eine paar Rosinen. Konzentriert richtet sie sich auf, ihr Blick ruht in einem fernen Lichtkegel, der außerhalb des Raumes liegt. Mit leiser, fester Stimme beginnt sie zu erzählen.

Ich bin in Beirut aufgewachsen und lebe seit über zwanzig Jahren auf der Hallig. Meine Kindheit war schön. Ich komme aus einer großen und wohlhabenden Familie mit sieben Geschwistern. Unsere Eltern haben alles für uns getan.

Mit siebzehn wurde ich so etwas Ähnliches wie zwangsverheiratet. Das war 1974. Damals fing auch der Krieg an und es ging los mit Kummer und Sorgen.

Stockend hält sie erneut inne, schaut auf ihren Teebecher mit dem gutmütig grinsenden Seemann. Stille.

Meine Schwestern, Brüder und ich, wir sind alle auf eine höhere Schule gegangen. Ich war auf einer französischen Schule. Danach habe ich vier Jahre lang eine Ausbildung als Erzieherin in einer Nonnenschule gemacht. Vor dem Krieg war Beirut eine lebendige, bunte Stadt, reich an Kultur und vielen Kulturen. Die Menschen waren offen und ohne Angst. Überall herrschte Leben, auf den Straßen, im Café und zu Hause. Heute ist das wieder so, aber trotzdem anders. Der Krieg hat viel zerstört.

Fahrig fährt sie mit ihrer Hand durch das kastanienbraune Haar.

Zuerst habe ich in einem kleinen französischen Kindergarten gearbeitet. Die Leiterin war Französin, sie war streng, so wie die Franzosen manchmal sind. Aber gelernt habe ich viel bei ihr. Damals hatte der Krieg schon begonnen und die Lage verschlechterte sich. Der Kindergarten wurde irgendwann geschlossen, aber ich hatte Glück und fand eine neue Arbeit in einem deutschen Kindergarten, den ich später auch leiten durfte. Das war für mich eine gute Zeit, trotz Krieg. Und da es ein deutscher Kindergarten war, lernte ich viele Deutsche kennen, auch Leute von der deutschen Botschaft. Durch sie bin ich auf die Hallig gekommen. Das war der erste Schritt, das erste Kennenlernen.

Unruhig rutscht sie im Korbsessel hin und her. In ihrem schmalen Gesicht zeigen sich die Spuren der Vergangenheit.

Vielleicht war es eine glückliche Fügung oder – wie sagt man? – ein seltsamer Zufall. Jedenfalls lernte ich in der deutschen Botschaft den Sohn des Bürgermeisters von Föhr kennen. Er wiederum kannte Leute, die dort ein Jugend- und Familienlager leiteten. Ich wollte damals unbedingt Kontakt nach Deutschland aufnehmen, um hierherzukommen. In Beirut lebte man in der Hölle, aber wir wussten, woanders gab es Frieden und Sicherheit. Ich hatte das Glück, jemanden zu treffen, der mir helfen wollte, wenigstens für ein paar Wochen der Hölle zu entkommen. Mein Bekannter in der Botschaft half mir, für zwei Monate im Sommer in dem Jugend- und Familienlager auf Föhr zu arbeiten. Damals hatte ich noch keine Ahnung von den Halligen.

Ein Lächeln huscht über ihr Gesicht.

Ich bin immer auf Föhr gewesen, wenn ich in den folgenden Jahren nach Deutschland fuhr. Diese ersten zwei Monate in dem Familien- und Jugendlager waren für mich so aufregend! Ich habe viele Menschen und junge Frauen kennengelernt, die so ganz anders lebten als ich. Das war für mich alles neu, ein ganz anderes Lebensgefühl! Ich hatte plötzlich das Gefühl, endlich frei atmen zu können. Dafür bin ich heute noch dankbar.

Nach den zwei Monaten kehrte ich nach Beirut zurück und führte dort mein Leben weiter, hatte meine Arbeit im Kindergarten, die ich liebte. Das Geld, das ich verdiente, sparte ich für den nächsten Flug nach Deutschland. Nachmittags traf ich meine Freundinnen oder lernte Deutsch im Goethe-Institut. Und ich hatte mein Leben mit meiner großen Familie und mit meinem damaligen Mann. Ich rechne es ihm heute noch hoch an, dass er mich nie daran gehindert hat, diese Reisen nach Deutschland zu unternehmen.

Was für ein Mensch war dein Mann?

Wie soll ich das sagen? Er war Ingenieur und hatte viel von der Welt gesehen. Er war großzügig. Ich mochte ihn, weil er so offen war. Auf der anderen Seite war er auch ein bisschen langweilig und bequem. Aber ich habe ihn nicht geliebt.

Sie hält inne, presst ihre Hände aneinander und verbirgt sie in ihrem Schoß.

Mit der Zeit wurde unsere Ehe aber schwieriger. Wir hielten zusammen, weil Krieg war, und haben gemeinsam viel durchgestanden. Wir lebten in einer Straße, in der es irgendwann nur noch uns gab. Alle anderen waren aus Angst und wegen ihrer Kinder weggezogen. Unsere Eltern lebten in einem anderen Bezirk, wo die

Kämpfe nicht so heftig waren. Wenn wir uns nach der Arbeit bei ihnen trafen, ist jeder mit seinem Auto alleine nach Hause gefahren.

Sie hält inne, als überraschte sie die Erinnerung an diese gefährlichen Lebensumstände. Erstaunt schaut sie mich an und spricht langsam weiter.

Du sitzt im Dunkeln, kein Strom, hörst die Bombenangriffe irgendwo in der Nähe oder Ferne. Du sitzt im Auto, wartest, bis es vorbei ist. Dann fährst du weiter und hoffst, dass es deinen Mann und dich nicht doch noch trifft. Und am nächsten Tag gehst du einfach wieder zur Arbeit.

Fast unmerklich wiegt sie ihren Oberkörper hin und her.

Du hast zu Beginn erzählt, dass du zwangsverheiratet worden bist. Gibt es in deiner Heimat nicht so etwas wie Heirat aus Liebe?

Das darfst du dir nicht so extrem vorstellen, wie es oft in der Presse steht, wenn über junge Mädchen aus islamischen Ländern berichtet wird, die zur Heirat gezwungen werden. Die Tradition bestimmt bei uns alles. Mein Opa war sehr streng und auch meine Eltern hatten Angst vor ihm. Wir alle mussten uns der Tradition beugen. Wenn ich mich in einen Mann verliebt hätte und ihn hätte heiraten wollen, wäre das sehr schwer gewesen. Liebe war ein Tabu. Und ich habe mich auch nicht getraut. Aber meine Schwester hat es geschafft, sie hat meinen Cousin heiraten dürfen. Wir Mädchen hatten kaum die Möglichkeit, einen Mann näher kennenzulernen. Wir durften nie alleine weg.

Sie spricht ohne Vorwurf. Ein Mantel der Trauer legt sich um sie.

Meine Eltern wussten immer, wo wir waren, bei welchen Freundinnen. Manchmal habe ich mich heimlich mit jemandem getroffen. Aber es hat nicht gereicht, um eine Beziehung aufzubauen. Die Eltern meines Exmannes kannten meine Eltern.

Ich war sechzehn, als sie das erste Mal mit ihm kamen. Ich mochte ihn überhaupt nicht und ich habe zu meinen Eltern gesagt: „Ich will nicht. Ich will ihn nicht.“ (*Sie imitiert die bedrängende Stimme ihrer Mutter.*) „Überleg es dir noch einmal. Sie haben wieder angerufen. Du musst nur gucken.“

Nur gucken! Weißt du, sie haben mich ein bisschen geschubst. Er kam dann immer wieder. Irgendwann erzählte er über Deutschland, wo er ein paar Jahre gearbeitet hatte. Was er erzählte, hat mich damals sehr fasziniert.

Was genau hat dich an seinen Erzählungen angesprochen?

Wie das Leben in Deutschland ist. Dass alle korrekt und pünktlich sind. Dass alle offen sind. (*Lacht*) Und dass er auch alles so macht. Ich erinnere mich noch, wie er von der Landschaft schwärmte: „Alles ist immer grün.“ Damit beeindruckte er mich tatsächlich. Aber das heißt nicht, dass ich mich deshalb in ihn verliebt habe!

Der Lebenshunger eines sechzehnjährigen Mädchens berührt mich. Alma und ich sind fast im selben Alter. Hätte ich mich gegen einen so massiven Druck wehren können?

Er hat mich neugierig auf dieses andere Leben gemacht. Das hat mich für ihn eingenommen, aber mehr nicht.

Seine Eltern und er hörten nicht auf zu drängeln. Ich sagte wieder zu allen „Nein“, aber sie kamen trotzdem immer wieder, auch weil meine Eltern mich überredeten, ihn zu treffen. Irgendwann fragten sie: „Wie ist das jetzt mit Verloben?"

(*Leise*) „Nur verloben!", haben sie immer gesagt. Ich habe wirklich gesagt: „Ich will nicht, ich will nicht!" Aber irgendwann stimmte ich einer Verlobung zu. Ja, dann habe ich gesagt: „Gut, nur Verlobung!" Doch nach zehn Monaten fragte er: „Wie ist das jetzt mit Heiraten?" Aber ich wollte nicht. Ich habe versucht, es zu verhindern. Doch irgendwann war es ihm zu viel. Und dann haben sie, meine Eltern und er, Druck auf mich ausgeübt. Ich habe mich einfach dem Wunsch der Familie gebeugt. Wir haben geheiratet, und dann ging der Krieg los.

Unsere Blicke treffen sich. Sucht sie immer noch die Schuld bei sich?

Wie kam es zu deiner Flucht nach Deutschland?

Durch Almas Körper geht ein Ruck, sie richtet sich kerzengerade auf.

Ich hatte inzwischen zwei richtig gute Freunde hier. Sie haben das Jugendlager auf Föhr organisiert. Wir haben viel miteinander geredet und ich habe mich immer gefragt: Was will ich noch in Beirut? Der Krieg hört nie auf. Immer diese Angst, wenn man mit dem Auto im Stau stand: Explodiert vielleicht der Wagen vor oder hinter dir? Und was mache ich dann? Man verdrängt das, sonst wird man verrückt. Doch hinten im Kopf tickt diese Angst ständig weiter. Ich versuchte, meinen Mann dazu zu bewegen, nach Deutschland gehen, aber er wollte nicht. (*Imitiert Tonfall ihres Exmannes*) „Wie sollen wir das machen? Und die Eltern?" Er war so bequem. „Hier haben wir Arbeit, leben wie alle anderen. In Deutschland ist es schwer, Arbeit zu finden, um bleiben zu können." Er hatte natürlich auch recht. (*Aufgewühlt*) Aber für mich war das nicht genug. Ich wollte leben. Einfach leben.

Sie räuspert sich und blickt aus dem Fenster.

Ich habe mit meinen deutschen Freunden lange überlegt, was ich machen könnte, um auf Dauer in Deutschland zu bleiben. Es fand dann ein Treffen vom Kreisjugendring Schleswig-Holstein auf Föhr statt. Meine Freunde nahmen mich dorthin mit und ich lernte den Jugendamtsleiter des Kreises Nordfriesland kennen. Wir kamen ins Gespräch und er fragte mich, ob ich bleiben wollte. „Ja", habe ich nur geantwortet und er meinte, er würde mal sehen, was er für mich tun könne. Ich glaube, er war ein bisschen verknallt in mich.

Alma lächelt verlegen.

Ein paar Tage später rief er mich an: Auf der Hallig wäre eine Lehrstelle im Kindergarten frei. Wenn ich mir vorstellen könne, dort zu leben, hätte ich vielleicht eine Chance zu bleiben. Ich hatte damals keine Ahnung, wo und was die Hallig ist.

Alma gluckst vergnügt.

Er versprach, gemeinsam mit mir hinzufahren und mich der Gemeinde vorzustellen. Als Ostfriese war ihm die Mentalität hier vertraut.

Auf der Fahrt zur Fähre hat er mit mir geübt. „Wenn sie dich fragen, wie lange du bleiben möchtest, was sagst du dann?" Ich antwortete: „So ein, zwei Jahre." „Falsch! Das sagst du nicht!" „Wie, was sage ich dann?" „So lange wie möglich, sagst du!"

Sie wendet sich zu mir, ihre Augen leuchten.

Die Frage kam wirklich! – Und es hat tatsächlich geklappt! Es war die entscheidende Frage. Nach dem Gespräch wurde ich von den sieben Gemeindevertretern, das waren sechs Männer und nur eine Frau, zur Erbsensuppe eingeladen. Ich habe mich gezwungen, diese Suppe mit Schweinefleisch zu essen. Ich esse ja kein Schweinefleisch. Aber ich habe es gegessen, weil ich natürlich einen guten Eindruck hinterlassen wollte.

Was war dein erster Eindruck von der Hallig?

Sie lächelt und stemmt ihre Beine fest auf den Boden.

Das vergesse ich nie! Als wir von der Fähre kamen und am Anleger standen, habe ich gedacht: „Wo bin ich? Hier ist ja nichts!" Die Häuser auf den Warften habe ich erst viel später wahrgenommen. Das war wirklich mein erster Eindruck. Aber ich habe mir auch gesagt: „Egal. Hauptsache, ich bleibe hier und fasse Fuß. Besser als zu Hause im Krieg."

Und wie ging dein Leben auf der Hallig weiter?

Dann begannen die Probleme mit der Ausländerbehörde und dem Arbeitsamt. Zunächst wusste keiner so genau, wie sie in meinem Fall zu entscheiden hatten. Das war 1989, und als die Wende kam, dachte ich: „Jetzt wirst du abgeschoben."

Ihre Augen sagen, was sie unterdrückt: „Die Angst geht nie weg."

Aber mein Sacharbeiter hat sich sehr für mich eingesetzt. Er hat den Zuständigen in der Ausländerbehörde und mich in sein Büro eingeladen und mich sehr unterstützt. Zunächst bekam ich eine Duldung. Weil ich schon hier auf der Hallig war, hat der Amtsleiter zu mir gesagt, ich könne anfangen zu arbeiten. Es wären vierzehn Kinder da und die Eltern warteten, dass es endlich losginge. Doch das Arbeitsamt ist in die Luft gegangen: „So geht das nicht! Sie kann hier nicht arbeiten ohne Arbeitserlaubnis!“

Es gab noch viele Probleme, auch mit dem Visum. Ohne Visum gibt es keine Duldung. Das hat aber zum Glück alles irgendwann geklappt. Ich bekam eine Duldung, das heißt, ich durfte mich nur in Schleswig-Holstein bewegen, mehr aber nicht.

Wie haben dich die Halligbewohner aufgenommen?

Ich hatte wirklich großes Glück. Sie waren alle sehr nett zu mir. Aber ich muss auch sagen, ich komme aus einem Elternhaus, wo du lernst, immer höflich zu sein und klein beizugeben.

Alma fixiert mich mit einem strengen Blick. Ihre sonst so weichen Gesichtszüge verhärten sich und ähneln plötzlich denen der alten Halligfrauen auf den vergilbten Fotografien mit ihren eingeschnürten Leibern und ihren eingefroren Gesichtern.

Mein Großvater hatte das Sagen. Mein Papa hatte das Sagen. Und die Frauen ordnen sich immer unter. Wenn wir etwas wollten und mein Großvater oder Vater dagegen war, hieß es einfach „Nein“ und wir mussten damit zurechtkommen. Es gab keine Diskussionen. Das hat mir geholfen, mich auch hier einzufinden. Und die Halligleute haben mich wirklich im Herzen aufgenommen.

Meinst du, dass es den Halligbewohnern leichtfällt, Fremde zu respektieren?

Ich glaube, die Menschen hier sind immer skeptisch, wenn einer kommt und ihnen vorschreiben will, wo es langgehen soll. Aber ich bin damals wirklich gekommen, weil ich ihre Hilfe brauchte. Und sie waren bereit, mir zu helfen. Sie gehen auf Abstand, wenn einer vorgibt, mehr zu wissen oder mehr zu sein. Aber ich habe mich bemüht, mich zu integrieren. Bis auf das Trinken. Mein Schwiegervater hat immer gesagt: „Wenn du nicht trinkst, bist du keine echte Halligfrau." Da habe ich gesagt: (*Selbstbewusst*) „Dann will ich keine echte Halligfrau werden. Ich bleibe so, wie ich bin. Zum Trinken kriegst du mich nicht!"

Ich stelle mir vor, dass es für dich, die als Städterin und aus einem völlig anderen Kulturkreis auf die Hallig kam, nicht einfach war in dieser kleinen Welt.

Die ersten Monate wohnte ich bei meinen späteren Schwiegereltern, weil die Wohnung, die man mir geben wollte, noch nicht fertig renoviert war. Damals lebten auch ihre Söhne dort. Das war eine tolle Zeit. Ich fühlte mich wie in meiner Familie. Sie haben mich in ihren Kreis aufgenommen und wir hatten viel Spaß miteinander. (*Pause*) Nur zum gemeinsamen Frühstück wollte ich nicht kommen. Ich fühlte mich immer als eine zu viel. Warum, weiß ich nicht.

Vermutlich sprach man in der Familie plattdeutsch. Das zu verstehen fällt mir schon schwer. Wie muss es da Alma ergangen sein?

Als ich schließlich im Kindergarten anfangen durfte zu arbeiten, habe ich ein bisschen Geld verdient und kam allein zurecht. Ich brauche nicht viel zum Essen und zum Trinken.

Meine späteren Schwiegereltern wollten kein Geld von mir haben. Das fand ich sehr großzügig. Ich habe immer gesagt, ich bezahle, wenn ich anfange zu arbeiten. „Ja, ja", sagten sie dann, „ist schon gut." Aber ich muss auch sagen, dass ich immer mit angefasst habe, wenn meine spätere Schwiegermutter Hilfe brauchte, im Haushalt geholfen, die Zimmer sauber gemacht, wenn Pensionsgäste kamen – was es halt zu tun gab.

Und wenn ich jetzt sehe, dass sie Hilfe brauchen, bin ich da. Ich mag beide sehr. Man kann über meinen Schwiegervater sagen, was man will. Es stimmt, er brachte mich manchmal zum Heulen, wenn ich Ärger im Kindergarten hatte und man ihm etwas über mich zugetragen hatte. Aber er war immer gerecht. Wie sagt man? Er ist ein Mann, der zu seinem Wort steht.

Alma lächelt verschwiegen, unsere Blicke treffen sich. Ich denke an meinen Vater. Er war aus ähnlichem Holz geschnitzt. Verantwortungsbewusst und aufopferungsbereit für seine Familie. Hätte mein Vater Alma ebenfalls bedingungslos in unsere Familie aufgenommen? Ihre Höflichkeit, ihre Anpassungsbereitschaft, der bürgerliche Bildungshintergrund hätten ihm jedenfalls gefallen.

Diese bedingungslose Hilfsbereitschaft, ist die halligtypisch?

Das kann ich nicht sagen. Bei uns im Libanon ist es ähnlich. Jedenfalls war es früher so, als ich noch dort lebte. Heute ist es auch anders. Aber die Alten verhalten sich noch so. Wenn jemand Hilfe braucht, gibt man sie.

Wie hast du dich mit den Halligbewohnern vertraut gemacht?

Am Anfang habe ich mich bei den alten Halligfrauen am wohlsten gefühlt. Inzwischen sind sie fast alle gestorben. Ich fand sie total putzig und ich wollte gerne die Menschen hier kennenlernen. Wenn eine der Frauen Geburtstag hatte, habe ich meine Schwiegermutter gefragt, ob sie mich mitnimmt. Die Frauen haben immer richtig aufgefahren. Es gab riesige Kuchenbuffets, Kaffee, Tratsch und Lachen. Das war schön. Dann waren sie mal – wie soll ich das sagen – ohne Schwere und Sorge.

Und ich habe am Missionsnähkreis der Kirche teilgenommen. Ich wusste, dass die Frauen sich dort einmal die Woche treffen, und dachte, so könnten wir uns kennenlernen.

Begegnungsorte für die Halligfrauen. Ein Ort, an dem sie über gemeinsame Sorgen sprechen konnten, den neuesten Halligtratsch austauschten. Vielleicht sprachen sie auch über Dinge, über die sie mit ihren Männern nicht sprechen konnten und wollten.

Fremd habe ich mich zwischen ihnen überhaupt nicht gefühlt. Natürlich war das erste Mal etwas komisch. Ich war unter ihnen und sie haben nur Plattdeutsch geschnackt. Mit der Zeit fing ich einige Worte auf und wiederholte sie langsam. Die Frauen lachten, aber es war kein böses Lachen. So habe ich ihre Sprache gelernt. Und auch, wie man sich hier verhält.

Ich wäre gerne zum Missionsnähkreis der Frauen gegangen. Allerdings verweigerte der Halligpastor mir sanftmütig lächelnd die Teilnahme.

Viele der alten Halligfrauen sind als Fremde vom Festland gekommen und mussten wie ich das Halligleben erst lernen. Sie sagten es nicht so deutlich, aber ich spürte, dass manche noch immer Heimweh zum Festland hatten.

Worüber sprach man bei den Geburtstagen?

Manchmal über die Schwiegermütter, die ihnen das Leben oft nicht leicht machten, weil sie so bestimmend und hart waren. Das wird man hier mit der Zeit. Hart.

Über eine dieser alten und wohl auch dominanten Halligfrauen erfuhr ich folgende Geschichte. Ihre Beziehung zum damaligen Halligpastor stand nicht zum Besten. Seine Predigten waren ihr zu kalt und nicht gehaltvoll genug. Auch sein Engagement für die Belange der älteren Halligbewohner fand sie zu mager. Mit ihrer Meinung hielt sie nicht hinter dem Berg. Vorsorglich hatte sie deswegen ihre Trauerrede und die Abschiedsworte an die Halliggemeinde selbst verfasst. Der Pastor musste ihre Worte bei ihrer Beerdigung verlesen.

Der damalige Pastor hat mir in der ersten Zeit sehr geholfen, als das Arbeitsamt gesagt hatte: „Schluss! Du arbeitest nicht mehr, bis du die Papiere bekommst." Er und die Eltern haben damals beschlossen, dass ich den Kindergarten ehrenamtlich weiterleiten sollte. Der Pastor hat die monatlichen Beiträge der Eltern eingesammelt und die Kirche gab noch etwas dazu. So konnte ich trotzdem arbeiten und bekam meinen Lohn. Alle Eltern haben das mitgetragen. Das kommt nicht so oft vor. Sie hätten ja auch „Nein" sagen können.

Alma blickt mich dankbar und stolz an.

Es war ein tolles Gefühl zu spüren, sie wollen, dass ich bleibe. Ich glaube, sie waren mit meiner Arbeit und mir zufrieden. Weil es zu wenige Kinder gibt, musste der Kindergarten schließen. Jetzt arbeite ich im Fährbüro und abends in unserem Lokal. Das ist okay. Aber die Arbeit mit Kindern ist meine Lebensquelle. (*Selbstbeherrscht*) Man muss Kompromisse schließen, wenn man hier auf Dauer leben will. Das gilt allerdings auch fürs Festland. Du kannst nicht immer die Arbeit machen, die du am meisten liebst.

In der Vergangenheit kamen viele Frauen vom Festland, sogar aus fernen Ländern, und waren willkommen. Halligseemänner hatten ihre Frauen in Lettland und Dänemark gefreit. Flüchtlinge aus Ostpreußen und Ostpommern fanden auf der Hallig eine neue Heimat. Heute leben Frauen aus Osteuropa als Ehefrauen und

Geschäftsfrauen auf der Hallig. In den Sommermonaten stehen osteuropäische SaisonarbeiterInnen den Halligbewohnern als gern gesehene Arbeitskräfte zur Seite.

Ob ich es auf dem Festland besser gehabt hätte, weiß ich nicht. Ich denke, es bringt nichts, immer nur zu spekulieren, was wäre, wenn ... Wenn man hier leben will, macht man auch Dinge, die einem nicht so am Herzen liegen, und man muss damit leben. Ich glaube, es ist egal, ob ich auf der Hallig oder woanders lebe. Es liegt an mir, ob ich es schaffe oder nicht. Die Umgebung spielt immer eine Rolle, das ist klar. Und einige können sich anpassen, andere überhaupt nicht. (*Stolz*) Meine Heimat bleibt Beirut. Und wenn ich irgendwann sterben werde, möchte ich dort beerdigt sein. Hier ist mein Zuhause, in Beirut sind meine Wurzeln.

Ich erlebe dich als gläubigen Menschen. Wie haben die Halligbewohner auf deinen Glauben reagiert?

Ich habe nie versucht, es zu verheimlichen. Warum auch? Ich habe gesagt, was ich bin und an was ich glaube, und sie haben es akzeptiert. Vielleicht haben sie sich gewundert, aber sie haben es akzeptiert.

Und wie war das für deine Schwiegereltern, für deinen Mann?

Ganz normal. Wenn ich sage, ich gehe jetzt beten, ist das für Detlef kein Problem. Wenn wir in Eile sind, fragt er höchstens, ob ich das Gebet nicht verschieben könnte. Das mache ich dann auch. Man muss seine fünf Gebete am Tag beten. Die Zeiten wechseln und ich schreibe sie mir aus dem Internet raus. Entweder ich schaffe es zeitlich oder ich schaffe es nicht. Wenn nicht, mache ich abends alle zusammen.

Als deine Familie erfuhr, dass du nicht mehr zurückkehren würdest. Wie hat sie reagiert?

Ich habe meinen Exmann angerufen und ihm gesagt: „Ich bin in Deutschland und lebe auf einer Hallig." Er drohte mir: „Du kommst zurück. Du bist meine Frau!" Aber ich ließ mich nicht kleinkriegen und habe geantwortet: „Nein, ich komme nicht mehr zurück. Es ist Schluss! Ich bleibe hier."

Und deine Eltern und Geschwister?

Am Anfang fanden sie es ganz schlimm. Sie haben meinem Exmann gesagt: „Selber schuld! Du warst zu offen! Du hast ihr die Leine zu lang gelassen und jetzt hat sie die Leine durchgeschnitten." Sie riefen auch ständig bei mir an und machten mir Vorwürfe und ein schlechtes Gewissen: „Du bist verheiratet! Du hast dich deinem Mann zu fügen! Wir sind deine Familie! Wie kannst du uns das bloß antun?" Aber ich bin hart geblieben. Ich tat, als wäre die Leitung schlecht. „Ich bleibe", habe ich ganz leise gesagt. „Ich höre euch nicht."

Sie spricht ohne Hass, doch ein Echo von Wut und Trauer ist ihrem angespannten Körper anzusehen.

Sie haben alle immer wieder angerufen. Meine Geschwister, meine Eltern, seine Eltern und seine Geschwister. Ich hatte immer Angst, obwohl ich hier eigentlich in Sicherheit war.

Wovor hattest du Angst?

Dass sie mich holen! Dass sie mich überreden, mir ein so schlechtes Gewissen machen, dass ich doch …

Ihre Hände flattern wie die Flügel eines Strandläufers, der sich wachsam umschaut und zum Flug bereit ist.

Ich kenne mich, ich bin sehr emotional.

Gab es hier jemanden, mit dem du über deine Sorgen sprechen konntest?

Ich wollte die Menschen hier nicht noch mehr beanspruchen. Aber mit meinen Freunden aus Kiel habe ich gesprochen. Wir haben viel diskutiert, was ich tun könnte. Ich hatte auch ein schlechtes Gewissen gegenüber meinem Mann. Er war ja nicht schlecht. Aber meine Freunde sagten: „Du musst dich jetzt entscheiden. Wenn du nicht weiter im Krieg leben willst und nicht glücklich mit deinem Mann bist, ist es jetzt die Möglichkeit, das zu ändern.“ Sie haben mir sehr geholfen, diese Schwelle zu überschreiten.

Meine Eltern, seine Eltern und Geschwister haben meinen Mann so lange bearbeitet, bis er nach Deutschland gekommen ist. Ich wollte nicht, dass er auf die Hallig kommt, und wir haben uns bei den Eltern eines Freundes in Kiel getroffen. Zwei Tage lang haben wir geredet, geredet, geredet. Er hat versucht, mich zu überreden: (*Imitierend, wehleidig*) „Ich kann nicht ohne dich leben. – Ich bringe dich um. – Ist das dein Dank für alle Freiheiten, die ich dir immer gelassen habe?“

Doch ich wollte mich nicht unterkriegen lassen und habe geantwortet: „Wenn ich jetzt mit dir zurückgehe, bin ich am Ende. Das will ich nicht.“

Nachdem er endlich abgereist war, bin ich zusammengebrochen. Dieses „Nein“ zu sagen und es auszuhalten, hat mich unendlich viel Kraft gekostet. Erst als ich auf die Hallig zurückkam, habe ich mich ganz sicher gefühlt und wusste, von hier kann er mich nicht holen. (*Selbstbeherrscht*) Und wenn später diese Angst trotzdem hochkam, habe ich mir immer wieder eingehämmert: Hier können sie dich nicht wegholen. Hier bist du sicher.

Was bedeutet es heute für dich, auf der Hallig zu leben?

Die Hallig bedeutet für mich noch immer Sicherheit. Es fühlt sich jedoch nicht mehr ganz so sicher an wie in den ersten Jahren. Vielleicht hängt das noch mit dem Krieg zusammen.

Ein Kriegstrauma? Eine Seelenwunde, die lange braucht zum Heilen?

Wenn ich auf dem Festland bin, gehe ich abends nicht gerne alleine raus. Ich bleibe, wo ich bin. Erst wenn ich wieder auf der Hallig bin, fühle ich mich freier.

Ein schlafendes Ungeheuer mit vielen Gesichtern. Es genügt wenig, dass es lauernd erwacht: ein Geruch, ein Ort, eine Begegnung, eine Stimme, die plötzlich an eine lebensbedrohliche Situation erinnert.

Es ist schon viel besser geworden und ich weiß, was ich tun muss, damit es mir gut geht.

Alma lässt ihre hochgezogenen Schultern langsam los und blickt mich vertrauensvoll an. Es braucht oft Jahre, manchmal Jahrzehnte, bis ein traumatisierter Mensch sich einen inneren Schutzpanzer angelegt hat, der ihn vor der Überflutung durch seine Gefühle schützt.

Das war in den ersten Jahren anders. Ich hatte hier vor gar nichts Angst. Nachts, wenn es draußen schwarz war, bin ich zum Deich gelaufen. Nur vor den Vögeln habe ich mich erschrocken, die plötzlich rechts und links von mir aufflogen. Ich fühlte mich unter diesem mächtigen Himmelszelt mit seinen Millionen Sternen aufgehoben. Dann ging ein Kutter mit zwei jungen Leuten unter. Die Angst kam wieder hoch und ich merkte: Hier kann auch etwas passieren. Nicht nur im Krieg. Dieses Sicherheitsgefühl war plötzlich weg.

Scheu sucht Alma meinen Blick, als wollte sie prüfen, ob ich es peinlich fände, was sie mir anvertraut. Statt ihren Blick zu erwidern, weiche ich aus. Scheue ich eine Berührung mit ihrem Leben?

Wenn ich in die Weite des Horizonts schaue, gerate ich oft in einen Erinnerungsstrom. Ereignisse, die ich längst vergessen oder bewältigt glaubte, werden hier wieder wach.

Was bedeutet für dich der Horizont?

(*Bewegt*) Ich gehe fast jeden Tag an den Deich und mache meine Runde. Wenn ich dort bin, schaue ich immer in Richtung Süden und denke an meine Familie. Dann kommen mir oft Tränen. Hinter dem Horizont lebt in der Ferne meine Familie und ich bin hier. Die ersten Jahre habe ich mir darüber keine Gedanken gemacht. Ich war nur froh, hier zu sein, und sie waren weit weg.

Das ist es. Almas Geschichte legt bei mir einen Lebensfaden frei, erinnert mich an die Trennung von meinen Eltern vor Jahren. Kein Krieg und keine Zwangsheirat wie in Almas Fall hatten mich angetrieben, meine Familie zu verlassen. Nach Sabines Verschwinden fiel es mir zunehmend schwerer so zu tun, als sei nichts geschehen. Ich machte einen radikalen Schnitt und ging.

Am Totenbett meines Vaters, drei Jahre später, sah ich meine Eltern wieder. Für eine Versöhnung war es zu spät. Nur das Notwendigste sprachen Mutter und ich. Gemeinsam beteten wir an seinem Totenbett das „Vaterunser". Die Worte: Wie auch wir vergeben … konnte ich noch nicht sprechen. Nach der Beerdigung trennten sich unsere Wege wieder.

Seit meine Mutter erst krank wurde und dann starb, haben sich meine Gefühle geändert.

Hast du dich mit deiner Mutter noch aussprechen können?

Almas Gesichtszüge vereisen.

Wir haben uns nie gestritten! Nein, es war immer ein gutes Verhältnis zwischen uns. Nachdem mein Asylverfahren endlich abgeschlossen war, konnte ich sie in Beirut wieder besuchen. Das war schön. Aber meine Mutter war ein sehr emotionaler Mensch. Immer wenn ich ankam, hat sie geheult.

Sie holt tief Luft, als laste heute noch eine Bürde auf ihren Schultern.

Und wenn sie merkte, dass die Zeit drängte und ich bald wieder fahren würde, weinte sie wieder. Ich hatte immer das Gefühl, ich hätte ihr etwas angetan, weil ich weggegangen bin.

Ich werfe meine selbst auferlegte Achtsamkeit über Bord. Auf die Gefahr hin, bei Alma eine Grenze zu überschreiten, will ich wissen, ob sie vergeben hat.

Hattest du kein Recht, wütend auf deine Eltern zu sein?

Ich war nicht wütend. Meine Eltern haben uns immer alles gegeben. Wir hatten ein gutes Leben. Natürlich gab es Grenzen, nicht nur für mich, für alle. Als Mädchen durften wir vieles nicht, was meine Brüder durften, weil sie Jungen waren. Alleine weggehen, einen Jungen treffen oder alleine ins Kino gehen, das alles war tabu. Sie wussten immer, wo wir waren. Das gehörte zu den Aufgaben meiner Mutter und war normal.

Auch unsere Eltern haben uns alles gegeben: Wohlstand, Nestwärme, Bildungsmöglichkeiten. Es war selbstverständlich, dass ihre Töchter studieren.

Es gab eine Zeit, da war ich sehr wütend und wollte meiner Mutter nicht verzeihen. Ich war wütend, weil sie es zugelassen hatte, dass ich einen Mann heiraten musste, den ich nicht wollte und nicht liebte. Im Nachhinein sehe ich es anders. Sie wurde schließlich auch verheiratet und ist mit meinem Vater glücklich geworden.

Für meine Mutter war die Hauptsache, dass ich verheiratet und versorgt war. Sie wusste es nicht besser. Ich habe kein Recht, über meine Mutter zu richten.

Almas offener Blick trifft mich.

Meine Eltern haben mich später hier besucht. Als sie das erste Mal kamen und es ihnen gefiel, war ich sehr stolz. Aber nach einer knappen Woche fragten sie mich: „Wie kannst du das hier aushalten?" Wenn das Wetter im Sommer gut ist, sieht alles ganz wunderbar aus. Aber das erste Mal kamen sie im Oktober. Es war dunkel und sie wohnten in unserer kleinen Wohnung. Das war für beide ein Schock. Meine Mutter bekam Platzangst. Die Wohnung meiner Eltern ist fünfundzwanzigmal größer als unsere. Am nächsten Tag war das Wetter schön und es hat beiden hier sehr gefallen. Mein Vater ist Jäger und angelt gern. Er fragte, ob er die Vögel schießen könne, was ich verneinte. Ein anderes Mal wollte er bei Niedrigwasser angeln gehen. Alle haben sich über ihn lustig gemacht. Mein Vater ist trotzdem gegangen, weil er glaubte, dass es noch genügend Wasser zum Fischen gäbe. Er wusste nicht, dass das Wasser hier ganz verschwindet. Woher auch? Bei uns gibt es kein Meer mehr mit Ebbe und Flut.

Alma lacht, hält inne. In ihrem Gesicht spiegelt sich die Erinnerung an diese gelebten Tage mit ihren Eltern.

Wir hatten viel Spaß miteinander. Auch mit meinen Schwiegereltern, sie waren sehr um meine Eltern bemüht. Besonders meine Schwiegermutter, sie hat versucht, alles zu kochen, was meine Eltern mögen könnten. Natürlich gab es Spannungen und Streit. So ist Familie. Man muss sie nehmen, wie sie ist. Keiner kann aus seiner Haut.

Sie schaut mich an. Ich halte ihrem Blick stand. Sinnlos, meine selbstquälerische Frage, warum ich noch nach Jahren nicht vergeben kann. Warum kann ich den Weg zu meiner alten Mutter noch vor ihrem Tod nicht finden? Aber wer sagt, dass sie auf mich, die verlorene Tochter, wartet? Auffordernd schaut mich Alma an, als warte sie auf eine neue Frage.

Gab es eine Zeit, wo du die Hallig verlassen wolltest?

Es gab eine Zeit, in der ich mich fragte: Will ich hier für immer bleiben? Das war in dem Jahr, bevor ich meine Staatsbürgerschaft verliehen bekommen habe. Mein Leben auf der Hallig war für mich die große Freiheit geworden. Freiheit vom Krieg, von der Enge der Tradition, von Vorstellungen, wie ein Mädchen, eine Frau zu sein hat. Es war mein Zuhause geworden.

Aber nach neun Jahren habe ich auch gedacht: Ist das alles, was ich will? Doch für Detlef war immer klar, er wollte auf der Hallig bleiben. Das habe ich auch verstanden. Er ist auf der Hallig geboren und seine Eltern leben hier.

Sie atmet tief durch und schiebt die Ärmel ihrer blauen Fleecejacke hoch.

Dann wurde ich schwanger und das hat mein Leben umgekrempelt. Ich habe mein erstes Kind verloren. Es sollte wohl nicht leben und ich habe das lange nicht verarbeiten können. Erst als Nele unterwegs war, sah ich für mein Leben auf der Hallig wieder einen Sinn. Ich hatte eine eigene Familie, wir hatten beide eine Arbeit, meine Schwiegereltern waren hier, die mir wichtig sind. Mit Neles Geburt ist die Hallig so etwas wie Heimat geworden.

Detlef und ich waren schon viele Jahre zusammen, aber wir haben erst geheiratet, nachdem man mir die Staatsbürgerschaft bewilligt hat. Ich wollte nicht wegen der Staatsbürgerschaft heiraten. Ich wollte es allein schaffen und ich habe es auch geschafft.

Ist Detlef deine große Liebe? Bist du seinetwegen auf der Hallig geblieben?

Am Anfang war es eine große Liebe. Wir sind jetzt dreiundzwanzig Jahre zusammen. Und was ist Liebe? Ich finde es natürlich, dass man sich nicht mehr so liebt wie am Anfang.

Ich denke an Lilly. Seit ich mich freiwillig der Einsamkeit und der klösterlichen Stille der Hallig ausgesetzt habe, unterziehe ich unsere Beziehung einer strengen Inventur.

Lilly wäre noch weniger als ich dazu bereit, die Großstadt zu verlassen, schon gar nicht, auf die Anonymität zu verzichten. Und selbst wenn, wären wir stark genug, auf einer Hallig als lesbisches Paar zu leben?

Detlef ist mein Ehemann und bester Freund. Wenn man viele Jahre zusammen ist, geht die Leidenschaft leise verloren. Das ist so. Wenn man es schafft, sich gut zu verstehen, und sich einigen kann, dann ist das in Ordnung. Aber wenn das nicht klappt, fangen die Probleme an.

Almas so nüchterne und pragmatische Haltung zum Thema Liebe überrascht mich. In ihrer Ausstrahlung wirkt sie romantisch. Ihre plötzliche Strenge irritiert mich.

Gott sei Dank klappt das bei uns. Wir haben beide unser eigenes Leben. Trotzdem finde ich es schade, dass wir viel zu selten etwas zusammen unternehmen, seit wir das Lokal haben. Wir könnten es machen, doch wir tun es nicht.

Almas Stimme schlägt um.

Wir haben das Lokal gekauft und müssen es noch abbezahlen. Da bleibt wenig Zeit für uns als Familie, für Nele und mich. Es fällt auch viel an ehrenamtlichen Verpflichtungen an. Ich versuche, mich mehr abzugrenzen als früher. Aber es fällt mir schwer, weil ich mich auch nicht ganz herausziehen möchte. Ich will, dass die Hallig sich verändert und das Leben hier weitergeht.

Sie gibt mir das Stichwort, auf das ich schon lange warte.

Was meinst du, muss sich auf der Hallig verändern, damit sie für Neuzugezogene attraktiv wird?

Alma schaut aus dem Dachfenster und lässt sich Zeit mit ihrer Antwort. Draußen ist es bereits dunkel geworden, Hagelkörner prasseln gegen die Fensterscheiben.

Wenn ich hier geboren wäre, also eine richtige Halligbewohnerin wäre, würde ich sagen: Die Hallig braucht Leute, junge Familien, die hier leben wollen. Wenn das passiert, wäre es toll. Für die Hallig, für die Halligbewohner und die Menschen, die neu hierherziehen. Aber es müssten viele sein. Eine einzelne Familie sollte es sich gut überlegen. Es ist nicht leicht, so eng miteinander zu leben. Und es gibt einige hier, die schnell ihr Urteil fällen. Du brauchst nur einen kleinen Fehler zu machen, dann …

Almas Handbewegung vollendet ihren Satz: „Dann bist du hier raus!“

Was sind das für Fehler?

Wenn man zum Beispiel mit der Einstellung kommt, etwas Besseres zu sein, und die anderen sind bloß Halligbewohner.

Im Bruchteil von Sekunden prüfe ich mich, ob mir dieser Fehler unterlaufen ist.

Wenn man den Menschen hier das Gefühl gibt, sie wären stehen geblieben, hat man so richtig verloren. Man muss sich Zeit nehmen und lernen, wie man mit den Menschen umzugehen hat. Du musst hier etwas lieben! Man muss eine schöne Arbeit haben, die Spaß macht. Und man muss Menschenkenntnis besitzen.

Wäre ein Halligleben nicht doch die ideale Herausforderung, der Beginn des Wandlungsprozesses, nach dem ich suche? Ich würde bewusst Neuland betreten, endlich den Schritt wagen, vor dem ich mich seit Jahren drücke. Meinen Roman schreiben anstatt nur Reportagen. Man braucht hier nicht viel zum Leben. In der Saison könnte ich kellnern oder bei den Halligvermietern putzen und ganz nebenbei eine Online-Halligzeitung auf die Beine stellen. Anderseits, passt das eigentlich alles zusammen?

Viele Leute, die hier Ferien machen, finden alles ganz toll! Wenn sie mir dann noch sagen: „Wir würden ja so gerne bleiben“, dann denke ich: „Oha!“

Was muss man für Qualitäten haben, um auf eine Hallig zu passen?

Du musst dich anpassen können. Darfst nicht stur sein. Und du darfst nicht viel von den anderen erwarten. Wenn du nur etwas für dich machen möchtest und die Erwartung hast, dass sie dich alle so richtig aufnehmen werden, musst du wegbleiben. Weil du ihnen das Gefühl vermittelst, sie für deine Zwecke zu benutzen. Aber wenn man trinkt, ist man immer willkommen. Das ist leider so.

Gibt es heute noch richtige Halligmänner?

Schwer zu sagen. Für mich sind es die Alten. (*Pause, zögert*) So, wie mein Schwiegervater ist, und noch ein paar andere Männer. Sie haben noch diese autoritäre, harte Art, die sie nicht ablegen wollen oder können, und glauben, sie regierten die Hallig und die Welt.

Alma lacht versöhnlich, ich stimme in ihr Lachen ein. Es erstaunt mich, dass bei ihr so viel Mitgefühl mit diesen alten Halligknochen mitschwingt.

Und was ist eine richtige Halligfrau?

Ich bin es nicht und ich weiß auch nicht, ob das so erstrebenswert ist. Die Alten, die schon gestorben sind, oder noch leben, wie meine Schwiegermutter, die waren es oder sind es noch. Sie haben sich für ihre Familie und ihre Männer aufgegeben und sich untergeordnet. Ich habe lange aus Dankbarkeit vieles gemacht, was nicht gut war. Für meine Tochter möchte ich ein Vorbild sein. Sie soll lernen, selbst zu bestimmen, was sie will und wo sie später leben möchte.

Almas Augen beginnen zu strahlen, als sie über ihre Tochter Nele spricht.

Nele soll nicht unseretwegen in innere Not kommen. Manchmal sagt mein Schwiegervater im Scherz zu ihr: „Später kommst du auf die Hallig zurück." Ich weiß, das ist sein Wunsch und seine Sorge, weil die Hallig sonst aussterben wird, wenn von den Jungen niemand mehr zurückkehrt. Aber sie soll selbst entscheiden und niemand sonst.

Welchen Rat würdest du einer Frau geben, die auf einer Hallig leben will?

Sie hält im Schneidersitz ihre Beine fest. Stille. Ich spüre Verbundenheit.

Vielleicht sollte sich eine Frau, die hier leben möchte, nicht darauf fixieren, unbedingt für immer zu bleiben. Dann könnte das klappen. Ich denke, wenn sie sich immer wieder einhämmert: Ich möchte bleiben, weil es mir hier so gut gefällt, dann entsteht solch ein Zwang, dass sie alles machen wird, nur um tatsächlich bleiben zu können. Man vergisst sich selbst. So war es jedenfalls bei mir.

Ich wollte immer, dass alle zufrieden sind. Doch das geht nicht, das merke ich jetzt. Man muss auch an sich denken. Aber am Anfang habe ich mir immer wieder eingehämmert: Sei dankbar, dankbar, dankbar! Du hast so ein Glück, dass du hier leben darfst. Ich denke, man muss sich von dieser Idee befreien.

Ich lebe hier gerne, und ich bleibe. Aber ich weiß nicht, wie lange noch.

Alma schaut mich ernst an. In ihrem Blick liegt Demut. Eine Demut, um die ich sie beneide, weil sie nichts von Unterwerfung hat, sondern mit Respekt erfüllt ist vor dem Leben, der Natur und den Menschen, mit denen man lebt. Während ich Alma zur Tür begleite, möchte ich ihr noch etwas Verbindliches sagen. Unerwartet schließe ich die Haustür wieder, als sie gerade gehen will.

Erschrocken zuckt Alma zusammen und schaut mich mahnend an. „Tu das niemals bei einem Halligbewohner. Sie werden dir das nicht verzeihen.“ Ich nicke, verstehe nicht und vergesse, was ich Alma sagen wollte.

Während ich unsere Tassen und die leere Schale wegräume, fällt mein Blick auf Almas Korbstuhl. Auf der Sitzfläche liegen bunte Vogelfedern. Ich wage nicht, sie zu berühren. Ein kleines Grab könnte man mit diesen Federn bedecken. Ich überlege, was Alma mit ihnen machen würde. Ein Nest flechten?

5. Kapitel

19. November

Das Gespräch mit Alma war gut. Es wird eine Herausforderung sein, ihre Geschichte nicht ins Klischee einer gelungenen Integration abgleiten zu lassen.

Bis vor einer halben Stunde war es stürmisch, es schien ein grauer, verhangener Tag zu bleiben. Und jetzt? Warmes Sonnenlicht taucht die Halligfennen in ein sattes Grün. Schafe und Pferde grasen friedlich und es ist so windstill, dass ich bei geschlossenen Fenstern die Halligvogelwelt zwitschern höre, als sei es Frühling und nicht Mitte November. Auch ohne Kieker kann ich die lang gestreckten weißen Strände von Amrum sehen, nebst Häusern und Leuchtturm.

Die Dachdecker werden heute ihre Arbeit beenden. Mit Jakob, dem Ältesten, habe ich vorhin bei meinem morgendlichen Rundgang geschnackt. Er kommt von Pellworm, seine Kumpel Dirk und Paul von Sylt und Amrum.

Jakob ist Mitte dreißig, sommersprossig, die Haut von Sonne, Wind und Salz gegerbt. „Früher war ich Finanzberater und stand kurz vor dem Burnout. Und jetzt?“ Er strahlt mich triumphierend an. „Ich bin immer an der frischen Luft. Es kommt ein vorzeigbares Ergebnis raus, keiner wird beschissen, und ich bin mit meinen Kumpels unterwegs!“ Auf meine Frage, ob er sich vorstellen könne, auf einer Hallig zu leben, erklärt er, die Hände tief in den Taschen seiner schwarzen Zimmermannshose vergraben: „Nee, im Winter ist hier tote Hose. Und es gibt kaum Frauen, die infrage kommen.“

Einen Moment scheint er zu zögern, doch dann fährt er leiser fort, es gäbe hier auch viele schräge Vögel. „So eine Hallig zieht einfach Träumer und Spinner an.“ Dabei grinst er mit Nachdruck und macht eine Kopfbewegung zur nächsten Warft. „Schräge Vögel gibt es überall. Auch bei uns auf Pellworm. Aber das hier übertrifft jede Quote."

Wieder grinst er breit und zeigt dabei strahlend weiße Zähne mit zwei dolchförmigen spitzen Eckzähnen.

Aus Selbstschutz erwidere ich sein Grinsen, aber vermutlich ist es längst zu spät und ich gehöre auch in die Kategorie „schräger Vogel".

Der gestrige Abend im „Walfang" kommt mir in den Sinn. Bei einer riesigen Portion Krabben mit köstlichen goldbraun gebratenen Bratkartoffeln wurde ich Zeuge einer lebhaften Diskussion zwischen einigen alteingesessenen Halligmännern und den Dachdeckern. Beim dritten Glas Bier waren sie lautstark am Diskutieren, ob „da draußen" immer noch „Menschenfresser" – vom Festland – unterwegs sind, die die Halligleute übers Ohr hauen und sie um ihr Hab und Gut betrügen.

Ich werde die drei Panther auf dem funkelroten Feuerwehrdach und ihre gute Laune jedenfalls vermissen.

20. November

Blumen für Mutter bei Fleurop bestellt. 50 Euro. Der Floristin habe ich meine Geburtstagsgrüße diktiert. Mehr schaffe ich nicht.

Gleich habe ich ein Treffen mit Pastor Rolf auf der Kreuzwarft. Endlich klappt es. Er ist bereit, mit mir über seine Arbeit und die alten Halligbewohner zu sprechen. Mein Mikrofon soll ich allerdings zu Hause lassen.

Immerhin lässt er mich seit ein paar Tagen schon in der Halligchronik lesen. Ich sitze dann in dem in die Jahre gekommenen Gemeindepesel. Auch hier wird gespart. Erst wenn ich komme, wird die Heizung angedreht und bollert dann wie ein alter Dieselmotor. Seine Frau lehnt ein Gespräch über ihre Rolle als Pfarrfrau auf der Hallig ab. Grund: Sie habe zu viel zu tun. Wenn ich sie beim Halligkaufmann treffe – wo man irgendwann alle Halligbewohner trifft –, lächelt sie gezwungen und ist schnell wieder verschwunden. Ich spekuliere herum. Ob sie eine Großstadtpflanze ist, die die berufliche Entscheidung ihres Mannes nur widerstrebend mitträgt? Oder will sie nicht die klassische Rolle der altruistischen Pfarrfrau spielen, die sich selbstlos in der Gemeinde ihres Mannes aufreibt?

Schade ist es, ihre Erfahrungen wären spannend gewesen.

Laut einschlägiger Halligliteratur lag anscheinend für Pastoren immer ein besonderer Reiz darin, ihre missionarische Berufung auf einer Hallig auszuleben. Die Hallig – ein spiritueller Raum? Um Gott nahe zu sein? Um die Bewohner in ihrem Glauben zu stärken? Sie vom Aberglauben abzubringen?

Und für die Pfarrfrauen? Was bedeutete für sie ein Leben auf der Hallig, an der Seite ihrer Männer? Die Pfarrfrauen übernahmen auf jeden Fall weitgehende Pflichten. Sie beteiligen sich an den Bibelstunden auf den Warften, leiteten sie teilweise auch. Sie organisierten Missions-Nähkreise, die Winterhilfe und andere Hilfsaktionen, richteten kirchliche Feste aus und organisierten Fahrten aufs Festland. Darüber hinaus hatten sie häufig seelsorgerische Aufgaben inne und sorgten für die medizinische Erstversorgung. In der Halligchronik wird von einer Pfarrfrau berichtet, die sich nach dem Zweiten Weltkrieg intensiv um die Flüchtlinge kümmerte, ihnen bei der Bewältigung ihrer Flucht- und Gewalttraumata beistand und auch als Hebamme im Einsatz war.

Nach meinem Besuch beim Pastor traf ich seine Frau in der kleinen Halligkapelle. Sie war dabei, die Kirche für Totensonntag auf Hochglanz zu bringen. Wir haben uns freundlich zugenickt. Vielleicht ist das ein Anfang.

Jetzt ist Entspannung dran. Ich werde die Füße hochlegen und mir einen gemütlichen Abend mit Grünkohl, Halligknacker und Bier vor der Glotze machen. Für morgen ist Kälte angesagt.

21. November

Am Hafen. Freitag, 16 Uhr. Es ist winterlich kalt, doch Kälte und Wind machen mir nicht mehr so viel zu schaffen. Liegt es daran, dass mir ein Robbenfell wächst? Es hat etwas Vertrautes, ja sogar Beruhigendes, gemeinsam mit den anderen Halligbewohnern auf die Fähre zu warten. Ihren Gesprächen zu lauschen, sie ruhig oder telefonierend in ihren Autos sitzen zu sehen.

Meine sechste Woche geht zu Ende, und ich bin immer noch hier. Andrea ist abgesprungen, ich arbeite auf eigenes Risiko weiter. Macht das Sinn?

Langsam nähert sich die Fähre dem Hallighafen. An Deck stehen die wenigen Passagiere in Startposition, darunter ein paar Jugendliche, die wohl ihre Eltern am Wochenende besuchen.

Kaum hat die Fähre ihre Ladebrücke heruntergelassen, kommen fünf ältere Grazien – alle um die sechzig aufwärts – mit festem Schritt, wetterfest und flott gekleidet, mit kleinen Rollkoffern, Taschen und Tannengrüngestecken von der Fähre. Es müssen Alteingesessene sein, die heute auf dem Festland leben, überlege ich, und nehme sie näher in Augenschein. Übermorgen ist Totensonntag, wahrscheinlich sind sie gekommen, um auf den Friedhof zu gehen. Wann habe ich Vaters Grab das letzte Mal besucht? Vor fünf Jahren, rechne ich nach, während sie plattdeutsch schnackend an mir vorüber ziehen. Die Älteste hält sich etwas abseits von den anderen. Sie trägt einen alten Mantel, ein altmodisches Kopftuch und hat einen schäbigen, braun-grünen Stoffkoffer dabei. Sie streift mich mit einem langen, kalten Blick, der mich erstarren lässt. Kennen wir uns?

Zum Glück kommt Alma mit ihrer zwölfjährigen Tochter Nele zu mir, und ich kann meine Erstarrung abschütteln. Alma bittet mich, Nele mit zur Kesselwarft zu nehmen, da sie noch rasch bei Frauke vorbeimuss. „Morgen haben wir Ortskulturring, da gibt es noch einiges vorzubereiten."

Nele verdreht die Augen. Es ist ihr offenkundig peinlich, dass ich sie nach Hause begleiten soll. Alma bemerkt ihren Blick, zärtlich fährt sie mit der Hand durch Neles lange, blonde Haare und erklärt fast entschuldigend: „Es ist schon dunkel, du weißt, ich bin einfach ängstlich, wenn es um dich geht." Nele nickt eine Spur zu verständig und gibt mir ein Zeichen, dass sie gehen will.

Auf unserem halbstündigen Weg zur Kesselwarft klärt sie mich darüber auf, wie das Leben für sie als Mädchen auf der Hallig ist. „Das ist cool! Du bist etwas Besonderes, weil es kaum noch Kinder gibt, und alle sagen es dir auch. Und dann erzählen die Alten oft von früher, wie viele Kinder es damals gegeben hat und was sie alles miteinander angestellt haben." Neles Schritt ist ausladend wie der eines jungen Matrosen. Beim Reden legt sie vertrauensvoll ihre warme Hand in meine.

Ob sie sich nicht langweilen würde, frage ich. „Nöö, nur manchmal. Ich bin ein Multitasker und kann viele Sachen gleichzeitig machen." Neles Smartphone fängt an zu bellen wie ein junger Hund. Kurz schaut sie auf das Display und legt einen Schritt zu. „Das ist meine beste Freundin Maya aus Neuseeland. Wir kennen uns übers Chatten." Sie habe auch Freunde in England, Frankreich und Spanien, erklärt sie mir selbstbewusst, als sei es eine Selbstverständlichkeit, mit zwölf Jahren im Internet zu chatten und Freunde über den Globus verteilt zu haben.

Mit Maya ist sie eigentlich jetzt zum Skypen verabredet, aber sie habe ihrem Vater versprochen, ihm im „Walfang“ zu helfen. „Mama hat wieder keine Zeit“, fügt sie nicht ohne Tadel hinzu. Und Schlagzeug üben müsse sie heute auch noch, und mit ihrem Hund Till vor die Tür gehen. So liefe fast jeder Tag. „Mama glaubt mir das nicht. Ich habe wirklich oft keine Zeit für Schularbeiten, weil ich auch noch zu meinen Großeltern auf der Schlüterwarft muss. Sie haben nur mich“, erklärt sie seufzend und sehr erwachsen.

Neles Terminkalender scheint sich nicht großartig von dem der Kinder auf dem Festland zu unterscheiden, resümiere ich, als wir an der Kesselwarft ankommen. Es sind nur noch wenige hundert Meter zu Neles Elternhaus und zur Gastwirtschaft ihres Vaters. „Danke für das tolle Gespräch“, ruft Nele strahlend und läuft hüpfend ihrem Vater entgegen, der schon auf sie wartet.

Ich beobachte ihre innige Umarmung und spüre einen schmerzhaften Stich. Wäre mein Leben anders verlaufen, wenn es keinen Vater mit zwei Gesichtern gegeben hätte?

Nachts

Der Wind heult, als seien einsame Wölfe auf der Hallig unterwegs. An Einschlafen ist nicht zu denken. Mit Lilly kurz telefoniert, Hochzeitsgeschenk für Nulf und Andreas besprochen. Im Moment kann ich mir nicht vorstellen, für ein Wochenende nach Berlin zu düsen, um dort kurz Hochzeit zu feiern, und dann wieder zurück auf die Hallig. Warum bin ich in dieser Stimmung?

Ist es das Tagebuch der alten Halligfrau, das ich im Halligarchiv entdeckt habe? Ein altes liniertes Schulheft, jedes Blatt eng beschrieben. Ihre Alltagsschilderungen gleichen denen der anderen Halligberichte: die alte Halligwelt, die Kriegs- und Nachkriegsjahre bis nach der großen Sturmflut 1962. Sie beschreibt ein Leben voller Entbehrung und Verzicht. Dennoch ist sie zufrieden, versöhnt mit ihrem Leben. Es ist ihre aufrechte Schrift, die steilen Buchstaben, ihre schnörkellose Sprache, die Dankbarkeit und Würde mitklingen lassen und mich berühren. „Dankbarkeit ist das Gedächtnis des Herzens", schreibt sie.

Dankbarkeit und Demut – Worte, die für mich oft etwas Unglaubwürdiges, Verschleierndes und Unterwürfiges haben. Besonders wenn sie von Frauen aus der Generation unserer Mütter und Großmütter ausgesprochen werden. Doch diese Lebenserinnerungen lassen keine Klischees aufkommen und vertreiben die vorgestanzten Bilder aus dem Kopf. Die sparsamen, knappen Schilderungen ihrer schweren Lebensumstände haben nichts Bitteres und Unversöhntes. „Alles was du tust, tue es mit einem Lächeln", schreibt sie. Das sei der Leitspruch ihrer Mutter gewesen, und auch sie habe sich das in schweren Stunden immer wieder gesagt. Sie erwähnt Fehlgeburten, den Verlust eines Kindes durch plötzlichen Kindstod. Und immer schimmert Dankbarkeit durch, ihr Leben in diesem besonderen Naturkosmos leben zu dürfen. Sie wiederholt wieder und wieder, dass dies nur wenigen Menschen vergönnt sei.

Vielleicht ist es das, was ihre Klugheit und Demut ausmacht. Sie schönt nicht, sie jammert nicht und sie idealisiert die alte Halligwelt nicht. Sie hat ihr Leben dankbar gelebt.

22. November

Mit Panikattacken aufgewacht. Sabine stand im Traum wieder an meinem Bett. Milchiger Raureif bedeckt die Fennen, die Pferde scheinen noch zu dösen. Wird es jetzt Winter? Alles ist noch ruhig auf der Warft.

Ich höre Bernd in seiner Küche hantieren, der Kaffeeduft steigt bis in meine Wohnung hoch. Schade, unser anfänglicher guter Kontakt ist wie durchgeschnitten. Schon wenn er mich im Hausflur kommen hört, ergreift er die Flucht und verbarrikadiert sich hinter seiner Tür. Keine Ahnung, was ich falsch gemacht habe.

Heute ist Mutters Geburtstag. Ob sie sich über meine Blumen freut? Wird sie feiern? Warum sollte sie es nicht tun? Nur weil sie Witwe ist, eine Tochter sich umgebracht hat und die andere Tochter nichts mehr mit ihr zu tun haben will?

Eine harte Bilanz für eine Frau, die eine Familie, Kinder haben wollte und ein selbstständiges Leben für ihren Familientraum aufgegeben hat. Was heißt aufgegeben? Sie hätte sich aus der Abhängigkeit zu Vater lösen können. Als gelernte Schneiderin hätte sie in den Siebzigerjahren Arbeit und eine Wohnung für uns gefunden. Auch damals gab es schon Hortplätze, und wenn nicht, wären wir Schlüsselkinder geworden. Was wäre daran so schlimm gewesen? Waren Mutters Liebe zu Vater und ihre Ängste, was die Leute über sie denken könnten, wenn sie ihren Mann verlassen würde, größer als ihre Sehnsucht, neu zu beginnen?

Mutter hat Vater geliebt. Warum kann ich meinen säuerlichen Groll nicht endlich überwinden und muss Mutter immer noch ihr vermeintliches Versagen vorwerfen? Woher will ich wissen, dass ich mich an ihrer Stelle nicht ähnlich verhalten hätte?

Natürlich feiert sie heute ihren Geburtstag. Mutter ist gesellig und wird ihren Spaß haben mit ihren Freundinnen und Bekannten. In diesem Punkt ist sie den alten Halligfrauen ebenbürtig.

Jetzt nicht grübeln und hängen lassen. To-do-Liste abarbeiten: Interviews auswerten und O-Töne auswählen. Es muss an diesem Ostwind liegen, dass ich mich wieder schlapp und wie ausgekotzt fühle. Seit ich weiß, dass es auch den Halligbewohnern, auch den

Alteingesessenen, bei Ostwind nicht gut geht, leide ich nicht mehr ganz so sehr. Heute Nachmittag gehe ich zum Friedhof. Vielleicht treffe ich eine der Grazien von gestern wieder und kann sie für ein Gespräch gewinnen.

Vier Stunden später

In der Nachmittagssonne gehe ich zur Kreuzwarft. Während ich den samtig-grünen Hügel zum kleinen Halligfriedhof und der schmucken Kirchenkapelle hinaufsteige, höre ich vergnügtes Frauengeschnatter. An der Pforte zum Kirchfriedhof bleibe ich stehen, unschlüssig, ob ich wieder gehen sollte, um sie nicht zu stören. Emsig ins Gespräch vertieft, sind die Frauen dabei, ihre Familiengräber winterfest zu machen und mit Blumen für den Totensonntag zu schmücken. Sie sind so miteinander und mit ihrer Grabpflege beschäftigt, dass sie mich nicht wahrnehmen. Von ihrem Plattdeutsch verstehe ich kaum etwas, immerhin jedoch so viel, dass es sich um Anekdoten über die Verstorbenen handeln muss.

Auch die flotten älteren Grazien, denen ich gestern am Hafen begegnet bin, knien schwatzend auf den Gräbern und pflanzen kleine Töpfe mit Christrosen und Moosbeeren ein. In der Nähe der kleinen Kapelle steht die seltsame Alte mit dem abgetragenen Mantel und einem schwarzen Kopftuch. Mit gefalteten Händen verharrt sie vor einem großen Grabstein. Die heitere Stimmung der anderen scheint sie nicht in ihrer Andacht zu stören.

Je länger ich sie beobachte, desto mehr umschließt mich die gleiche Kälte wie bei unserer ersten Begegnung. Als ich den Rückweg antreten will, steigt um mich herum ein Vogelschwarm auf, Vögel mit schwarzen Köpfen und dunklem Gefieder, die ein schrilles „Rott, rott, rott“ ausstoßen.

Wie in Zeitlupe drehen die Frauen sich zu mir hinüber. Ihre Gespräche verstummen augenblicklich. Mit ihren Handschaufeln und Harken beginnen sie, die Gräber zu bearbeiten, als seien es archäologische Fundstätten. Nur die seltsame Alte verharrt weiter ruhig in ihrer Gebetshaltung. Und ohne dass ich mich dagegen wehren kann, schiebt mich eine unsichtbare Kraft vorwärts. Mit hastigen Schritten gehe ich den vorgezeichneten Steinweg zur Kapelle, an den Frauen vorbei, ihre argwöhnischen, neugierigen Blicke meidend, und ich will mich schon an der Alten vorbeistehlen, da schlägt mir eine eiskalte Windbö ins Gesicht und zwingt mich, sie anzuschauen. Unsere Blicke treffen sich. Sabine?

Mein Kopf schnellt von der Tischplatte hoch, die Teetasse neben mir fällt zu Boden. Verwirrt starre ich auf die sich ausbreitende Teelache zu meinen Füßen. Es ist bereits dunkel geworden. Meine Kopfhörer sind mir seitlich von den Ohren gerutscht, der Laptop summt im Schlafmodus. Ich muss beim Abhören der O-Töne eingeschlafen sein. Für einen Besuch auf der Kreuzwarft ist es zu spät.

23. November

Totensonntag. Es schüttet aus allen Kübeln, als wäre Petrus persönlich über die Hallig gekommen. Meinen geplanten Gottesdienstbesuch lasse ich sausen und bleibe im Bett liegen.

Kurzes Telefonat mit Charlotte. Sie hat mich nachmittags zum Kaffee eingeladen. Bei der Gelegenheit könnte ich ihre drei Töchter kennenlernen. Ich habe es offen gelassen, ob ich komme. Es tut mir gut, hier eine Verbindung wachsen zu spüren, die über die üblichen Interview- und Arbeitskontakte hinausgeht.

19.00 Uhr. Ich habe nichts geschafft, nur herumgehangen. Kaffeetrinken bei Charlotte abgesagt. Sie war enttäuscht, hat es aber mit Humor genommen. „Du hast heute im Gottesdienst etwas verpasst. Zu Ullas Orgelkrachen haben wir die Seelen der Toten bejubelt." – Gut, dass ich nicht in der Kirche war, vermutlich wäre ich jetzt noch schräger drauf. Die Fassade wahren und dennoch verbindlich bleiben, selbst wenn man immer mehr in den Keller abrutscht – das ist es, was man in der Enge hier beherrschen muss.

Immerhin habe ich nach den rothalsigen Vögeln aus meinem gestrigen Traum recherchiert. Es muss sich dabei um Rottgänse handeln. Schon öfter bin ich ihnen bei meinen Rundgängen über die Hallig begegnet, allerdings ohne sie besonders zu würdigen. Nur an ihr „Rott, rott, rott"-Geschrei kann ich mich erinnern. Der Legende nach sollen sie die Seelen der Verstorbenen beim Biikebrennen über das Feuer tragen. – Und wer wird meine Seele einmal über das Feuer tragen?

DANIELA

Ich schaue über die grüne Weite, schmecke den Seewind, spüre die Sonne auf meiner Haut brennen und denke: Ja! Das ist sie, das ist meine Hallig.

Auf der Wolkensteinwarft

Daniela empfängt mich in ihrem kleinen Büro. Sie ist Mitte fünfzig, die kurzen, rotblonden Haare stehen ungezähmt nach oben. Sie trägt wildlederne Cowboystiefel, die Jeans sind mit dunkelroten Pailletten bestickt und um ihr linkes Handgelenk ist eine Kette mit bunten Steinen gewickelt.

Geschäftig ist sie dabei, auf dem mit Papieren übersäten Schreibtisch Rechnungen zu sortieren. Eine Zigarette glimmt im Aschenbecher, zwei Kaffeebecher mit Seevogel-Motiven stehen bereit, ebenso eine Tüte feinsten Halliggebäcks. Vor dem nussbraunen Schreibtisch liegt dösend ein in die Jahre gekommener Bernhardiner. Mit trägem Augenaufschlag nimmt er mich bei meinem Eintritt zur Kenntnis. Ruhig schaut Daniela mich über ihre rosa umrahmte Lesebrille an.

Setz dich auf Papas Sessel. Willst du Kaffee?

Ich folge ihrer Aufforderung und setze mich in Papas durchgesessenen, dunkelbraunen Cordsessel, während frischer Kaffee seinen Duft verströmt. Daniela setzt sich in den Sessel gegenüber, zündet sich eine Zigarette an und lehnt sich zurück.

Ich habe mich gefreut, dass du doch mit mir über dein Halligdasein sprechen möchtest. Als ich dich das erste Mal fragte, hast du recht schroff abgelehnt. Warum hast du es dir anders überlegt?

Jetzt kennt man dich. Man weiß, du suchst und suchst. Du willst mit jedem sprechen, ob man will oder nicht. Du lässt dich nicht abbringen, du suchst weiter. Und du kannst nicht abschalten.

Sie betrachtet mich abwartend und bietet mir eine Zigarette an. Lächelnd winke ich ab.

Viele, die vom Festland rüberkommen, wollen nur abschalten. Es gibt wenige so wie dich, die wirklich etwas über uns wissen wollen. Die meisten wollen abhängen und die Natur genießen. Und einige geraten völlig aus dem Häuschen, wenn sie es schaffen, in unsere Häuser zu kommen. Um zu gucken, ob wir mumifizierte Tiere oder ferngesteuerte Wesen in einem Freilichtmuseum sind.

Kein Zweifel, sie meint auch mich. Mir ist etwas beklommen zumute. Ich sehe sie an und greife zu rasch nach einem Keks.

Dann beginne ich mal: Ich bin hier geboren und lebe seit rund fünfzig Jahren mit kurzen Unterbrechungen auf der Hallig, dem schönsten Fleck auf der Weltkarte. Meine drei Geschwister sind gleich nach ihrer Geburt gestorben, also hatte ich Mama und Papa ganz für mich alleine. Ich bin Kutscherin, habe vier Pferde und einen alten Gaul. Meine drei erwachsenen Kinder leben auf dem Festland. Mit meinen beiden Hunden gehe ich täglich dreimal um die Warft spazieren. Ich habe Freunde im Internet, mein Hobby sind Computerspiele. Ich habe einen festen Partner, der mich liebt, aber auch recht eifersüchtig sein kann. So sind manche Halligmänner noch, rau, still und eifersüchtig. Meine liebe, kranke Mutter lebt gleich nebenan in meinem Elternhaus, das schon über vier Generationen unserer Familie gehört.

Daniela holt kurz Luft und gibt mir ein Zeichen, dass ich sie nicht unterbrechen soll.

Ich brauche keinen Urlaub auf der Karibik oder Hawaii. Die fünf Monate Pause in der Wintersaison sind für mich Urlaub genug. Und nirgendwo anders kannst du so deine Ruhe und deinen Frieden finden wie hier. Was will ich mehr? (*Pause*) Das Leben ist eine Wundertüte, und du musst sie immer selbst auffüllen.

Und die Hallig passt genau in eine große Wundertüte?

Sie nickt und lächelt stolz.

1975 bin ich mit siebzehn Jahren von der Hallig runter. Ich wollte nicht, aber ich musste. Was kannst du hier schon Großartiges lernen?

Meiner Mutter schwebte vor, dass ich Friseuse oder Krankenschwester werde. Ich habe gesagt: „Nee, Mama, kommt nicht in Frage. Ich kraule andere Leute nicht auf ihren Köpfen mit Schuppen oder Hautkrankheiten herum.“ Du weißt das ja nie.

Meine Traumberufe waren Tierpflegerin und Tischlerin. Beides hat nicht geklappt. Für die Tischlerlehre hätte ich nach Hamburg gehen müssen, und meinen Eltern war das zu riskant. Sie hatten Angst, ich könne auf die falsche Bahn kommen. Also bin ich nach Husum und habe eine Ausbildung als Krankenschwester angefangen. Ich war Lichtjahre von dem entfernt, was die anderen Mädels in der Schulzeit auf dem Festland gelernt hatten. Ständig überkam mich großes Heimweh. Dieses Leben in der Stadt. Unerträglich. Ich wohnte zur Untermiete bei einer netten älteren Frau, aber mein Zimmer war so groß wie ein Schuhkarton. Das ganze Festland war eng und laut. Die Stadt, ein Bienenstock! Diese vielen Menschen, die Hektik, der Lärm! Hohe Häuser, die einen erdrückten. Ein Gefühl, als wollte mich alles fressen!

Wie zur Bestätigung knurrt der riesige Hund zu unseren Füßen.

Ich habe wirklich alles versucht, um es in diesem Bienenstock auszuhalten und meine Ausbildung erfolgreich abzuschließen. Schon Mama zuliebe. Es war ja ihr großer Traum, eine richtige Krankenschwester zu werden. Im Krieg hatte sie als Hilfsschwester in einem Lazarett in Husum gearbeitet. Es gab wohl auch einen Soldaten, der sie liebte und um sie kämpfte. Aber meine Oma war ein ziemlicher Dragoner. Sie hat darauf bestanden, dass Mama auf die Hallig zurückkommt, gegen Opas Willen. Sie sollte vor Ort sein und ihre Eltern versorgen, wenn sie alt und klapprig sein würden. Mama liebt die Hallig, aber sie hat sich auch ein Leben auf dem Festland in Husum oder Flensburg gewünscht. Das sagt sie heute noch. Aber ich? Ich hatte nur Heimweh. Nicht nach meinen Eltern, Heimweh nach der Hallig.

Entschieden drückt sie ihre Zigarette im Aschenbecher aus und guckt mich an, als wolle sie prüfen, ob ich ihr folge. Ich halte ihrem Blick stand.

Heute fahre ich nur rüber, wenn es unbedingt sein muss! Zum Arzt, zu meinen Kindern oder zum Einkaufen. Alles, was ich an Kleidung brauche, bestelle ich übers Internet. Ich mag dieses Gewusel und Gewimmel zwischen unzähligen Kleiderständern und in völlig überfüllten Geschäften nicht, und ich bin auch keine Schnäppchenjägerin. Ich mache tausend Kreuze, sobald ich wieder auf der Fähre bin und über mir die Seevögel kreisen.

Sie schweigt und schaut aus dem Fenster. Der Innenhof der Warft ist mit vielen Bäumen bepflanzt, die jetzt üp-

pig mit bunten weihnachtlichen Lichterketten geschmückt sind.

Und die Liebe?

Ja, wie? Normal. Blauäugig war ich. Verliebte mich, noch ganz grün hinter den Ohren, in meinen ersten Mann, und dachte, das sei die Liebe. Ich habe meine Ausbildung abgebrochen und bin mit ihm in sein Dorf in der Nähe von Bremen gezogen. Zwischen meinen Eltern und mir – Funkstille. Papa versuchte, mich zurückzuholen, aber ich blieb stur. Drei Jahre lebte ich dort mit meinem Mann und meiner Schwiegermutter unter einem Dach.

Sie hat mich nie gemocht. Eine echte Hexe, die ihren Sohn immer gegen mich aufhetzte. Ich war froh, als ich endlich eine Arbeit in einem Supermarkt fand und tagsüber nicht mehr mit ihr alleine sein musste. Fast jeden Abend telefonierte ich mit meiner Mutter und schüttete ihr mein Herz aus.

Mit meinem Mann konnte ich nicht darüber reden. Schon gar nicht über mein Heimweh. „Stell dich nicht so an! Hier ist es auch grün, ruhig und platt wie auf deiner Hallig." Er hat es einfach nicht kapiert! Mir fehlten das Meer, die Halligleute, die Weite … der Frieden, einfach meine Hallig.

Sie hält plötzlich im Reden inne, holt tief Luft und schaut mich resigniert an.

Nach der Geburt meines ersten Sohnes wurde es etwas besser mit dem Heimweh. Aber in unserer Ehe begann es immer mehr zu brennen. Es ging einfach nicht mehr. Ich packte meine Sachen und zog mit meinem Sohn auf die Hallig zurück. Mit meiner Mutter hatte ich vorher alles abgesprochen. Sie sagte: „Komm zurück, wir schaffen das. Du hilfst Papa im Kutschbetrieb und ich kümmere mich um deinen Sven." (*Sie seufzt tief.*) Ja, das war mein kurzes Leben auf dem Festland. Keine Liebe und kein Mensch kriegen mich dort noch einmal hin.

Daniela klopft sich ein paar Ascheflocken von ihrer Hose.

Man merkt vieles erst später. Wenn ich noch länger auf dem Festland geblieben wäre, gäbe es mich vermutlich nicht mehr. Kutscherin zu werden und den Familienbetrieb zu übernehmen war genau die richtige Entscheidung.

Erzähl mir über deine Arbeit als Kutscherin.

Daniela lächelt. Sie greift nach ihrem lachsfarbenen Zigarettenetui, bietet mir erneut eine Zigarette an. Warum nicht? Es ist lange her, dass ich geraucht habe. Ich greife zu, sie beugt sich über den Schreibtisch zu mir herüber, gibt mir Feuer und wartet, bis ich den Rauch ausblase.

Es stand eigentlich immer fest, dass ich den Kutscherbetrieb übernehmen sollte. Die Arbeit macht Spaß, aber in der Saison ist es auch anstrengend und geht an die Substanz. Morgens versorge ich die Tiere, schaue, ob bei ihnen alles in Ordnung ist, und spanne sie in die Kutsche ein. Anschließend zottele ich in aller Ruhe zum Hafen und warte mit den anderen Kutschern auf die erste Fähre mit den Tagestouristen.

Vor etwa zehn Jahren gab es bloß mich und eine andere Halligfrau auf der Kutsche. Heute machen das auch Saisonarbeiter ohne Prüfung. Oft haben sie keine Ahnung, wie man richtig mit den Pferden umgehen muss, damit sie den Stress in der Hochsaison ohne Schaden durchstehen.

Im Sommer strömen die Tagestouristen wie Bienenschwärme auf die Hallig. Im Zeitraffer mache ich eine Tour nach der anderen, das stresst auch die Tiere.

Die meisten Touristen bleiben nur ein paar Stunden, in denen sie mit einem Rundum-Paket die ganze Hallig erleben wollen. Auf jeder Tour kommen die gleichen Fragen. Ich versuche sie alle freundlich und höflich zu beantworten, auch wenn sie manchmal noch so dämlich oder unverschämt sind.

Dann gibt es Tage, da macht es riesigen Spaß. Die Zügel in der Hand haltend, höre ich hinter mir alle vergnügt schnattern wie Ringelgänse, während ich die Freiheit auf dem Kutschbock genieße. Ich schaue über die grüne Weite, schmecke den Seewind, spüre die Sonne auf meiner Haut brennen und denke: „Ja! Das ist sie, das ist meine Hallig." Auf Dauer ist es aber anstrengend und ich möchte bald aufhören. Meine Pferde sollen auch noch ein paar gute Jahre haben.

Was sind die typischen Fragen der Touristen?

Oh, wenn ich damit anfange, sitzen wir noch in drei Wochen hier. Eine Frage, die fast immer kommt: „Was?! Sie leben seit sechsundvierzig Jahren hier und es ist Ihnen nicht langweilig?" Wenn ich dann antworte, dass ich hier jeden Tag nur die Sonne auf- und untergehen sehen möchte, fällt den meisten der Kiefer runter. Ich glaube, manche halten mich auch für verrückt.

Es ist wirklich so. Komm einmal im Frühling oder Sommer, dann erlebst du die schönsten Sonnenauf- und Sonnenuntergänge der Welt. Dazwischen Hunderte von Vogelschwärmen. Wenn du lange genug zuschaust, fliegst du mit ihnen mit! Man muss dafür nicht bis ans Ende der Welt fliegen und das Ozonloch größer machen.

Hier hast du alles! Wir sind nur blind geworden für das, was schön und wichtig ist. Stattdessen regen wir uns über jeden Pups auf.

Sie drückt ihre halb aufgerauchte Zigarette im Aschenbecher aus und lehnt sich in ihrem Sessel zurück.

Du kommst aus einer alten Halligfamilie. Ist das heute noch etwas Besonderes?

Meine Familie ist für mich alles. Meine Eltern waren immer für mich da und haben alles gemacht. Auch für meine Kinder. Ohne sie hätte ich es damals nicht geschafft. Meiner Mutter werde ich bis zu meinem Tod dankbar sein. Sie hat immer dichtgehalten, auch wenn ich den größten Mist gebaut habe. Du kannst hier keine richtigen Freundschaften haben, das geht auf der Hallig nicht. Meine Mutter war meine beste Freundin und meine Vertraute. Alles konnte ich ihr sagen. Sie wusste sogar, mit wem ich das erste Mal im Bett war. Mein Papa war herzensgut, allerdings konnte er auch aushaken, so wie das Wetter hier. Mama nicht. Sie blieb ruhig und hat zugehört.

Aber seit Papas Tod ist sie anders. Früher konnte sie die Füße nicht still halten. Sie musste immer arbeiten, putzen und alle betüddeln. Wenn es nichts mehr zu tun gab, lief sie stundenlang durchs Watt und hat nach Bernstein oder alten Tonscherben gesucht. Ich verstehe nichts davon, aber sie hat wertvolle Sachen gefunden. In Schleswig im Museum kannst du ihre Funde bewundern.

Es gibt ja Gott sei Dank noch ein paar Alte, die hier leben. Aber wenn ich vorschlage „Mama, geh wenigstens einmal um die Warft. Besuch Greta, Frieda“, hat sie nicht mehr die Kraft dafür.

Sie macht eine wegwerfende Bewegung. Der schläfrige Bernhardiner schreckt hoch. Daniela beugt sich zu ihm und tätschelt ihn liebevoll.

Am liebsten sitzt sie den ganzen Tag im Sessel, schaut auf den Deich und zum Horizont. Jetzt im Winter ist es besonders schlimm, wenn alles grau ist und kaum Leben auf der Hallig. Du kriegst sie einfach nicht vor die Tür. Sie macht komplett dicht. Sie traut mir nicht zu, dass ich sie versorgen kann. Das tut weh, weil ich jetzt für sie da sein möchte, wie sie es viele Jahre für mich und meine Kinder war. Verstehst du?

Fragend schaut sie mich an. Soll ich ihr sagen, dass mich der Gedanke an die Versorgung meiner Mutter auch quält?

Meine Großmutter war nicht anders. Noch vom Bett aus und schwer rheumakrank hat sie alle und alles dirigiert. Bevor sie starb, flüsterte sie mir noch ihren letzten Wunsch ins Ohr: „Wenn der grote swarte Vagel mir haalt, pass op, dat din Modder mi dat Bild von min Heinrich mit in'e Kist leegt." Meine Oma hat nämlich meiner Mutter auch nicht vertraut. Vielleicht liegt das in unseren Genen, als Frau.

Ich bin unsicher, ob sie das ernst meint oder als Scherz. Sie schaut mich prüfend an, ich sie auch. Als ich ein Lächeln versuche, lächelt sie mit.

Über meine weiblichen Vorfahren weiß ich wenig. Die Seefahrergeschichten meines Opas und meines Urgroßvaters kann ich dir im Schlaf runterbeten. Aber über meine Urgroßmutter, die auch schon auf der Hallig geboren ist, weiß ich eigentlich nichts.

An Oma kann ich mich gut erinnern. Sie trug noch die schwarze Hallig-Alltagstracht. Und die Festtracht. Mit Stolz und Würde. Sie war ziemlich aufbrausend und trank gerne mal einen Grog. Mein Großvater musste sich seine Frikadellen selber braten und seinen Kuchen selbst backen. Oma brachte ihm auch das Stricken bei, das lernten hier viele Männer von ihren Frauen, ob sie wollten oder nicht. (*Lacht*) Aber meine Oma war schon speziell und nicht immer ganz verträglich. Ich kenne sie nur als liebe Frau, die mir stets etwas zugesteckt hat. Mir hat sie auch versucht, das Stricken, Nähen und sogar Spinnen beizubringen. Doch das war nichts für mich, irgendwann hat sie aufgegeben.

Früher war jede Warft ein kleiner Staat für sich. Wer von der einen auf die andere zog, hatte es nicht leicht. Das ist heute ganz anders, es gibt auch keine Kleinkriege mehr unter den einzelnen Warften. Wenn du heute von der Jakobswarft auf die Schlernwarft ziehst, gehörst du trotzdem dazu. Oma ist auf der Farneswarft aufgewachsen. Mit siebzehn, als sie Opa geheiratet hat, ist sie hergezogen. Opa kam eigentlich vom Festland, er war geschäftstüchtig und sah gut aus. Die Warftfrauen waren eifersüchtig und neidisch, Frauen sind ja leider oft so. Oma war kräftig, und wenn ihr etwas nicht passte, sagte sie es auch. Und viele Frauen auf der Hallig hatten Angst um ihre Männer und vor ihrer scharfen Zunge. Das erzählt meine Mutter heute noch.

Meine Oma verlor wie meine Mutter zwei Kinder bei der Geburt. Das war damals leider normal. Man sprach nicht darüber. Dann sind doch noch drei Kinder gekommen. Meine Mutter und Heinrich, Omas Liebling. Er war bildschön. Leider ist er jung im Krieg umgekommen. Sein Bild mit Uniform stand immer an ihrem Bett, mit einer Blume. Es gab noch eine Tochter, Mamas kleine Schwester, die ist aufs Festland gegangen. Doch die war aus den Augen, aus dem Sinn. Ich frage auch nicht mehr. Wir Halligleute sind so, wir nehmen unsere Geheimnisse mit ins Grab.

Sie kratzt sich am Rücken und greift nach einer neuen Zigarette.

An eine Geschichte kann ich mich noch erinnern, die meine Mutter immer über Oma erzählt hat. Das muss während des Krieges gewesen sein. Alle mussten hier ihr Kupfer und Messing abgeben. Als sie zu Oma kamen und sie ihre guten Töpfe und Messingsachen rausrücken sollte, die mein Urgroßvater von seinen Seereisen mitgebracht hatte, sagte sie zu den Soldaten: „Schickt mir den Führer! Soll er kommen, wenn er sich traut. Dann frage ich ihn nach meinem Sohn und den anderen Halligmännern, die gefallen sind, für nichts.“ (*Stolz*) Oma sagte immer geradeheraus, was sie dachte. Sie hat sich nicht verbiegen lassen. Aber sie war auch knallhart, gegen sich und andere.

So waren sie hier früher alle. Nicht nur die Frauen. Wenn du mich fragst, sind die Frauen stets zäher gewesen als die Männer. Sie mussten vielleicht so sein, ohne sie wäre die Hallig wohl untergegangen.

Du hast erwähnt, dass deine Oma dir vom Todesvogel erzählte.

Beschwichtigend winkt sie ab und verdreht dabei die Augen.

Oma war schon ein bisschen abergläubisch. Manchmal hat sie mir Geschichten über den Teufel erzählt, wie er Halligfrauen verhext hat. Gruselig.

Sie las viel in der Bibel. Oma gehörte zu denen, die schon richtig schreiben und lesen konnten. Jeden Winter saß sie in ihrer kleinen Küche, sonntags immer im guten Pesel, in ihrer guten Tracht mit Schürze. Zu festlichen Anlässen legte sie wie die Queen ihren ganzen Trachtenschmuck an.

Im Sommer kam sie mit anderen Frauen auf der Warft zusammen, und wenn es nichts mehr beim Krabbenpulen zu schnacken gab, las sie aus der Bibel vor.

In die Kirche ging sie selten, und wenn, dann musste

ich mit. Sie sagte oft zu mir: „Wenn du nicht mehr weiter weißt, dann lies die Bibel." Ich habe es nicht so mit der Kirche. Omas Bibel hüte ich aber wie einen Schatz. Und ich trage ihre Tracht.

Warum trägst du heute noch die Tracht?

(*Entschieden*) Traditionen sind wichtig. Ganz wichtig. Biikebrennen ist ein Fest, das wir unbedingt weiterfeiern müssen. Nicht, damit es Touristen anlockt, sondern für uns und zum Gedenken an unsere Urgroßväter, die zur See gefahren sind. Und an ihre Frauen und Kinder, die um sie gezittert haben und ihr Leben hier alleine meistern mussten.

Auch der Feuerwehrball ist ein bedeutsames Fest, weil dort Neue in unsere Gemeinschaft aufgenommen werden, wenn sie es wollen.

Bei unseren Halligfesten im Sommer und Winter kommt die ganze Halliggemeinschaft einmal zusammen. Aber der ganze Schnickschnack mit dem Trachtentanz, den hier einige Frauen betreiben, ist für mich Angeberei. Ehrlich gesagt, manchen Frauen, die vom Festland kommen, steht das Tragen der Tracht gar nicht zu. Man muss eine Tracht mit Leben füllen und sie nicht nur beim Tanz tragen oder wenn einmal ein TV-Sender vorbeikommt. Ich trage die Tracht meiner Oma, wenn mir danach ist, etwa ein- oder zweimal die Woche. Manchmal trage ich sie auch auf dem Kutschbock. Aber nicht, um mich von Touristen bewundern zu lassen, sondern weil mir wirklich danach ist.

Einmal hat mich ein Tourist gefragt: „Warum tragen Sie keine Haube und kein Tuch? Das gehört doch dazu." Freundlich habe ich ihm erklärt, dass man als Frau die rote Haube nur trüge, solange man unverheiratet sei. Die schwarze Haube hingegen, wenn man trauere. Doch ich sei geschieden. Damit, dachte ich, wäre alles gesagt. Aber der Kerl grinste, kam sich wohl besonders schlau vor und sagte: „Wenn du willst, schenke ich dir eine grüne Haube als Zeichen für die Hoffnung und ein lila Tuch für die Last der letzten Versuchung." Solche Sprüche muss ich mir auf dem Bock anhören.

Ihr Blick ruht plötzlich vertrauensvoll auf mir – als wolle sie mich für einen Augenblick zu sich auf den Kutschbock heben.

Manchmal, wenn ich die Tracht mit einer weißen Schürze trage, kommen Touristen angerannt und fragen: „Darf ich Sie fotografieren?" „Ja", sage ich dann, „solange Ihre Kamera mitmacht." – Ich trage sie für mich und nicht, um etwas darzustellen oder Aufsehen zu erregen. (*Sie schaut mich kurz prüfend an.*) Manchmal habe ich das Gefühl, als wären meine Uromas und meine Oma plötzlich anwesend. Das klingt komisch, nicht? – Wenn es so weit ist, gebe ich die Tracht an meine Tochter weiter. Sie wird sie nicht mehr tragen. Doch wird sie sie sorgsam aufbewahren und später an meine Enkelin weitergeben. Das will ich so.

Gibt es heute noch so etwas wie eine Halliggemeinschaft?

(*Ruhig*) Die Alten hier sagen, früher war alles besser. Früher gab es noch eine richtige Halliggemeinschaft. Aber früher waren sich auch nicht immer alle grün und sie haben sich die Augen ausgekratzt. Und der Zusammenhalt vor der großen Sturmflut von 1962 war auch nicht besser. Das behaupten sie zwar, aber ich glaube das nicht.

Wenn es hart auf hart kommt, halten wir immer noch zusammen. Dafür lasse ich mir meine Hände abhacken, und die brauche ich zum Kutschen.

Auf der Hallig gibt es Überalterung, Nachwuchsmangel, Hartz-IV-Empfänger. Immer mehr Halligleute ziehen weg, es fehlt an attraktiven Arbeitsplätzen.

Was müsste sich auf der Hallig ändern?

Ruhig krault sie ihren Bernhardiner hinter den Ohren.

Was sich hier ändern müsste? Keine Ahnung. Die Tratscherei. Wenn du auf der Wolkensteinwarft einen Pups lässt, dann bist du auf der Auenwarft tot. Ansonsten will ich, dass alles so bleibt, wie es ist.

Anfang der 1980er-Jahre habe ich im Gemeinderat mitgearbeitet. Irgendwann hatte ich die Schnauze bis hier oben voll. Die Alten beklagen sich heute noch, dass viele aus meiner Generation nicht mehr wiedergekommen sind. Ja, und warum? Wenn wir damals Vorschläge gemacht haben, machten sie uns klar: „So, wie ihr euch das vorstellt, geht das nicht." Sie haben uns nicht zugetraut, richtige Entscheidungen für die Hallig zu treffen. Viele der Alten haben ihre Höfe und Pensionen nicht rechtzeitig an ihre Kinder übergeben. Viele von uns mussten aufs Festland gehen, weil es hier keine Zukunft gab!

Seit einigen Jahren schwappen immer mehr Gesetze und Bestimmungen vom Festland zu uns rüber. Das war früher anders. Da hatte der Halligbürgermeister mehr Freiheiten. Heute bestimmen hier immer mehr die Neuen, die zu wissen glauben, was für die Hallig richtig ist. Vielleicht haben sie manchmal auch recht.

Mir ist es inzwischen egal. Ich will meine Ruhe und meinen Frieden haben.

Unvermittelt beugt sie sich nach vorn und macht eine schnelle, heftige Handbewegung, als fege sie die Hallig vom Tisch.

Es wird wieder eine Jahrhundertflut kommen und sie wird bestimmen, wie und ob überhaupt das Leben auf der Hallig weitergehen soll. Die Natur bleibt die größte Kraft. Da können manche noch so sehr ihre eigenen Pläne für die Hallig schmieden.

In der Halligwelt ist der Blanke Hans ein Sinnbild für die Sturmflut. Was bedeutet er für dich?

Der Blanke Hans? „Land unter“. Sturm. Und wenn du mich als Frau fragst: Leidenschaft und Verbrennen.

Wie nimmst du Menschen vom Festland wahr, wenn sie auf die Hallig kommen und hier leben wollen?

Du willst wirklich wissen, wie ich euch wahrnehme? Ein Beispiel: Vor ein paar Tagen hat mich eine Frau Doktor aus Freiburg angemailt. Sie überlegt, mit ihrem Mann den Hof meines Großvaters auf der Farneswarft zu pachten. Sie will daraus einen Ferienhof mit Ponys machen. Verkaufen kommt für mich aber nicht in Frage. Jedenfalls fragte sie mich, ob ich ihr als Städterin und so von Frau zu Frau etwas über das Leben auf der Hallig erzählen könnte. Gemeinsam mit ihrem Mann will sie hier ganz neu beginnen, jetzt, wo die Kinder aus dem Haus sind.

Daniela klatscht ihre Hand gegen die Stirn und verdreht die Augen.

Was soll ich dieser armen Frau bloß schreiben? Wie soll ich ihr vermitteln, was hier im Sommer touristisch zu leisten ist? In der Regel kommen die meisten Menschen vom Festland mit völlig verdrehten Vorstellungen her. Sie wissen nicht, was ein Leben auf der Hallig bedeutet, und sind beleidigt, wenn wir sie nicht laut jubelnd in die Arme schließen. Aber du weißt eben nicht, wie lange jemand bleiben wird und ob du dich wirklich auf ihn verlassen kannst. Wenn es auf der Warft brennt oder eine große Flut kommt, muss man sich auf jeden Einzelnen hundertprozentig verlassen können.

Aber ehrlich gesagt, wenn die nächste Jahrhundertflut kommt, und sie wird kommen, dann liege ich hoffentlich schon auf unserem Halligfriedhof bei meiner Familie und habe meinen Frieden gefunden. Ich will es nicht mehr miterleben, dass wir als Halliggemeinschaft nicht mehr zusammenhalten können, weil die Neuen einen Keil zwischen uns getrieben haben. Einfach, weil sie anders sind als wir.

Leute wie du, die nie abschalten können und glauben, sie müssen etwas bewirken oder etwas für die Menschheit herausfinden, die werden hier nie leben können.

Unsere Blicke treffen sich.

Schalte einfach mal ab. Nur für ein paar Tage. Ich wette, dann brauchst du keine Gespräche mehr mit uns. Dann weißt du, wie das Leben als Frau hier ist, und möchtest gar nicht mehr über uns schreiben.

25. November

Die Begegnung mit Daniela hat es in sich gehabt. Sie beschäftigt mich, das Gespräch hat mir Schwung gegeben.

Ich hoffe, dass ich nun auch Frauke, die Wirtin aus der „Küstenschwalbe“, noch für ein Gespräch gewinnen kann. Sie ist – wie Hannelore – eine der wenigen Halligfrauen, die sich Anfang des Jahrtausends für ein Leben auf der Hallig entschieden haben. Anscheinend hat sie dafür eine Karriere in der Hotelbranche in der Schweiz oder Dubai ausgeschlagen. Sie ist auf die Hallig zurückgekehrt, um ihre alte Tante Gesine zu versorgen und den Familienbetrieb, das Café „Küstenschwalbe“, weiterzuführen.

Frauke gehört zu den engagierten Halligfrauen, sie hat eine ganze Reihe ehrenamtlicher Posten inne. Besonders beeindruckt hat mich, dass sie „Schiedsfrau“ ist: Sie schlichtet Streitigkeiten zwischen den Halligbewohnern und vermittelt, wenn es kracht, damit man einen Bogen um Anwälte und Gerichtsverfahren machen kann. Außerdem arbeitet sie im Biosphärenrat mit und singt in Ullas Swingband.

Gestern traf ich sie zufällig beim Halligkaufmann und machte – wie es meine Art ist – noch einmal einen Anlauf wegen eines Interviews. Sie zuckte nur mit den Schultern und schaute mich mit großen Augen an.

„Ich stehe nicht gerne im Rampenlicht.“ Sie spürte meine Enttäuschung und setzte nach: Ob ich inzwischen schon mehr über die beiden Schwestern Sophie und Margret herausgefunden hätte. Ich packte meine Konserven ein und grummelte etwas vor mich hin. Sie nickte nur verständig und schaute in die endlose Weite des Watts.

„Von den Alten, die noch etwas über sie wissen, wirst du nichts erfahren. Über die Vergangenheit sprechen die wenigsten hier offen. Das braucht noch ein paar Jahrzehnte.“

Ich fragte mich, wer von den Alten dann noch leben würde, verkniff mir aber die Bemerkung. Das braucht noch ein paar Jahrzehnte – diesen Satz habe ich jetzt so oft hier gehört, er ist wohl Teil des kollektiven Gedächtnisses der Hallig – und des kollektiven Geheimnismanagements.

26. November

Anruf von Charlotte. Ich soll auf die Farneswarft umziehen. Eine Initiative von Hans B. Schön, aber warum sagt er mir das nicht persönlich? Wahrscheinlich hat er zu viel um die Ohren. Und schließlich überlässt er mir die Wohnung fast umsonst. In der neuen Bleibe gibt es wohl kein Heizungsproblem. Zuerst bin ich begeistert, doch dann wird mit klar, wie sesshaft ich mich hier schon gemacht habe. In den letzten Wochen habe ich derart viel Ballast angesammelt, als wäre ich schon Monate hier. Ernst, Charlottes Mann, will mir beim Umzug helfen.

Trotzdem ist es viel Arbeit, jetzt alles zusammenzupacken. Der Kühlschrank ist bis zum Anschlag voll. Laurin, der Postbote, hat mir heute Lillys Paket vorbeigebracht, mit Bioproviant, Winterklamotten, Spikes und Handschuhen. Der Winter kann jetzt kommen.

Laurin ist von der Statur her ein richtiger Seebär, mit Ohrring und Vollbart. Beim Schleppen meines Pakets stöhnte er vernehmlich. Eine Einladung zu Kaffee und Fraukes Gebäck lehnte er befangen ab. Er müsse schnell weiter. Liegt es an der Beobachtungsroutine der Halligbewohner, dass auch unverfängliche Einladungen auf einen Kaffee im Zweifelsfall abgelehnt werden? Vermutlich bin ich in ein Halligfettnäpfchen getreten. Mal wieder. Was soll's! Ich beginne seufzend mit dem Packen. Eine Gelegenheit, auszumisten, warum also nicht.

6. Kapitel

27. November

Bis in die Nacht hinein habe ich gestern noch gepackt und die Wohnung auf Hochglanz gebracht. Jetzt bin ich startklar und warte auf Ernst. Ein ausgesprochen hilfsbereiter Mensch. Man trifft ihn überall auf der Hallig an, wo es etwas zu tun gibt. Liebenswürdig in seiner stillen Art, und mit einem Lächeln, das einfach umwerfend ist. Charlotte und er scheinen ein glückliches Paar zu sein.

Pünktlich allerdings ist er nicht. Ich blicke kritisch auf meine Fracht. Unglaublich, was ich in den letzten Wochen angesammelt habe. Allein die fünf Kartons mit Lebensmitteln! Man könnte meinen, ich sei ein Kriegskind. Wer von den Festlandleuten weiß schon, dass man seine Hauskobolde mit Schokolade und Nüssen bestechen muss, sie zähmen muss, damit sie einen nachts mit ihrem Dachgerüttel verschonen und auch sonst keinen Schabernack treiben. Sie lieben es, Kleidungsstücke aus den Schränken zu zerren und zu verstecken oder überall ihre kleinen, klebrigen Pfotenabdrücke zu hinterlassen, auf Taschenlampen, Kameras, Handys. Selbst vor meinen handgeschriebenen Notizen machen sie nicht halt. Ob sie lesen können? Gleichwohl werden mir ihre großen, dunkelblauen Kulleraugen und ihr Kichern fehlen. Wenn man sie auf frischer Tat ertappt, verschwinden sie augenblicklich.

Diesen unverwechselbaren, weiten und unverstellten Blick über das grüne, satte Fennenmeer bis hin zum Horizont, den werde ich vermissen. Und nachts die handtellergroßen glänzenden Sterne, die durch das Dachlukenfester in mein Herz fallen.

Schade, dass es mir nicht gelungen ist, mehr Kontakt zu den anderen Warftbewohnern aufzunehmen. Sie werden mir trotzdem fehlen.

Auch Bernd. Er hat mir heute Nacht ein Buch über die alte Halligwelt, ihre Legenden und Bräuche vor die Tür gelegt, mit einem kurzen Gruß. Alles fühlt sich an wie ein endgültiger Abschied. Absurd. Ich ziehe nur auf eine andere Warft, ein paar Kilometer entfernt. Charlotte meint, das ist einfach so. Wenn man von einer Warft auf die andere zieht, verändert sich alles. „Und was?“ Charlotte stöhnte kurz am Telefon auf, manchmal glaube ich, das liegt an meinen Fragen, auch wenn sie das Gegenteil beteuert.

„Das ist einfach so. Erklären lässt sich das nicht. Du verlässt eine Warft und damit auch ein Land und seine Menschen.“

Es schellt. Das wird Ernst sein. Mein Umzug auf die Farneswarft geht los!

Abends

Einzug auf der Farneswarft.

Alle Kartons und Koffer sind ausgepackt. Meine neue Bleibe ist super, es gibt sogar ein Zimmer mehr. Mit dem Ausblick allerdings habe ich Pech. Alle Zimmer liegen zum Innenhof der Warft. Nur das Küchenfenster geht zum Meer, doch der Ausblick ist durch Sperrmüll verstellt. Meine Vorgänger haben sich wohl das Halligleben anders vorgestellt und sind Hals über Kopf zurück aufs Festland gezogen.

Meine Halligkobolde scheinen mitgekommen zu sein. Eine Tüte Gummibärchen ist aufgerissen und eine halbe Schokolade fehlt. Oder war ich das, im Auspackfieber mit Jasmin? Ohne ihre Hilfe hätte ich mich hier nicht so schnell einrichten können. Ernst war verhindert, deshalb hatte Charlotte ihre Tochter geschickt. Jasmin ähnelt ihrer Mutter sehr. Sie ist bodenständig, zupackend und besitzt ein ähnlich großes Organisationstalent. Zwei Ausbildungen hat sie bereits abgeschlossen, darunter ein Auslandsstudium mit Auszeichnung. Das alles mit sechsundzwanzig Jahren! Da war ich noch dabei, Feminismus und Revolte mit dem Studium zu verbinden und am Sturz des Patriarchats zu arbeiten.

„Hier riecht es immer noch nach den Hustenbonbons meiner Oma“, ist das Erste, was Jasmin sagt, als sie die Wohnung betritt. „Meine Großeltern haben hier ein paar Jahre gelebt, nachdem sie uns ihren Hof übergeben hatten. Meine Großmutter hatte immer Heimweh nach dem Festland. Je älter sie wurde, desto schlimmer wurde das. Aber mein Großvater war noch ein richtiger alter Halligmann.“

„Autoritär, wortkarg, humorvoll, das Zepter in der Hand schwingend?“, frage ich nach. Jasmin überlegt kurz, wie offen sie mir gegenüber sein möchte. „Mit Opa konntest du jeden Scheiß machen. Er war ein toller Großvater. Als wir hergezogen sind, hat er uns alles auf der Hallig gezeigt und erklärt und er war sehr stolz auf seine Enkeltöchter. Aber Papa und besonders Mama hat er das Einleben schon schwer gemacht. Studierte Frauen wie sie waren ihm unheimlich. Als sie dann auch noch das Geld nach Hause brachte und seine Kühe melken wollte, war es ganz aus.“ Sie lacht. „Das passte einfach nicht in sein Weltbild. Mama, die Akademikerin, die das Geld verdiente, weshalb Papa bei uns blieb und den Haushalt schmiss. Zuerst wollte Opa seinen Hof nicht übergeben.“

Hofübergabe – Erbstreitigkeiten, überall auf der Welt ein heikles Thema. Charlotte muss mit ihrem Schwiegervater einiges durchgestanden haben. „Mit Mama und einigen anderen Frauen, die ähnlich drauf waren und studiert hatten, kamen die starken Frauen auf die Hallig und eine neue Zeit brach an. Auch wenn die Alten das heute noch anders sehen“, erklärt Jasmin selbstbewusst und reicht mir Konserven aus dem Karton, die ich im Hängeschrank verstaue.

Wann, hatte mir Charlotte erzählt, war sie mit ihrer Familie auf die Hallig gekommen, 1990? „Also schwappte die Frauenbewegung vom Festland auch auf die Hallig über."

Wieder lacht Jasmin auf. „Nee, so würde ich das nicht sagen. Richtige Emanzen waren hier nie."

So wie ich, will sie sagen? Ich sehe ihr weiter zu, wie sie den nächsten Karton konzentriert auspackt. Sie macht mir Vorschläge, wie ich meine Vorräte am besten lagere und was ich mir noch besorgen sollte, für den Fall, dass Schnee und Eis kommen und die Fähre nicht mehr regelmäßig fahren würde.

Mache ich etwa den Eindruck, auf der Hallig überwintern zu wollen? Ich verkneife mir, sie darauf anzusprechen, und frage stattdessen, ob sie sich vorstellen könne, irgendwann selbst auf die Hallig zurückzukehren. Meine Frage scheint sie zu berühren und zu verunsichern.

„Vielleicht später, wenn ich mich beruflich auf dem Festland ausgelebt habe. Es müsste eine echte berufliche Perspektive geben. Und auch sonst muss sich hier einiges noch ändern. Anstatt zu tratschen oder zu diffamieren müssen viele noch lernen, Konflikte miteinander auszutragen."

Wut und Trauer sind auf ihrem Gesicht zu lesen. Denkt sie an ihre Mutter, an Charlottes Kompromisse, die sie für ihre Familie eingegangen ist? Zu denen Jasmin nicht bereit wäre?

Sie scheint meine Gedanken zu ahnen, und eine Spur zu glatt fügt sie hinzu: „Außerdem muss ich einen Mann wie Papa finden. Der auch eine Familie will und der vor allem auf die Hallig passt. Das wird schwierig." In Jasmins Lachen klingt die Ruhe und Wärme ihres Vaters mit.

Unser Gespräch wird durch den Anruf ihres Freundes Tom unterbrochen. Es klingt nach Beziehungsstress. Laut höre ich ihn durchs Handy deklamieren, warum Jasmin sich nicht bei ihm melde und auf seine SMS nicht reagiere. Anscheinend ein recht eifersüchtiger Geselle. Jasmin jedoch nimmt Tom in Schutz.

„Wenn ich auf der Hallig bin, vergesse ich oft alles, was mit meinem Leben auf dem Festland zu tun hat." Oft würde sie tagelang weder ihre E-Mails lesen noch mit ihren Freunden auf dem Festland mailen und telefonieren. „Ich bin einfach nur hier. Tom versteht das noch nicht so ganz. Er ist wie Papa, ein großer Junge."

Jasmin strahlt verliebt, anscheinend traut sie ihm einiges an Entwicklungspotenzial zu. Die Glückliche, geht es mir durch den Kopf, und ich spüre einen Stich in der Herzgegend, während sie fortfährt, dass sie eigentlich schon längst auf dem Festland sein müsste. Tom und sie hätten sich für ein Entwicklungshilfeprojekt auf Sansibar beworben. „Von dreihundertzwanzig Bewerbern sind wir unter den zehn Eingeladenen", erzählt sie stolz.

„Und warum Sansibar?"

Jasmin sieht mich an wie Charlotte, wenn sie mir in Punkto Halligleben bei meinen Greenhornfragen auf die Sprünge hilft. Sansibar sei so eine Art Hallig. Vieles habe sie bei ihrem ersten Aufenthalt dort an zu Hause erinnert. „Die dörflichen Strukturen sind ähnlich, natürlich noch krasser. Die Abgeschiedenheit auch, und ich habe das Meer, aber auch die Stadt, und lebe in einer multikulturellen Gemeinschaft." Abenteuerlust und Offenheit für das Fremde durchströmen ihre Erzählung. Es sei immer ihr Traum gewesen, in einem Schwellenland und an einem Entwicklungsprojekt mitzuarbeiten. Das habe sicher auch etwas mit der Hallig zu tun, die von so manchen auf dem Festland für eine Art „Schwellenland" gehalten werde.

Als wir fertig sind, versorgt sie mich noch mit Tipps, wie ich am schnellsten meine restliche Habe unterbringe. Anscheinend hält sie mich nicht für sonderlich organisiert – wie auch!

Lose verabreden wir uns für die nächsten Tage zu einem ausführlicheren Gespräch.

28. November

Mein erster Rundgang auf der Warft. Ähnlich wie auf den anderen Warften ist auch die Farneswarft pflanzenreich und gepflegt angelegt. Doch hier wirkt die kleine Grünoase fantasie- und geheimnisvoll. An den Bäumen hängen kleine Körnerknödel. Überall wachsen die abenteuerlichsten Moosarten und wild wuchernde Farne. Im Frühling und Sommer wohnen wahrscheinlich Elfen, Zwerge und Kobolde dort. Auf einer kleinen Wiese lädt eine Hollywoodschaukel mit Blick auf den Fething zum Verweilen ein. Drei stillvoll restaurierte Hallighäuser mit Reetdächern stechen hervor. Alle anderen Häuser sind wohl erst nach den großen Sturmfluten 1962 und 1976 entstanden. Nach Auskunft von Laurin, dem Halligpostboten, und Sören ist die Farneswarft eine der höchsten Warften und infolgedessen gegen Sturmfluten gut geschützt.

Im Sommer muss es herrlich sein, hier zu relaxen. In wenigen Minuten ist man an Deich und Wattenmeer.

Auch auf der Farneswarft herrscht eine tiefe Stille. Wenn ich nicht wüsste, dass hier Menschen leben, könnte man glauben, die Warft sei ausgestorben. Trotzdem kann ich mich auch hier des Gefühls nicht erwehren, dass mich tausend Halligaugen beobachten. Und dennoch ist hier grundsätzlich etwas anders als auf den anderen Warften. Bloß was? Unter meinen Füßen scheint der Warftboden leicht zu schwingen. Ist es das? Oder liegt es an der unwirklichen Stimmung, die von dem unbewohnten Haus am Ende der Warft ausgeht? Die Fenster zum Deich sind aus mit Gittern durchzogenem Siheitsglas. Schaut man in die Zimmer, sieht man ein Paar Pantoffeln akkurat vor einem Ledersofa stehen, auf einem Nierentisch eine Friesentasse, eine aufgeschlagene Zeitschrift, bereit zum Lesen. Alles hat den Anschein, als sei die dort lebende Person nur kurz fortgegangen. Lediglich die Spinnweben in den kleinen Zimmern, die verwelkten Topfblumen auf der Fensterbank und die verdreckten Fensterscheiben lassen darauf schließen, dass hier schon lange niemand mehr wohnt.

Abends

Anruf vom Bürgermeister. Er erkundigt sich, ob ich mit meiner neuen Unterkunft zufrieden sei. „Das Heizungsproblem müssen wir auf der Kesselwarft erst richtig in den Griff bekommen. Vorher kommt da keiner mehr in die Wohnung." Auf seine Frage, wie lange ich noch bleiben wolle, weiche ich aus. Wenn ich das wüsste, wäre ich auch schlauer. Seine Fragerei, diese diffuse Mischung aus Interesse, Neugier und Kontrolle, nervt mich. Vielleicht tue ich ihm auch unrecht und man muss so als Halligoberhaupt sein. Anscheinend sitzt er zwischen vielen Stühlen. Zwischen der alten Halligwelt mit ihren verkrusteten, autoritären Strukturen und der neuen Halligwelt, die sich im demografischen Wandel und im Austausch mit dem Festland sieht. „Hier leben die Menschen vom Tourismus und ihrem Gastvieh. Ich finde das richtig gut, dass du dir Zeit nimmst, um die Menschen und das Leben hier wirklich kennenzulernen." Wären wir auf dem Festland, hätte ich ihm schon längst auf die Finger geklopft. Hier schweige ich, passe mich diffusen, erfühlten Geboten an, immer in der Sorge, dass sich sonst die Menschen von mir abwenden könnten.

Warum hat es eigentlich auf der Hallig noch nie eine Bürgermeisterin gegeben? Frauen wie Charlotte, Frauke, Julia, Ulla oder Alma übernehmen ehrenamtliche und politische Posten, doch Bürgermeisterin will anscheinend keine werden. Auch Charlotte zuckte nur mit den Schultern und schwieg nachdenklich, als ich sie fragte.

Vielleicht sind sie auch nur clever, agieren lieber im Hintergrund und überlassen es den Männern, die Leithammel zu spielen, die sich im Rampenlicht zeigen. Und selber schwingen die Frauen energisch die Keule, sobald es angesagt ist. Wenn etwas schiefgeht, müssen die Männer die Prügel einstecken und die Frauen können sich hinter ihnen verstecken.

29. November

Victory! Andrea hat mir gemailt. Sie will noch nichts versprechen, doch meine neue Idee scheint sie zu überzeugen. Sie überlegt sogar, einen Zweiteiler daraus zu machen, wenn es mir gelingt, einen weiteren Sender für meine Idee „Die Hallig – Mikrokosmos Deutschland" mit ins Boot zu holen. Im Lichte der Globalisierung und des demografischen Wandels findet sie mein Thema plötzlich wieder brandaktuell. Wer hätte das gedacht! Allerdings möchte sie, dass ich das Frauenthema schmaler schnüre, es soll auch Interviews mit zugezogenen Männern vom Festland geben. Ein Wermutstropfen: Es gibt nur das ursprünglich vereinbarte Recherchehonorar. Sie könne sich keinen Zuschlag aus den Rippen schneiden. „Auch nicht für dich."

Die Hallig, eine Perspektive, ein Gegenentwurf? Eine Gegenwelt zum globalisierten und gläsernen Menschen auf dem Festland?

30. November

Gottesdienst. Ich komme immer mehr auf den Hund. Wieder verschlafen. Im Schweinsgalopp und bei leichtem Schneefall habe ich es gerade noch rechtzeitig zum Gottesdienst auf der Kreuzwarft geschafft. Ulla hat mit ihrem Chor zum ersten Adventsgottesdienst einen Gospel einstudiert und Charlotte singt eine Solopartie. Eigentlich bin ich nur gekommen, weil ich es beiden versprochen habe.

Am Eingang stehen Frauke und Ernst und verteilen mit stoischer Miene Gesangsbücher auf Platt- und Hochdeutsch an die Kirchenbesucher. Ich setze mich in die letzte Reihe, in die Nähe des Ausgangs. Für den Fall, dass ich es nicht aushalte und schnell wieder gehen muss.

Die Kirche ist halb voll, auch die alten Halliggrazien sitzen mit Hannelore ein paar Reihen vor mir. Nur Margret, die sonderbare Alte, fehlt. Sie muss ein Hirngespinst von mir sein. Ich lasse meinen Blick durch den Kirchenraum schweifen. Ein paar Feriengäste und die beiden Praktikanten der Vogelschutzstation nutzen wie ich den Gottesdienst als einen kulturellen Höhepunkt auf der winterlich kargen Hallig.

Ich friere und warte darauf, dass der Gottesdienst endlich beginnen möge. Um mich abzulenken, schaue ich mir die eigenwilligen Holzfiguren hoch oben auf der Balustrade der Galerie und auf der Kanzel genauer an. Seeleute schnitzten sie auf ihren langen Seereisen für ihre Halligkirche. Welche Gedanken mögen ihnen dabei durch den Kopf gegangen sein und sich in ihren Figuren verewigt haben? Heimweh? Abenteuerlust? Liebe und Sorge um Frau und Kinder? Die eigenen Ängste, auf der gefährlichen Reise das Leben zu lassen? Unbewusst beginne ich, mit den Füßen im Sand zu wühlen, der unter den alten Schiffsbohlen liegt. Für einen Moment verwandelt sich der Kirchenraum in einen alten Dreimaster auf hoher See. Ich werde zu Anne Bonny, der irischen Piratin, und halte Ausschau nach Beuteschiffen. Doch wachsende Nervosität siegt über meine kindliche Traumflucht und ich realisiere, dass ich in der Halligkapelle sitze und dass es unmöglich ist, jetzt einfach aufzustehen und zu gehen.

Neun Jahre ist es her, dass ich mit Mutter in einer Kirche saß. Es war zu Vaters Beerdigung. Sabine wollte keine christliche Beisetzung. In ihrem Abschiedsbrief hatte sie darauf bestanden, das traf Mutter am meisten. Wo auch? Sabine wurde nie gefunden. Vielleicht ist Mutter in diesem Moment auch in einer Kirche. So sitzen wir beide, nur an unterschiedlichen Orten, in einer christlichen Gemeinschaft, um den ersten Advent zu feiern. „Immerhin ein Anfang", versuche ich meine Unruhe unter Kontrolle zu bringen.

Während Pastor Rolf unter Ullas Orgelklängen sanft lächelnd und mit festem Schritt durch das kleine Kirchenschiff nach vorne schreitet und seine Gemeinde und uns Gäste willkommen heißt, schlägt meine Beklommenheit in Müdigkeit um. Ich kann gerade noch seiner Begrüßung der Gemeinde: „Im Namen des Vaters und des Sohnes und des Heiligen Geistes" und dem ersten Kirchenlied „Befiehl du deine Wege" folgen, dann bin ich schon weggedämmert.

Ich erwache, als Pastor Rolf von der Kanzel herab zum Thema „Über den Engel, der das Licht in die Gräber brachte" predigt. Milde lächelt er von oben zu mir hinunter. Hat er meinen Kurzschlaf mitbekommen? Verlegen weiche ich seinem Blick aus und entdecke an der Brüstung der Empore eine mittelgroße Holzfigur. Sie ähnelt einem menschlichen Dämon, mit kleinen Drachenflügeln, einem Buckel und einem Spiegel in den Krallen.

Glaubt man den Meeresmythen, so finden die Toten in ihren Gräbern, im Meer und in den Lüften bei den Sternen oft keine Ruhe und kommen nachts in ihrer Halligkirche zusammen. Sie sitzen auf Kirchenbänken, auf der Brüstung und der Galerie zusammen, um in Gemeinschaft zu sein. Ich kann meinen Blick von der fast lächerlich wirkenden buckligen Dämonfigur nicht losreißen. Möglicherweise schwirren Vaters und Sabines

Geist auch hier herum. Und wenn es Gott nun geben sollte? Wenn er alle Tränen, alles Leid und alle ungesühnten Verbrechen wegwischen kann? Wenn wir tatsächlich nach dem Tod verwandelt werden und das „Böse“ von uns genommen wird?

Der bucklige Dämon nimmt mich in Augenschein und scheint mir widersprechen zu wollen, doch bevor er Einspruch erheben kann, stimmt Ullas Chor den Gospelgesang an. Leise und kraftvoll erhebt sich Charlottes helle Sopranstimme aus dem Gleichklang des Chores und steigt wie ein Vogel zu einem bewegenden Solo auf. Eine Hand berührt meine Schulter, irritiert drehe ich mich um. Vater? Stolz reckt Ernst seinen rechten Daumen nach oben, seine Augen strahlen und er lächelt mich komplizenhaft an.

23 Uhr. Lilly immer noch nicht erreicht. WLAN funktioniert nur selten, und wenn ich telefonieren will, bricht die Verbindung zusammen. Am besten scheint es zu funktionieren, wenn ich im Badezimmer stehe. Ätzend!

1. Dezember

Sturm Xaver ist angesagt. Ich bin gewappnet und mit noch mehr Proviant eingedeckt. Eine Nachbarin, Inge, hat es mir vorhin gesagt. Wir sind uns zufällig im Innenhof begegnet, als sie gerade dabei ist, ihren Müllbeutel vor die Warft zu stellen. Morgen ist Müllabfuhrtag, vor jeder Warft stehen graue Müllsäcke, die aus der Ferne wie große Hasenküttel aussehen. Bei der Gelegenheit stelle ich mich kurz vor. Sie scheint von meiner Reportage gehört zu haben, allerdings kann ich aus ihrer Reaktion nicht ablesen, ob sie bereit wäre, mit mir zu sprechen. Sie vermietet offenbar an Feriengäste und pendelt zwischen Festland und Hallig. Sie ist recht zugeknöpft, aber man spürt an ihrem ganzen Auftreten, dass sie sehr mit dem Festland verbunden ist. Ihrem Plattdeutsch nach könnte sie allerdings eine Alteingesessene sein. Inge ist die Erste auf der Hallig, die mich beim Kennenlernen nicht mit du anspricht, sondern mich konsequent siezt. Das irritiert mich und ich komme wieder ins Straucheln mit dem Halligknigge.

Gegen Mittag treffe ich vor dem Halligsupermarkt Natalia aus Kiew. Endlich. Man hat mir schon einiges über sie zugetragen. Natalia wäre kaum noch auf der Hallig, manche lächeln dabei vielsagend. Andere lassen durchblicken, dass sie es schade finden, weil Natalia sich in den ersten Jahren sehr in die Halliggemeinde eingebracht hat.

Ähnlich wie Alma kam Natalia als Saisonarbeiterin auf die Hallig und heiratete später einen Halligmann. Mit meinem Versuch, sie für ein Interview zu gewinnen, bin ich gnadenlos gescheitert. Harsch wies sie mich zurück. Für so etwas habe sie keine Zeit und es gäbe genügend andere Frauen auf der Hallig, die gewiss mehr zu erzählen hätten als sie. Und schon war sie verschwunden in ihrem Opel-Kombi, der zunächst nicht anspringen wollte.

Eine Frau, die seit mehr als fünfzehn Jahren auf der Hallig lebt, hat nichts über ihr Leben hier zu erzählen? Einige Male bin ich ihrem Mann schon über den Weg gelaufen, ein komischer Kauz. Vielleicht denkt sie, ich würde den Halligtratsch über sie glauben und mein Interesse an ihren eigenen Erfahrungen als Immigrantin auf der Hallig sei nur geheuchelt.

18 Uhr. Ich warte auf Xaver mit genügend Proviant, Tee, warmen Socken, Gummistiefeln und Taschenlampen in allen Zimmern, falls der Strom ausfällt. Soll er ruhig mit seinen Wettergesellen kommen, ich sitze auf einer der höchsten Warften, was soll schon passieren!

Während der Hexenverfolgung im Mittelalter und bis ins 20. Jahrhundert hinein war es im Volksglauben fest verankert, dass Frauen als verwandelte Hexen mit ihren satanischen Kräften Unwetter, Sturmfluten und andere Naturkatastrophen über die Menschen brachten. Heute noch tragen Orkane weibliche Namen: Alexandra, Bertha und Katrina. Sturm „Xaver" ist eindeutig männlicher Herkunft. Soll er mit seinen Gesellen kommen und es ordentlich kesseln lassen. Einmal will ich es physisch miterleben, wie das ist, wenn es auf der Hallig so richtig „kesselt" und das Dach abhebt. Aber bitte das alles nur einen kurzen Moment – ganz so abenteuerdurstig bin ich nicht.

Bei der großen Sturmflut 1962 soll es eine alleinstehende Frau gegeben haben, die auf ihrem Sofa bei der beliebten TV-Serie „Familie Hesselbach" eingeschlafen war. Sie wäre fast in ihrem Haus ertrunken, wenn ihre Nachbarn sie nicht rechtzeitig gerettet hätten.

Wer würde mich jetzt retten? Die Warftgemeinschaft, von der ich bisher nur Inge kennengelernt habe? Oder Charlotte? Sie hat mich vorhin angerufen und meinte, dass es vermutlich nicht so arg werden würde wie von den Medien hochgepeitscht. Charlotte muss es wissen, sie ist schließlich bei der freiwilligen Feuerwehr und sitzt direkt an der Infoquelle.

Nachts

Ich kann Lilly nicht erreichen. Totales Funkloch. Sie wird sich Sorgen machen, wer weiß, was sie in den Medien mitbekommt. Langsam reicht mir Xavers Eventstimmung. Hagelkörner so groß wie kleine Gummigeschosse prasseln gegen die Scheibe, es hört sich an wie Schüsse. Viel zu spät bin ich auf die Idee gekommen, alle Jalousien in der Wohnung herunterzulassen.

Die Heizung ist aus, der ganze Strom komplett weg. Eine Zeit lang flackerte noch das Licht in der Wohnung, dann gaben auch die Laternen im Innenhof der Warft ihren Geist auf. Xaver und seine Gesellen drücken mit ganzer Kraft gegen das Haus. Ich sitze in meinen dicksten Fleecesachen mit Taschenlampe bei heruntergelassenen Jalousien auf dem Bett und komme mir vor wie eingemauert in einem Kellerraum.

„Xaver, erhöre mich, ich war ein Greenhorn und ich habe mich über dich lustig gemacht. Ich schwöre, es wird nie mehr vorkommen. Ich verneige mich vor deiner unbändigen Stärke! Aber bitte, zieh mit deinen Jungs jetzt weiter und gönne uns allen auf der Hallig noch ein paar Stunden Schlaf!"

2. Dezember

Der Sturm Xaver ist glimpflich vorübergezogen. Er hat anscheinend meine Abbitte angenommen. Auf den Fennen um die Warft steht kniehoch das Wasser. Im Innenhof hat Xaver eine Birke entwurzelt, auch sonst sind Spuren seiner Verwüstungskraft in dem märchenhaften Zaubergarten zu sehen.

Charlotte rief mich gerade an und erkundigte sich, wie ich das Ganze überstanden habe. Auch sie und Ernst haben gestern Nacht etwas Muffensausen bekommen. „So heftig war es schon lange nicht mehr." Jetzt überlegen sie, das Gastvieh wieder auf das Festland zu bringen, für den Fall, dass es in diesem Jahr noch mehr solcher Stürme gibt. „Es geht ja nicht nur um den materiellen Schaden, für den wir haften müssen. Für die Tiere ist ein solcher Sturm Stress pur", erklärt Charlotte, die auch für ihre Tiere eine einfühlsame Glucke ist. Sie ist wirklich im positivsten Sinne mütterlich. Auch zu mir. Schließlich kennen wir uns noch nicht lange. Über persönliche Dinge spreche ich mit Charlotte kaum, und sie fragt auch nicht. Auch das ist ihre Professionalität als Vermieterin. Sie weiß, wann es angesagt ist, etwas zu fragen oder lieber zu schweigen und ihre Gäste in „Ruhe" zu lassen.

Nachmittags

Bei meiner Wanderung von der Farneswarft zur Auenwarft habe ich etliche tote Vögel und Gänse an der Deichkante und im Wattenmeer gefunden. Ihre geschundenen und zerfetzten Körper, ein Sinnbild auch für unsere menschliche Zerstörungswut und unsere Endlichkeit?

Plötzlich habe ich keine Lust mehr, in der „Küstenschwalbe“ vorbeizuschauen und mit Frauke über Klimawandel und Gott und die Welt zu reden. Ich kehre um und weiß nichts mit mir anzufangen. Die vielen intensiven, manchmal bis in die Nacht gehenden Gespräche mit den Frauen über sie und ihre Vorfahren legen sich immer mehr auf mein Gemüt. Wer bin ich für sie? Journalistin, Chronistin, Beichtstuhl und Geheimnisträgerin? Eine Außenseiterin und Fremde, der man sich in der kosmischen Halligenge anvertrauen kann, bei der man seine inneren Nöte abladen kann? Weil ich wieder gehen werde, oder warum?

3. Dezember

Der erste feste Schnee ist über Nacht gefallen. Fantastisch. Die ganze Hallig ist eingezuckert, die Sonne strahlt mit voller Kraft, der Himmel ist kristallblau und hängt so tief, als sei man in den Bergen unterwegs. Auf meinem Weg zur Kesselwarft liegt der Schnee ganz fein auf den Fennen und ich bin umgeben von kleinen Bergquellen, aus denen das Wasser rinnt. Schuberts Liederzyklus „Die Winterreise“ kommt mir in den Sinn und ich summe: „Auf dem Flusse, der du so lustig rauschtest. Du heller, wilder Fluss, wie still bist du geworden.“ Mir ist gar nicht nach Schwermut und Stille zumute. Ich bin einfach glücklich, hier zu sein. Vielleicht habe ich Glück und die Landwirtin Marion ist heute zum Interview bereit.

Doch wieder komme ich zum falschen Moment. Marion hat ein volles Haus – keine Zeit für ein Gespräch. Als Trost schenkt sie mir ein Steak von ihren Bisons, zum Probieren.

Die Nachmittagssonne schüttet Gold über die Hallig, ich entscheide mich für die große Runde und gehe auf einen Kaffee bei der Wirtin Hannelore auf der Auenwarft vorbei. Dort treffe ich auf ein junges Paar aus Spanien, beide Filmemacher. Wir kommen schnell ins Gespräch. Sie planen ein Filmprojekt über deutsche Jugendliche und ihre Zukunft auf einer Hallig. Sie sind optimistisch, dass sie für das Projekt EU-Fördermittel bekommen werden. Ich bin skeptisch. Gibt es eine Zukunft für Jugendliche auf der Hallig?

Wir kommen ins Spekulieren, ob die Halligen irgendwann entvölkert sein werden und nur noch Menschen mit Geld vom Festland in den Sommermonaten hier leben.

Die junge Filmemacherin heißt Klara, wie meine Mutter. Seltsamer Zufall. Engagiert und wild mit ihren Händen gestikulierend, vertritt sie die Meinung, dass es auf den Halligen für junge Menschen – gerade auch für Frauen wie sie – eine Zukunftsperspektive geben könne. „Ich mache Dokumentarfilme und es ist egal, ob ich meine Filme hier oder auf dem Festland am Computer schneide. Hier bin ich in einer wunderschönen Umgebung. Ich habe Ruhe, ich bin frei und ich kann mich gegen den Mainstream im Filmgeschäft abschotten. Hier könnte ich Frau und Mutter sein und unsere Kinder würden in der Natur leben."

Erst jetzt bemerke ich bei ihr die kleine Bauchwölbung. Liebevoll streicht Klaras schweigsamer Mann über ihren Bauch. Er scheint ihre Meinung zu teilen, wortlos und sanft. Warum sollte ich beide desillusionieren und sie darauf aufmerksam machen, wie schwer es für Fremde sein kann, auf einer Hallig zu leben?

Später treffe ich beide noch einmal. Charlotte und Ernst haben mich zum Abendessen eingeladen. Ich solle einfach vorbeikommen. Die beiden sitzen mit ihren Töchtern Jasmin und Caroline und den beiden jungen Spaniern an ihrem langen Bauerntisch. Eine dicke Kerze brennt im mit Schleifen besetzten Adventskranz. Jasmin scheint für ihren Vater zu übersetzen. Aufmerksam hört der ganze Kreis ihr zu. Eine Weile bleibe ich im Schatten der kleinen Flutlampe am Hauseingang stehen. Ich wage es nicht, in den Zauberkreis dieser idyllischen Familienaura einzudringen. Leise schleiche ich mich davon.

5. Dezember

Endlich habe ich Lilly erreicht. Sie ist im Dreieck gesprungen, nur weil ich am Wochenende nicht nach Berlin kommen werde und sie jetzt alleine zu Nulfs und Franks Hochzeit gehen muss. Ich kann hier nicht weg. Das muss sie doch verstehen! Wenn ich jetzt abreise, reißt der Faden, der sich langsam zwischen den Frauen und mir entwickelt.

Bevor Lilly das Telefongespräch abbricht, macht sie ihrem Ärger Luft: „Komm zurück und klär das endlich mit deiner Mutter. Heute ist wieder ein Brief von ihr gekommen. Sie tut mir leid!"

Das hat Lilly noch nie gesagt. „Deine Mutter tut mir leid." Sie ist sonst immer auf meiner Seite gewesen. Und jetzt?

Ich bleibe!

6. Dezember

4.30 Uhr. Schwarze Dunkelheit liegt über der Warft. Das Geschrei eines Vogels hält mich seit Stunden wach. Er muss irgendwo da draußen im Nebeldickicht sitzen und schreit ohne Unterbrechung. Ich könnte ihm den Hals umdrehen. Der Todesvogel?

Hannelores Erzählung über ihn geht mir nicht aus dem Kopf. In der Nacht, als ein langjähriger Mitarbeiter auf dem Festland starb, hätte die ganze Zeit ein Vogel auf der Auenwarft geschrien. Hannelore betonte damals, sie wäre nicht abergläubisch. Aber seltsam wäre es schon gewesen. Dann schaute sie mich lange an, als wollte sie sich vergewissern, wie ihre Worte wirkten und ob ich sie für eine durchgedrehte Spiritistin hielt. „Und ich habe zu den anderen gesagt: Ihr könnt sagen, was ihr wollt. Es war der Todesvogel." Etwas abgedreht klingt das schon. Erwähnte Daniela in unserem Gespräch nicht auch, dass ihre Oma an den Todesvogel geglaubt hätte?

Ich werde seine Stimme aufnehmen und bei der Vogelschutzstation vorbeigehen, die werden den Schreihals schon kennen.

Heute Nachmittag ist Chorprobe und Singen von Weihnachtsliedern im Pastorat angesagt. Ich habe Ulla versprochen zu kommen, um sie am zweiten Adventsonntag mit meinem Mezzosopran zu unterstützen. Weihnachtslieder zu singen, und das noch in der Kirche, das muss ich für mich behalten, das glaubt mir niemand. Hans B. kommt auch. Alle Halligbewohner, die bei Stimme sind und Lust auf Adventssingen haben, werden dabei sein.

SUSANNE

„Und alle haben dich mit deinem Namen angesprochen."

Husum

Landaufenthalt in Husum. Bis zum Morgen ist es unklar, ob die Fähre kommen kann, wegen des plötzlichen Wintereinbruchs und der Sturmwarnungen. Doch dem Himmel sei Dank, der Blanke Hans hat eingelenkt und keinen Sturm über die Hallig gebracht.

Im Morgengrauen, bei Schneeregen, bin ich mit dem Rucksack für meine Einkäufe auf dem Festland zum Hafen gepilgert. Einmal wöchentlich fährt die Fähre in der Wintersaison die Hallig morgens und abends an, sodass Tagesbesuche auf dem Festland möglich sind. Die Halligbewohner nutzen diesen Tag für Einkäufe, Arztbesuche, Behördengänge, Fortbildungen – und als Vorbeugungsmaßnahme gegen den Halligkoller. Eingemummt in ihre Wintermäntel bleiben einige bei der Überfahrt in ihren Autos sitzen, andere tauschen unter Deck im „Teesalon“ am Halligstammtisch Neuigkeiten aus und gehen als Halliggemeinschaft auf Tuchfühlung. Etwas abseits von ihnen sitze ich an einem kleineren Tisch. Es bedarf keines großen Fingerspitzengefühls, meine Gegenwart würde ihre Gespräche stören. Dösend stelle ich mir vor, wie es wohl sein wird, nach acht Wochen wieder auf dem Festland zu sein und nicht mehr auf dem schwimmenden Eiland.

Am Bahnhof in Husum. Endlich wieder festen Boden unter den Füßen und keine schwankende Erdplatte. Bevor ich mich mit Susanne zum vereinbarten Gespräch treffe, arbeite ich meine lange Einkaufsliste ab: Apotheke, Brillenladen, Biogemüse, thailändische Paste grünrot, Tofu, Biobrot und Thermoeinlegesohlen.

Zugegeben, die meisten Dinge könnte man im gut sortierten kleinen Halligsupermarkt kaufen. Doch ich genieße es, durch die kleinstädtische Fußgängerzone in

Husum zu flanieren. In einer Café-Bar den ersten Espresso zu trinken und mich mit meinen Blicken in der Menschenmenge zu verlieren. „Endlich in Freiheit und unter vielen Menschen."

Neben mir beginnt ein kleiner Junge laut zu jammern. Seine sichtbar überforderte Mutter weist ihn zurecht, beide geraten in Streit. „Die Hallig, ein Knast?" Ungerührt von dem Drama zwischen Mutter und Sohn löffele ich grübelnd den mit Zucker vermischten Kaffeesatz aus meiner Espressotasse und mache mich auf den Weg.

Ziellos lasse ich mich in den Bekleidungsgeschäften und Buchläden treiben, stöbere nach Schnäppchen und arbeite meine Einkaufsliste ab. Dennoch werde ich das Gefühl nicht los, von irgendjemandem beobachtet zu werden. Erst als ich über den Wochenmarkt schlendere, die frischen Gemüse- und Obstauslagen studiere, Mandarinen und Weintrauben koste, an Kräutern schnuppere, Käse und Oliven probiere und mit den Händlern ohne meine halligtypische Selbstzensur ins Schwatzen komme, entspanne ich mich. Ich tauche ab in der anonymen Menge. Wunderbar, nach acht Wochen gefühlter Halligbeschattung.

Am Hafen kehre ich im Jupiterhof ein, bestelle eine Husumer Fischsuppe und bereite mich auf mein Gespräch mit Susanne vor.

Susanne: Mitte sechzig, verheiratet, zwei Töchter, ein Sohn. Sie ist eine erfolgreiche Geschäftsfrau, hat mit ihrem Mann einen mittelständischen Betrieb geleitet, den sie vor einigen Jahren an die Tochter übergeben haben. Ihr Lachen ist herzhaft und geerdet. Sie strahlt aus, dass sie ein Mensch ist, dem es Spaß macht, die Dinge anzupacken und zu gestalten. Seit der Übergabe ihres Betriebes lebt das Ehepaar auf der Hallig. Susanne vermietet Ferienwohnungen und engagiert sich ehrenamtlich für die politischen Belange der Halliggemeinde. Sie kennt und liebt die Hallig seit ihrer Kindheit.

Schwer bepackt mit Rucksack und Gemüsetüten schaffe ich es gerade noch pünktlich vom Hafen zum vereinbarten Treffpunkt am Marktplatz. Susanne wartet bereits. Verwundert schaut sie auf die vollen Tüten und den prallen Rucksack.

„Proviant für die nächsten Wochen", erkläre ich verlegen, während wir das kleine Stadtcafé betreten. Sie führt mich zu ihrem Stammplatz. Ein ruhiger Platz im hinteren Bereich, von wo aus man das Treiben auf der Straße und das Marktgeschehen gut im Blick hat. Während ich die Karte studiere, bietet Susanne mir das Du an.

Ich bin erstaunt. Eine Geste, die auf der Hallig zur Normalität gehört, wenn man – vermeintlich – dazugehört. Hier auf dem Festland kommt Susannes Angebot für mich überraschend, ich deute es als Zeichen ihres Vertrauens.

Übergangslos erklärt Susanne, dass sie wegen ihres fragilen gesundheitlichen Zustandes mit ihrem Mann beschlossen habe, die Hallig als Lebensmittelpunkt aufzugeben.

Wenn ich länger darüber spreche, muss ich gleich heulen. Diese Entscheidung zu treffen geht mir derartig an die Nieren. Die Hallig ist mein Zuhause und ich habe mich immer sehr wohl dort gefühlt. Trotz der vielen Querelen, die es naturmäß auf der Hallig gibt. Aber lass uns nicht darüber sprechen.

Schade, ein paar Insider-Infos über die „naturgebundenen" Halligquerelen würde ich schon gerne erfahren.

Fangen wir also mit ihrer Großmutter Marie an. Gespannt höre ich zu und hoffe, dass wir den Bogen bis hin zu ihrem eigenen Leben schlagen können, im Hier und Jetzt auf der Hallig.

Am besten fange ich bei Omas Lebensdaten an. Meine Großmutter Marie ist 1901 auf der Wolkensteinwarft geboren worden und hatte sechs Geschwister. Als Halligmädchen hatte sie damals keine Möglichkeit, etwas Richtiges zu lernen, und ging auf Pellworm in Stellung. Sie lernte dort ihren Mann kennen und beide kamen auf die Hallig zurück. Bis zu ihrem Tod in den 1980er-Jahren lebte sie auf der Auenwarft.

Oma bekam fünf Kinder, drei Mädchen und zwei Jungen. Meine Mutter Hella war ihre älteste Tochter. Ihren Mann verlor sie zu Beginn des Krieges, kurze Zeit später, durch eine Schussverletzung, auch ihren ältesten Sohn. Über beide hat sie wenig gesprochen. Für ihre fünf Kinder hat man meiner Großmutter das Mutterverdienstkreuz verliehen. Davon wurden ihr Mann und Sohn auch nicht mehr lebendig. Da stand Oma also, mitten im Krieg, mit vier Kindern, die sie irgendwie durchbringen musste.

Unruhig rutscht sie auf ihrem Stuhl hin und her.

Und durch den Schock sind ihre Haare über Nacht schneeweiß geworden. Da war sie erst Anfang vierzig!

Susanne schaut mich prüfend an, ob ich das Ausmaß der Not ihrer Großmutter verstehe.

Als die Todesnachrichten kamen, war meine Mutter bereits bei Omas Bruder auf dem Festland in Stellung gegangen. Seine Frau war gestorben und der kleine Sohn musste versorgt werden. Meine Mutter machte die ganze Arbeit, wie heute eine Hauswirtschafterin, war aber erst fünfzehn. Einige Zeit später kam sie zur Flugsicherung. Dort haben auch andere Halligmädchen gearbeitet. Ob sie freiwillig hingingen oder zum Arbeitsdienst verpflichtet waren, weiß ich nicht.

Meine Mutter hat wenig über diese Zeit gesprochen. Und wir haben es auch versäumt, mehr zu fragen. Ich weiß nur, dass sie in einer Art Telefonzentrale saß, sie musste die Anrufe annehmen und weitervermitteln. Damals wurde beim Telefonieren noch gestöpselt, das musste alles per Hand gemacht werden.

Die Chefin des Cafés kommt an unseren Tisch. Sie begrüßt Susanne überschwänglich, fragt, wie es ihr geht, und streift mich mit einem knappen Blick. Susanne, sichtlich berührt, gerät bei den anteilnehmenden Fragen nach ihrem Rehaaufenthalt ins Plaudern.

Meine Gedanken wandern zu ihrer Großmutter Marie. Sie hatte ihren Mann und ihren Sohn „für Führer, Volk und Vaterland" einem sinnlosen Krieg opfern müssen. Was mag in ihr vorgegangen sein, als ihre Tochter Hella zum Arbeitsdienst, zur Flugsicherung eingezogen wurde, wo die Bombenangriffe auf Kiel und Flensburg zunahmen? Vertraute Marie in Gott, der gibt und nimmt, akzeptierte sie die Verluste duldsam als ihr unvermeidbares Schicksal?

War Marie eine politisch interessierte Frau? Ihre Groß- und Urgroßväter waren als Seefahrer und Kapitäne auf den Weltmeeren unterwegs gewesen. Hatten die Männer Weltoffenheit mitgebracht?

Was wusste man damals auf der Hallig über den Kriegsverlauf, über das Morden im Osten, über das Morden in unmittelbarer Nähe?

Man konnte auch auf der Hallig BBC-Nachrichten empfangen. Wie viele der Halligleute waren überzeugte Nationalsozialisten gewesen? Mitläufer? Überzeugte Gegner?

Auf der Jakobswarft war ab Mitte der 1930er-Jahre ein Arbeitsdienstlager entstanden, in dem junge Deutsche ihren Reichsarbeitsdienst ableisteten. Später brachte man Zwangsarbeiter auf die Hallig, sie wurden für die Arbeit an den Deichen eingesetzt. Wie gingen die Halligbewohner mit den Fremden um? Meine älteren Gesprächspartnerinnen, die zu jener Zeit Kinder und Jugendliche gewesen waren, erzählten, dass man befreundet gewesen sei. An Wochenenden habe man auf der Jakobswarft gemeinsam gefeiert, und nach dem Krieg sei manche Ehe daraus entstanden. Leider lebt niemand von ihnen mehr auf der Hallig.

Und wann immer ich dieses Thema in meinen Gesprächen anschneide, macht sich Beklommenheit breit. „Ich weiß nicht viel. Eigentlich gar nichts. Man hat nicht darüber geredet."

Endlich verabschiedet sich die Wirtin. Übergangslos knüpft Susanne an unser Gespräch an.

Meine Eltern haben sich auf der Hallig kennengelernt und während des Krieges verlobt. Mein Vater kam aus einer alten Husumer Familie, aber sein Onkel lebte auf der Hallig und war als Kind oft dort. Als Soldat war er in Frankreich und geriet später in Gefangenschaft. Papa war Lehrer und beherrschte drei Sprachen.

Ich hänge noch immer meinen Gedanken nach, die Zwangsarbeiter gehen mir nicht aus dem Kopf. Auch junge Halligfrauen wurden zusammen mit Zwangsarbeitern aus dem Konzentrationslager Neuengamme und den Außenlagern zur Feldarbeit eingesetzt. Es gab Bauern, die die Asche der verbrannten Menschen aus dem Konzentrationslager abholten, um damit ihre Felder zu düngen. Sprachen die jungen Frauen beim Heimaturlaub auf der Hallig darüber?

Oma hat kaum über die Kriegsjahre gesprochen. Und meine Mutter ist im Krieg nicht oft auf die Hallig gekommen. Damals fuhren das Postschiff und ein Halligfrachter. Aber das dauerte und war nicht ungefährlich, weil englische Tiefflieger auch über die Hallig flogen. Meine Tante hat mir später erzählt, wie sie sich im hohen Halliggras versteckten, wenn die Flieger wieder einmal kamen. Luftschutzbunker oder Kellerräume gab es nicht.

Meine Eltern sind erst regelmäßig zu Oma auf die Hallig gefahren, als Papa aus der Gefangenschaft zurückgekommen ist. Papa liebte die Hallig so wie ich! Ja, und ich bin 1948 in Husum geboren. Meine Mutter konnte nicht stillen, weshalb ich zu Oma auf die Hallig kam, die zwei Kühe im Stall hatte. Damals durften Säuglinge noch Kuhmilch trinken. Vielleicht war es diese Milch, die dazu führte, dass ich die Hallig zu lieben begann, verstehst du?

Schon die Überfahrt war ein Abenteuer. Früher musste man, um auf die Hallig zu kommen, viele Umwege in Kauf nehmen und viel Zeit haben. Das würde heute kein Mensch mehr machen. In Husum bestiegen wir das Frachtschiff und die Überfahrt dauerte zwölf bis vierzehn Stunden. Das Schiff hatte nicht viel Fahrt. Uns Kindern war es egal, wie lange wir unterwegs waren, wir fanden es einfach toll. Und Mutti hatte immer einen Korb voll Essen mit, wir litten also keine Not!

Ich sehe Mutter Hella vor mir, wie sie auf dem kleinen Frachtschiff belegte Brote, Obst und Tee an ihre Familie austeilt. Was mag sie bei der Überfahrt empfunden haben? Hatte sie Heimweh, Sehnsucht nach der Hallig? Kam sie aus Pflichtgefühl? Um ihrer Mutter zu helfen. Träumte sie davon, in den 1960er-Jahren mit ihrer jungen Familie nach Italien in den Urlaub zu reisen? Vielleicht sollten ihre Kinder viel Zeit auf der Hallig verbringen, um innerliche Stärke für ihr späteres Leben lernen zu können.

Je näher wir der Hallig kamen, desto stiller wurde Mutter. Sie stand vorne am Bug, sie hatte Sehnsucht nach dem Geruch frisch gemähten Halliggrases. Verstehst du?

Damals gab es auch noch keine lange Landung. Der Schiffer musste ganz dicht ran, bis die Schiffsschnauze im Schlick steckte. Dann gingen wir von Bord. Papa trug meine Schwestern oft durchs Watt. Ich fand es herrlich, mit meiner Mutter durch den schwarzen Schlick zu laufen.

Und Oma wartete immer schon am alten Hafen. Unsere Koffer kamen in ihren Bollerwagen und keiner, auch nicht Papa, durfte ihre schwere Karre ziehen. Da war sie zu stolz. Es gab natürlich noch keine richtigen Straßen auf der Hallig, nur Feldwege. Bis zur Auenwarft war es eine kleine Weltreise!

Oma zog also den voll bepackten Wagen durch den Klei und wir trabten nebenher. Worüber die Erwachsenen sich unterhielten, daran kann ich mich nicht mehr erinnern. Oma war kein Mensch, der viel sprach. Ich freute mich schon auf die Halligkinder und darauf, was wir wieder alles aushecken würden. Zu Hause sprachen meine Eltern mit uns nur Hochdeutsch, damit wir es in der Schule nicht so schwer hatten, aber auf der Hallig musstest du Plattdeutsch können, sonst warst du bei allen unten durch. Also lernte ich es von den Halligkindern und indem ich Oma und Mutti in der Küche zuhörte.

Im Sommer kamen immer Omas Gäste. Jedes Mal hatte sie eine lange Liste zusammengestellt, was alles zu tun war. Mein Vater war für alle Reparaturen in Haus und Stall zuständig. Auch meine Mutter und wir Kinder bekamen unsere Aufgaben. Also mussten wir mit ran, die reine Erholung war das nicht!

Erzähl mir von dem Haus deiner Großmutter.

In den alten Halligháusern wurde nicht getrennt zwischen Mensch und Tier. Die Zimmer waren kleine Kammern. Vom Flur kamst du zuerst in die Küche. Dahinter war eine kleine Kammer, dort standen drei Betten und eine Bank, wo du sitzen und schnacken konntest. Dann kam ein weiterer Raum, der über dem Kriechkeller lag, mit vier Betten. Wenn wir bei Oma waren, hat die ganze Familie dort geschlafen. Dahinter lag der Stall mit ihren Tieren.

Illustrierend malt Susanne mit dem Finger die Raumaufteilung auf die gemusterte Tischdecke.

Wenn im Sommer die Gäste kamen, schliefen wir im Kälberstall. Dort wurden zwei Eisenbetten mit Heumatratzen aufgestellt. Ich fand das herrlich! Dieser Heugeruch und nachts dieses Knistern. Es gab natürlich Mäuse und auch Ratten. Oma hat uns aber erklärt, dass sie sich mehr vor uns fürchteten als andersherum. Und ich wollte vor Oma natürlich stark sein.

Susanne lächelt. In ihrem Lächeln entdecke ich das Mädchen, das sie damals gewesen sein könnte.

Im Garten gab es einen Brunnen. Das Trinkwasser war braun und voller Wasserläuse. Bevor man das Wasser trinken konnte, musste es immer abgekocht werden. Diese Arbeit musste Oma auch für ihre Gäste übernehmen. Überhaupt gab es weder fließend Wasser noch Strom. Es gab keine Spülmaschine, keine Waschmaschinen, keine Kühlschränke und gescheiten Haushaltsgeräte. Das mussten die Halligfrauen als Vermieterinnen alles alleine schaffen. Und du darfst nicht vergessen, Oma war nicht mehr die Jüngste, als das so richtig mit der Zimmervermietung losging, in den 1950er-Jahren.

Susanne schaut mich an. Mit ihrem Blick fordert sie Respekt für die Lebensleistung ihrer Großmutter Marie. Was haben die damaligen Feriengäste empfunden? Wenn sie miterlebten, dass ihre Zimmervermieterinnen – Halligfrauen wie Marie – erst mühselig Wasser zum Trinken und Waschen aufbereiten mussten. Wasser aus der Leitung, Strom aus der Steckdose, elektrisches Licht, das war Alltagskomfort, den es auf der Hallig erst Ende der 1960er-Jahre gab.

Wenn ich manchmal bei meinen Ferienwohnungen ins Stöhnen komme, sage ich mir: „Jetzt komm mal runter, denk an Oma!" Und letztlich war es finanziell alles für einen Appel und ein Ei. Allein von der Zimmervermietung konntest du damals nicht leben. Das ist heute auch nicht anders, selbst wenn deine zwei, drei Ferienwohnungen in der Saison gut ausgelastet sind. Du überlebst damit.

Aber leben …

Was hat Marie die Arbeit mit ihren Feriengästen bedeutet?

Es war für sie eine Möglichkeit, Geld zu verdienen. Aber Oma hat die Arbeit mit ihren Gästen auch Spaß gemacht. Plötzlich kam die große Welt zu ihr auf die Hallig! Das hat sie genossen. Sie war immer sehr besorgt um ihre Gäste und hat versucht, es ihnen so behaglich wie möglich zu machen.

Wenn das Wetter so richtig aushakte und es drei Tage nur geregnet hat, was sollten sie die ganze Zeit machen? Immer nur auf der Bettkante in der kalten Kammer sitzen und Löcher in die Decke starren? Gerade dann verwöhnte Oma ihre Gäste nach Strich und Faden. (*Stolz*) Sie war eine der ersten Frauen auf der Hallig, die Gäste und sogar Dauergäste hatten. Es gibt ein Gästebuch von ihr, das fängt um 1930 an. Unter ihren Gästen waren Ärzte, Rechtsanwälte und bekannte Schauspieler. Da fragt man sich schon, warum die immer wieder zu ihr auf die Hallig kamen. Es gab keinen Luxus, nur ein kleines Zimmer mit zwei Betten und aus! Und gegessen wurde mit bei Oma am Tisch.

Ich denke an die vielen alten Porträtfotos der Halligbewohner, die mir vor Augen stehen. Ihnen war die Härte ihrer Lebensumstände und der rauen Natur ins Gesicht geschrieben. Schaut man genau hin, fallen ihre strengen, von Furchen durchzogenen Gesichtszüge auf. Der Blick häufig abwesend, in eine imaginäre Ferne gerichtet.

Ich glaube, die Menschen kamen schon immer gerne auf die Hallig, weil sie die Einmaligkeit faszinierte und sie die Einsamkeit suchten. Es war für die Gäste wichtig, dass sie sich in dieser extremen Halligwelt bei ihrer Zimmervermieterin aufgehoben fühlten. Auch als Tourist musst du mit der Wetterlage, mit Sturm, Wind, Regen und der Einsamkeit einer Hallig klarkommen. Das war so und ist heute nicht anders. Du kannst dich heute als Gast oder Neuzugezogener mit Internet und allem Möglichen gut ablenken, aber du musst dich trotzdem auf die Situation einer Hallig einlassen, sonst reist du vorzeitig ab oder du ziehst wieder aufs Festland.

Erzähl mir vom Alltag deiner Großmutter in den 1950er- und 1960er-Jahren.

Ich sehe sie immer in ihrer kleinen Küche. Sie war ständig am Rühren, Kochen, Backen, Schnippeln, Schälen und Einwecken. Dass Oma einmal nur so dasaß und ihre Hände im Schoß lagen, daran kann ich mich nicht erinnern.

Dazu kam die ganze landwirtschaftliche Arbeit und Versorgung der Tiere. Und was sie nicht alleine schaffen konnte, zum Beispiel die Heuernte, da halfen die Nachbarn.

Ich beobachte Susanne beim Erzählen. Ihre Bewegungen werden weich, wenn sie über ihre Großmutter Marie spricht.

Wie die meisten Halligfrauen machte Oma Butter, Dickmilch, Joghurt, Sahne und Käse selbst. Besonders lecker war es, wenn frisch gemolken war. Sie besaß so eine Zentrifuge. Weißt du noch, was das ist?

Auch meine Großmutter Irma hatte eine Zentrifuge. Das monströse, geheimnisvolle Gerät stand in ihrem Keller. „Für alle Fälle, wenn die Zeiten wieder schlechter werden", erklärte sie mir in Anwesenheit meines Vaters, der sie drängte, diesen „unnützen alten Plunder" zu entsorgen.

Oma trennte also Sahne und Magermilch. Durch die Zentrifuge kam dann ein kleiner Strahl, eine Art Schaumschicht. Darauf wurde Zucker gestreut und mein Vetter und ich durften sie uns teilen. Das waren Höhepunkte für uns Kinder.

War es der Geruch von Vergangenheit, Armut und Krieg, der an diesen Gegenständen klebte und meinen Vater an Ereignisse erinnerte, die er zu vergessen versuchte? Immer wieder regte er sich über den „Müll" auf. Es stimmte, der Dachboden meiner Großmutter war vollgestellt mit Möbeln, Kartons, Körben mit Handarbeiten, Haushaltsgeräten und Schuhkartons. Für Sabine und mich waren es Glücksstunden, dort ungestört in ihren Schätzen zu stöbern und uns mit ihren selbst geschneiderten Kleidern aus vier Jahrzehnten in elegante Damen verwandeln zu können. In einem alten Schrank hingen nicht nur die Anzüge meines Großvaters, mit Mottenkugeln in den Jackentaschen, sondern auch ihre Tanzkleider aus den 1930er-Jahren und ein langer Pelzmantel. Meine Großmutter hatte so etwas getragen? Zum Tanz am Wochenende, in dem kleinen Dorf? Kaum vorstellbar.

Im Keller standen in einem langen Regal eingestaubte Einweckgläser mit im Alter verblasstem Obst, Mira-

bellen, Pflaumen sowie Marmelade und eingemachte Wurst. Das Datum ihrer Herstellung in der Schrift meiner Großmutter, gut lesbar: ab 1964 aufwärts. Der Hausstand wanderte nach ihrem Tod auf den Sperrmüll. Als eine Art Vermächtnis bewahre ich bis heute eines ihrer Tanzkleider auf, in Smaragdgrün, ebenso ihren Pelzmantel, ein altes Tagebuch in Sütterlin und das alte „Mühle und Dame"-Spiel, auf dem wir beide Stunden miteinander spielten.

Vor allem Omas Käse war eine Delikatesse. Auf Plattdeutsch hieß er gebackter Käse. Das war aber kein gebackener Käse, das war eine feste Masse, die man in ein sauberes Küchentuch einwickelte und auf den Boden hängte. Wenn er rundherum eine Schimmelschicht entwickelt hatte, war er reif und kam als eine Art Roquefortkäse auf den Tisch. Als Kind mochte ich so einen Käse nicht. Aber heute! Auch mein Vater und ihre Gäste haben Omas Käse geliebt!

Wie alle hat Oma auch geschlachtet. Das Schlachten war natürlich nicht wie heute, dass man sich versorgte und es dann in die Tiefkühltruhe packte. Damals wurde das Fleisch eingesalzen und in Weckgläsern eingekocht, die Schinken zum Trocknen auf den Boden gehängt.

Mir läuft das Wasser im Mund zusammen. Wer hätte gedacht, dass die Hallig ein kulinarisches Paradies sei. Und ich staune, wie leichthändig Susanne den Bogen von schwerer körperlicher Arbeit zu den feinsten Delikatessen schlägt.

Oma hat Schweine, Hühner und Gänse geschlachtet. Das war für mich ganz schrecklich. Hinter dem Haus stand ein Haublock, wo sie auch das Feuerholz hackte. Ich sehe sie noch vor mir, wie sie das Huhn bei den Flügeln packt, es auf den Haublock legt und mit dem Beil seinen Kopf abhackt. Das Huhn lief danach ohne Kopf weiter und ich habe gedacht: Das kann nicht wahr sein! – Heute weiß ich natürlich, warum ein Huhn weiterläuft. Aber als Kind fand ich es ganz furchtbar.

Susannes Handy klingelt. Es ist ihre Tochter, die einen geschäftlichen Rat bei ihrer Mutter einholen möchte. Während Susanne ihrer Tochter aufmerksam zuhört und beide ins Fachsimpeln kommen, gerate ich in eine Erinnerungsschleife. Auch ich war in den 1960er-Jahren bei meiner Großmutter Irma, wenn geschlachtet wurde. Ein Bauer, Nachbarskinder und meine Mutter halfen bei der Verarbeitung des Schweins mit. Neugierig ließ ich meine Finger in der großen Waschschüssel mit dem ausgelaufenen Blut kreisen. Und ich war stolz, wenn meine Großmutter mich anwies, die Fleischabfälle durch den Fleischwolf zu drehen, und ich die klebrige Fleischmasse in die Gedärme zu Würsten stopfen durfte. Gegen Abend wurde mit dem ausgebratenen Brägen, meinen gestopften Würsten, Bier und Malzbier für uns Kinder gefeiert. Nur Vater zog sich stets kreidebleich mit Sabine in das kleine Wohnzimmer seiner Mutter zurück. Sabine saß mit einem aufgeschlagenen Buch auf seinem Schoß.

Mein Vater geriet regelmäßig in heftigen Streit mit seiner Mutter wegen der Schlachterei. „Es stinkt nach verbranntem Menschenfleisch! Kauf endlich beim Metzger. Das Geld ist da!“ Ich verstand ihn genauso wenig wie meine Großmutter, die die Wutausbrüche ihres Sohnes mit Schweigen quittierte. Unmissverständlich machte sie ihm klar: „Es ist mein Haus. Hier bestimme ich.“ Insgeheim freute ich mich, dass sie stärker war als er, und schwor, mir später nichts gefallen zu lassen von Menschen, die ebenso wie er brüllend und unberechenbar waren. Dabei ließ ich mir Großmutters Würste schmecken. Doch auch mein Vater aß mit sichtbarem

Appetit die in Gläsern eingeweckte Sülze, Blut- und Leberwurst, die sie sorgsam in Zeitungspapier verpackte und uns mit auf die Heimreise gab.

Susanne setzt sich wieder zu mir und entschuldigt sich, dass es doch länger gedauert habe. Anerkennend spricht sie über ihre Tochter, die ihre kleinen Kinder und die Leitung des Familienbetriebs gut unter einen Hut bekommt.

Unser Betrieb war mein Leben, weißt du? Am Anfang fiel es mir verdammt schwer, alles an meine Tochter zu übergeben. Richtig gelungen ist mir das erst, als wir auf die Hallig gezogen sind. Meine Tochter macht das prima, ich bin sehr stolz auf sie, wie auf alle meine Kinder.

Sorgsam streicht sie beim Reden die Tischdecke zurecht. Ich überlege, ob Marie auch mit so viel Stolz und Anerkennung über ihre Enkeltochter Susanne sprechen würde.

Wie hast du damals als Kind die Hallig und ihre Menschen erlebt?

Am schönsten war es, wenn Oma mittags eine Stunde schlief. Dann konnten wir machen, was wir wollten. Und ich habe mit den Halligkindern einiges gemacht, was Oma besser nicht wusste. Das Tolle auf der Hallig war, du warst einfach frei. Das lässt sich mit einer Kindheit auf dem Festland nicht vergleichen. Du warst immer in der Natur. Das Watt. Das Meer. Das Grenzenlose. Die Sonnenaufgänge und diese unglaubliche Weite, das hat mich schon als Kind fasziniert. Auch die Halligkinder waren irgendwie anders.

Fotos aus den 1930er- bis 1960er-Jahren zeigen Halligmädchen und -jungen, die keine freien, glücklichen Kinder sind. Es ist nicht ihre abgetragene, ärmliche Kleidung, die berührt und beunruhigt. Es sind ihre Ge-

sichter: Abweisend, mürrisch und abwesend blicken sie aus den Fotos.

Du warst bei allen willkommen. Keiner hat zu dir gesagt: „Das darfst du nicht. Pass auf, mach dich nicht schmutzig." Und alle haben dich mit deinem Namen angesprochen.

Es sind Momentaufnahmen kindlicher Seelenzustände. In der Tat liegt in ihren Blicken auch etwas Ungezähmtes. Vergleicht man ihre Blicke mit denen ihrer Halligmütter, dann fällt auf, dass auch sie eigensinnig und abwesend in die Kamera schauen.

Kannst du das Aussehen deiner Großmutter beschreiben?

Sie war klein, hatte einen kleinen, weißen Dutt und war immer dunkel gekleidet. Später hatte sie diese Kittelschürzen um, die man in den 1950er-, 1960er-Jahren trug. Und sie hatte immer diese schwarzen Omaschuhe an. Die Schuhe hatten einen kleinen Blockabsatz und über den Spann war ein schmaler Riemen gespannt. Eigentlich waren das ganz elegante Schuhe.

Auch meine Großmutter Irma trug diese schwarzen Schuhe mit schmalen Riemchen. Sie hatte Wasser in den Beinen, die Füße quollen aus den Schuhen. Sie war klein, hatte ihre weißen Haare zum Dutt zusammengesteckt. Bei Arbeiten in Haus und Garten trug sie bunte Nylonkittelschürzen. Besuchte man sie nachmittags, saß sie in ihrem schwarzen, ärmellosen Kleid mit einer bunt gemusterten Bluse in ihrem Ohrensessel. Über ihrem Sessel hing eine Fotografie meines Großvaters im Format A4. Es zeigte einen gut aussehenden, kahlköpfigen Mann Anfang vierzig. An seinem rechten Revers steckte das kleine Parteiabzeichen. Am Bildrand eine schwarze Trauer-

schleife. Milde lächelnd sah mein Großvater auf uns beide herunter. Oft döste Großmutter, las in Zeitschriften, löste Kreuzworträtsel und erwartete Gäste wie mich. Stundenlang spielten wir „Mühle und Dame“ oder „Mensch ärgere dich nicht“. Meistens verlor ich und war zerknirscht. „Man muss auch verlieren können“, sagte sie dann lächelnd und lud mich zur Revanche ein.

Sonntags sind wir immer in die Kirche gegangen. Dann zog Oma sich fein an, aber immer in Schwarz. Für mich war es etwas ganz Besonderes, wenn sie mich an die Hand nahm und wir zur Kreuzwarft gingen. Ich war stolz, wenn mich alle neben ihr in der Kirchenbank sahen. Sie hatte so eine Stille um sich und konnte damit den ganzen Raum füllen.

Susanne richtet sich kerzengerade auf, als säße sie plötzlich neben ihrer Großmutter.

Was für eine Frau war Marie?

Ich habe nie gehört, dass sie gestöhnt hätte oder dass ihr etwas zu viel wurde. Sie hat sich auch nie über ihr Leben und Schicksal beklagt. Ich weiß nicht, ob ich geschafft hätte, was sie durchgestanden und geleistet hat. Es waren extrem harte Lebensbedingungen auf einer Hallig! Man hatte immer den Eindruck, dass Oma absolut in sich ruhte. Ich weiß gar nicht, wie ich das anders nennen soll. Sie war zufrieden mit ihrem Schicksal.

Susanne bemerkt meinen erstaunten Blick.

Natürlich war sie nicht mit ihrem Schicksal zufrieden. Aber sie machte den Eindruck, dieses schwere Halligleben zu akzeptieren. Wie sie das geschafft hat, weiß ich nicht. Sie hat nicht viel über sich gesprochen. Auch nicht, als ich schon älter war. Das kennzeichnet die alten Halligfrauen. Sie waren eigensinnig und hart. Aber sie haben nicht viel Wind um sich gemacht. Das ist heute anders.

In die Kirche ging meine Großmutter Irma sonntags nie. Sie hielt nicht viel von Gott und sprach weder mit ihm noch über ihn. Sonntags, wenn alle Kinder in der Dorfkirche waren, durfte ich in der kleinen Schlafstube auf ihrem Bett sitzen. Gebannt sah ich ihr zu, wie sie ihr langes, weiß leuchtendes Haare bürstete.

Was erinnerst du noch, wenn du an sie denkst?

Sie hat immer Handarbeiten in der Hand gehabt. Immer! Es gibt auch noch ganz viele von ihr, Dreieckstücher oder Abdeckungen fürs Bett. Alles gehäkelt. Mit ihren Schultertüchern hat sie jeden beglückt. Heute ist das eigentlich alles ganz wertvoll.

Für viele Frauen aus Maries Generation waren Handarbeiten neben aller Notwendigkeit auch ein Weg zur inneren Sammlung und Bewältigung leidvoller Erfahrungen. Was heute das Internet, Mailen, Twittern, Bloggen und Skypen für die Halligfrauen bedeutet, um sich mit der Welt zu vernetzen und in den stillen Wintermonaten dem Halligkoller zu entkommen, war früher das gemeinsame Handarbeiten der Halligfrauen, um in vertrauter Gemeinschaft der winterlichen Einsamkeit zu trotzen.

Während Susanne die kunstvolle Art von Maries Dreieckstüchern beschreibt, knüpfe ich in meiner Vorstellung aus den unzähligen Schultertüchern, Bettüberwürfen und selbst geschneiderten Schürzen und Trachten der Halligfrauen einen farbenprächtigen Teppich. Die ganze Hallig könnte er bedecken.

So sehr sich Leben und Alltag der alten Halligfrauen gleichen, so sehr waren ihre Lebenswege auch verschieden. Gleich und verschieden wie die vielgestaltigen Handarbeiten in ihren Farbkombinationen, Stick- und

Strickkünsten, in denen sich die individuelle Handschrift ihrer Schöpferinnen zeigte.

Wenn du nach Omas Stärken fragst, sie war sehr durchsetzungsfähig. Sie musste es sein. Und sie hatte ein großes Wissen über Wetterphänomene. An den Wolken konnte sie erkennen, wann es zu regnen anfing oder wie schnell das Heu hineingebracht werden musste.

War deine Großmutter eine abergläubische Frau? Man sagt den Menschen auf den Halligen nach, dass sie dazu neigen.

Abergläubisch war sie nicht. Spirituell, das schon. Im Herbst bekam sie immer Kartoffeln vom Festland und die lagerte sie im Kriechkeller auf einem Holzregal. Bei Land-unter-Gefahr mussten der Keller und auch das Regal leer geräumt werden. Wenn das Wasser ins Haus kam, stand alles unter Wasser. Auf diesen Holzregalen hatte sie Zeitungen ausgelegt. Jede Kartoffel legte Oma einzeln hin, und die, die ein wenig angestoßen waren oder eine Nase hatte, kamen als Erste nach oben, damit sie schnell verbraucht wurden. Wenn sie fertig mit dem Auslegen der Kartoffeln war, kniete sie davor und bekreuzigte sich und sagte: „Gott, stah mi bi, dat nix toschannen geiht, wat ik in'e Keller heff."

Ist deine Großmutter Marie am Ende ihres Lebens eine zufriedene Frau gewesen?

Das frage ich mich ab und zu auch. Das Leben auf der Hallig war bis in die 1970er-Jahre kein Zuckerschlecken. Nicht nur für die Frauen, für alle. Oma liebte die Hallig! (*Entschlossen*) Doch, sie war zufrieden. Sie hat in sich geruht. Und wer kann das heute schon von sich behaupten?

Susanne sieht mich provozierend an, ich weiche ihrem Blick aus. Unsere vereinbarte Zeit ist längst überschritten. Mein Bus fährt in einer knappen Stunde. Ob sie ger-

ne auch über ihr Leben auf der Hallig gesprochen hätte? Sie winkt dem Kellner.

So, jetzt habe ich dir alles über Omas Leben erzählt. Oder hast du noch Fragen?

Siehst du eine Verbindungslinie zwischen dem Leben deiner Großmutter und deinem Leben?

Sie schaut mich erstaunt an.

Du lebst auf der Hallig, obwohl du den größten Teil deines Lebens auf dem Festland gelebt hast. Du vermietest wie Marie an Feriengäste.

Dass ich auch vermiete, hatte zunächst rein pragmatische Gründe. Für den Umbau des Hauses brauchten wir Geld. Inzwischen macht es mir Spaß und ich möchte diese Arbeit nicht mehr missen. Natürlich setze ich damit eine Familientradition fort. Und es ließe sich da noch tiefer bohren.

Du vermittelst den Eindruck, dass dir die Arbeit als Vermieterin viel Freude macht. Kannst du sagen, was genau das ist?

Viel. Du lernst ständig neue Menschen kennen. Es kommen immer neue Gesprächsthemen auf, denn jeder bringt sein Leben mit. Häufig sind meine Gäste alleinstehende Frauen in verantwortungsvollen Positionen, die sich nach Ruhe sehnen. Manche stehen kurz vor einem Burnout. Sie kommen, schlafen lange, tun nichts und genießen Natur. Morgens packen sie ihren Rucksack, nehmen ein Buch mit, streifen über die Hallig, beobachten das Wasser, die Vögel und kommen glücklich wieder zurück. Das freut mich auch. Und immer entstehen unerwartet spannende Gespräche, in denen ich viel von meinen Gästen lerne.

Und die Hallig … was bedeutet sie dir?

Unruhig kreisen Susannes Hände in der Luft.

Jetzt, wo wir uns entschieden haben, das Haus zu verkaufen, gehe ich ums Haus, bleibe alle fünf Minuten stehen und frage mich, ob ich das jemals wiederbekomme? (*Pause*) Auf die Hallig zu kommen, das ist für mich, nach Hause zu kommen. Das war schon als Kind so.

Aufs Festland zu fahren, ist aufs Festland fahren. Die Hallig ist für mich ein Ort, wo ich mich frei entfalten kann. Das klingt wie ein Spruch, ist aber so. Schon wenn ich das Schiff besteige, bin ich auf der Hallig. Es interessiert mich dann nicht mehr, was auf dem Festland los ist.

Je länger sie über die Hallig spricht, desto mehr beruhigt sich ihre Gestik. Dann ruhen ihre Hände still auf dem Tisch.

Könntest du sagen, was für dich der Inbegriff von Halliggemeinschaft ist?

Weißt du, was für mich immer am schönsten war? Schon als Kind, wenn ich vom Schiff gestiegen bin, konnte ich zu jedem sagen: „Hallo Onkel Peter, hallo Onkel Heinrich." Ich kannte einfach alle. Das war toll – und heute ist es noch genauso.

Du bist eine der Frauen, die sich für die Hallig ehrenamtlich und politisch sehr engagieren. Was bedeutet dir diese Arbeit?

Ich habe mit anderen voller Eifer eine Wählergemeinschaft gegründet. Doch auf der Hallig gibt es auch starrköpfige Kräfte, die glauben, dass sie weiterhin die Halligwelt regieren. Die haben unsere Arbeit immer wieder boykottiert. Deshalb habe ich beschlossen, unter diesen Bedingungen nicht mehr mitzumachen. Jetzt gehe ich nur noch auf Versammlungen und bringe mich nicht mehr auf die Art ein, wie ich es die ersten Jahre getan habe.

Die Rückkehr aufs Festland ist wahrscheinlich nicht einfach.

Mein Ziel war es, irgendwann ganz auf der Hallig zu leben. Aber meine Erkrankung hat mir einen Strich durch die Rechnung gemacht. Ich bin nicht mehr so leistungsfähig. Und ich bin so weit, zu erkennen, dass ich auf Dauer nicht mehr alles allein regeln kann.

Wenn ihr euer Haus jetzt verkauft, ist es dir wichtig, dass es jemand erwirbt, der auf die Hallig passt?

Ja. Aber wer auf die Hallig passt, das weiß man am Anfang nie. Es gibt genügend Leute, da fragt man sich sofort, ob die das durchstehen. Es kommen immer wieder Aussteiger. Sie kommen aus Hamburg, Berlin, Köln, Stuttgart und von überall aus Deutschland.

Wenn sie zwei Winter durchgehalten haben, merken sie spätestens dann, dass sie hier verkehrt sind. Du musst den Winter auf einer Hallig ertragen können. Du musst diese Ruhe und dieses Alleinsein aushalten. Wenn du keinen guten Kontakt zu deinen Nachbarn und den anderen Halligbewohnern hast und du Abend für Abend alleine in deiner Wohnung hockst, wird es sehr schwer.

Was wirst du am meisten vermissen, wenn du nicht mehr auf der Hallig bist?

Die Jahreszeiten. Die erlebt man hier sehr intensiv und besonders. Meine Oma und meine Mutter liebten sie auch sehr. (*Pause*) Im Winter: die Ruhe. Gemütliche Stube. Ein Glas Rotwein. Kerzenlicht. Rausgucken und sagen: „Ich bin auf der Hallig!" Im Frühling: Jeden grünen Zipfel, der im Garten aus der Erde guckt, anschauen und überlegen: Was ist das für eine Blume? Wie lange braucht sie noch, bis sie endlich herauskommt? Der Sommer bedeutet viel Arbeit, ständiger Wechsel im Haus. Eine schöne Zeit, weil die Gäste sich über alles

Mögliche, was sie auf der Hallig entdecken, freuen. Der Herbst ist Regen, Sturm, Nebel. Und heißt: Abschied nehmen.

Susanne atmet tief durch und schaut mich an, als wolle sie ihrem Zweifel entschlossen begegnen.

Es ist dunkel geworden, als wir das Café verlassen. Weihnachtliche Lichter glimmen bunt in den Bäumen. Susanne begleitet mich zum Bahnhof. Sie verspricht mir, Fotos von ihrer Großmutter und ihrer Mutter zu schicken.

Unser Abschied ist herzlich. In letzter Minute erreiche ich schwer beladen Bus und Fähre. Während die anderen Halligbewohner lachend unter Deck im „Teesalon" an ihrem Stammtisch sitzen und sich lärmend austauschen, setze ich mich an den gleichen Tisch wie am Morgen. Erschöpft schließe ich die Augen. Ich bin froh, das Festland hinter mir zu lassen. Die vergnügt lachenden Stimmen der Halligbewohner sind wie summende Bienen, die mich umschwirren. Wohlig schmiege ich mich in meine Thermojacke, strecke mich auf der schmalen Sitzbank aus und höre Susannes Worte: „Und alle haben dich mit deinem Namen angesprochen."

7. Kapitel

9. Dezember

Das Gespräch mit Susanne war ergiebig und facettenreich. Ich könnte die Erinnerungen an ihre Großmutter Marie mit ihrem heutigen Leben auf der Hallig verknüpfen. Arbeitstitel: „In Omas Fußstapfen? Zimmerwirtinnen in den Fünfzigern und heute".

Kitsch? Es muss am Wetter liegen, heute wird es gar nicht hell. Bleiernes Grau hängt tief über der Hallig. Im Nebeldickicht, mit Taschenlampe, bin ich vorhin zum Gottesdienst auf die Kreuzwarft gelaufen. Heutiges Predigtthema: „Das Buch mit sieben Siegeln". Ich bin mir selbst „ein Buch mit sieben Siegeln" und finde kaum noch den passenden Schlüssel zu mir.

Wenn das so weitergeht, werde ich der Kirche womöglich wieder beitreten. Aber nein, so weit wird es nicht kommen. Das gehört alles zur Halligmagie und ist damit im Rahmen des Vertretbaren – auch für eine Vollblut-Atheistin.

Eigenartig, auf meinen Wegen über die Hallig nehme ich diese kolossale Natur um mich herum kaum noch wahr. Die Weite des Himmels mit seinen ständig wechselnden und überwältigenden Wolkenbildern berührt mich nicht mehr. Auch das Wattenmeer mit seiner unendlichen Weite, ein Spiegel für Anfang und Ende, für Endlosigkeit und Vergänglichkeit, nehme ich als gegeben hin. Mit den Gezeiten komme ich noch immer nicht klar, es interessiert mich auch nicht mehr.

Ich verfange mich zunehmend in den Lebensgeschichten, die man mir erzählt. Ich komme mir vor wie ein vollgesogener Schwamm mit Lebensfrachten und Bürden, die ich anscheinend tragen soll. Himmel, dafür bin ich nicht geschaffen.

10. Dezember

Winterliche Kälte. Minus neun Grad. Der Ostwind beißt mit seinen Eiskrallen in mein Gesicht. Auf meinem dreiviertelstündigen Weg von der Farneswarft zur „Küstenschwalbe" auf der Auenwarft begegne ich Laurin mit seiner neuen Flamme Ewa. Ewa kommt aus Riga, sie ist zierlich, dünn wie eine Gerte und studiert in Hamburg. Ihre langen, braunen Haare sind zu einem Zopf geflochten und um den Kopf gesteckt, so wie es früher die Halligfrauen trugen. Ewa spricht Deutsch wie ihre Muttersprache.

Wir begegnen uns immer wieder – wenn sie mit dem Fahrrad auf dem Weg zum Bürgermeister ist, um seine Ferienwohnungen zu putzen, bei Ullas Chorproben, manchmal auch bei Hannelore, bei der sie ebenfalls arbeitet. Sie braucht Geld für ihr Jurastudium, und sie unterstützt ihre Mutter in Riga. Ewa ist zurückhaltend und höflich, es ist schwer, sie in ein Gespräch zu verwickeln. Sie ist einfach Knigge pur! Und sie scheint recht ehrgeizig zu sein. Mit ihren fünfundzwanzig Jahren hat sie bereits eine Banklehre abgeschlossen und steht jetzt kurz vor dem Staatsexamen.

Was sie wohl an Laurin findet, der mindestens zwanzig Jahre älter ist?

Begegne ich Ewa und Laurin zusammen, wenn sie Hand in Hand am Deich spazieren gehen oder flüsternd in einer ruhigen Ecke in der „Küstenschwalbe" sitzen, wirkt Ewa an seiner Seite wie ein junges Mädchen. Sie könnte als seine Tochter durchgehen. Laurin ist ein echter Seemann, groß und kräftig, das bärtige Gesicht von tiefen Furchen durchzogen, beileibe kein junger Hecht mehr. Dennoch liegt in seinem Wesen etwas, das ihn wesentlich jünger erscheinen lässt.

Wenn Laurin so richtig ins Plaudern kommt, wird klar, dass er in seinen Jahren bei der Marine und später als Handelskapitän auf allen Weltmeeren viel erlebt hat.

Dem Koloss von Mann rollen erstaunlicherweise Tränen über die durchfurchten Wangen, sobald er bewegt über damalige Rettungseinsätze der Bundeswehr bei den großen Sturmfluten 1962 und 1976 erzählt. Doch obgleich er inzwischen auch mit mir gerne zu reden scheint und Halliglegenden wie Halliginfos preisgibt, kommt er ins Drucksen, sobald ich ihm zu entlocken versuche, warum er mit der Seefahrerei aufgehört hat und jetzt ein zurückgezogenes Leben als Postbote auf der Hallig führt. Wie auch immer, Laurin ist der erste Casanova am Platz. Wenn man der Gerüchteküche glaubt, scheint es ihm aber mit seiner neuen Flamme Ewa ernst zu sein.

An der Kreuzung zwischen Mooswarft und Kesselwarft stoppt Laurins Rover mit den schwarz verglasten Seitenfenstern neben mir. Auf Ewas Frage, ob sie mich mitnehmen können, antworte ich sofort mit „Ja". Dankbar, so der eisigen Kälte entfliehen zu können, setze ich mich auf die mit Bärenfell ausgelegte Rückbank. Es ist wohlig warm, im Hintergrund dudelt lettische Folklore und ich habe endlich die Gelegenheit, beide als Liebespaar auf mich wirken zu lassen. Vielleicht gelingt es mir ja, mit Ewa über ihre Beweggründe zu sprechen, auf der Hallig zu sein.

Doch sie kommt mir zuvor. Vom Beifahrersitz dreht sie zu sich mir nach hinten und erkundigt sich, wie es mir auf der Hallig gefällt. Wieder kommt das leidige Thema auf, wie lange ich noch bleiben möchte. Diese Frage scheint einige hier zu bewegen, nicht nur den Bürgermeister.

Lavierend weiche ich mit der Gegenfrage aus, wo sie ihr perfektes Deutsch gelernt habe.

„Meine Großmutter sprach Deutsch. Mein Urgroßvater war in Riga ein bekannter Literaturprofessor für französische und deutsche Literatur. Meine Oma liebte die deutsche Kultur und ihre Dichter sehr." Ewa scheint meine aufsteigende Unruhe zu bemerken und fährt gleichmütig fort: „Klar, als Besatzer mochte sie die Deutschen nicht besonders. Doch die russische Armee, sagte sie immer, das seien die schlimmeren Teufel gewesen. Sie hätten geplündert, vergewaltigt und versucht, uns Letten zu fällen wie einen Baum. Die deutschen Soldaten hingegen hätten die Bücher aus den Kellern nach oben getragen, damit sie nicht nass wurden."

Ungläubig schaue ich Ewa an. „Ja, das mag seltsam klingen, aber für meine Großmutter blieben die Deutschen die kultivierten und intellektuellen Menschen, weil sie ihre Philosophen und Dichter auch nach Lettland brachten. Ich habe viele Gedichte von Goethe, Schiller und Heine mit ihr lesen müssen, aber sie brachte mir auch die lettischen Volkslieder und Dichter nahe." Ewa lächelt liebevoll versunken.

Ich schlucke und denke, wie oft ich in den letzten Wochen auf dieser kleinen Hallig mit der deutschen Vergangenheit konfrontiert wurde. Die Erinnerung an Deutschlands unheilvolle Okkupation Lettlands 1941 und die damit verknüpften Deportationen Millionen deutscher, osteuropäischer und lettischer Juden in sogenannte Außenlager im damaligen Baltikum schnüren mir die Kehle zu.

Auch Laurin scheint von Ewas Erzählungen über ihre Großmutter betroffen zu sein und dreht die Musik leiser.

Als müsse Ewa uns aus unserer Befangenheit befreien, fährt sie dozierend fort: „Die Deutschen waren für uns Letten eine Katastrophe. Über 70 000 lettische Juden haben sie deportiert. Das war für meine Großmutter ein Schock. Ihre Eltern hatten jüdische Freunde und Bekannte und sie musste selber mit ansehen, wie die Nazis ihre jüdische Freundin aus der Klasse holten. Trotzdem hasste meine Oma die Russen mehr, wohl weil sie ihren Vater in den Gulag deportierten. Er kam nie mehr zurück, wie die meisten."

Sachlich und scheinbar emotionslos gehen Ewa die drastischen Fakten über die Lippen. Dabei schaut sie mich weiter unbefangen an. Ich weiche ihrem Blick aus. Ist es etwa tröstlich zu wissen, dass auch die Russen sich des Massenmords schuldig gemacht haben? Schweigend schaue ich aus dem schwarz getönten Seitenfenster in die graue, neblige Weite, die allmählich über den Warften aufzuklaren scheint.

Um die wachsende schneidende Stille zu überwinden, frage ich Ewa, ob sie wisse, dass vor knapp zweihundert Jahren schon einmal eine Lettin auf den Halligen gelebt habe. Sie lebte als Mündel bei einem deutschen Ehepaar, das in Riga einen Gasthof betrieb. Dort lernte sie mit vierzehn den um fast dreißig Jahre älteren deutschen Handelskapitän Laurin kennen.

Ewa hört zunächst aufmerksam zu, dann unterbricht sie mich und lacht verliebt: „Ja, Laurin hat mir schon viel über die beiden erzählt. Er sagt, sie wäre so ein lettisches Mädchen wie ich gewesen. Ich glaube das nicht." Dabei schaut sie Laurin von der Seite an und tätschelt verliebt sein Knie. Laurin lächelt schmachtend zurück. „Niemals hätte zu dieser Zeit ein berühmter Kapitän ein ungebildetes, armes deutsches Mündel geheiratet."

„Warum nicht? Vielleicht liebte er sie und wollte das Aschenputtel befreien?", werfe ich ein. Entschieden schüttelt Ewa den Kopf.

„In Lettland gab es damals zwei Klassen von Frauen. Die einen gehörten der gehobenen Klasse an, sie waren gebildet und behütet. Das waren nur ganz wenige. Die meisten lettischen und deutschstämmigen Frauen kamen aus sehr armen, bäuerlichen Verhältnissen. Sie waren ungebildet, kämpften um ihr Überleben und müssen sehr hart gewesen sein. Von ihren Arbeitgebern, den reichen Bauern, und in den besseren Häusern von Riga wurden sie wie Leibeigene gehalten. Nach allem, was Laurin mir über die alte Halligwelt erzählt hat, hätte er nur eine Frau genommen, die zu seinem Stand passt. Aber kein armes, ungebildetes Landei. Sag, dass ich recht habe!" Wieder schaut sie Laurin keck von der Seite an, kneift ihn lockend in den Oberschenkel, und ich bin gespannt auf seine Antwort.

Laurin schweigt stoisch und dreht die Musik wieder auf. Bevor unser Gesprächsfaden in den lettischen Klageklängen ganz absäuft, nehme ich noch einmal einen Anlauf und frage Ewa, ob sie sich vorstellen könne, auf der Hallig zu leben. Sie überlegt und ihr Blick schweift abwesend aus dem Seitenfenster über die mit Raureif bedeckten Fennen unter dem aufsteigenden Nebel. „Ich kann überall leben", sagt sie schließlich, wendet sich abrupt von mir ab und legt ihre zierliche Hand auf Laurins kräftige Pranke. Laurin lächelt. Ewas Antwort scheint ihm gefallen zu haben. Er beobachtet mich im Rückspiegel und ich halte seinem Blick stand. Sein Vollbart verschwindet und statt der Wollmütze trägt er plötzlich einen alten Kapitänshut, die abgewetzte Lederjacke verwandelt sich in eine alte Kapitänsuniform.

Bedächtig steuert er die Auenwarft an und lässt seinen Rover langsam ausrollen, als laufe er mit seinem Schiff in einen großen Hafen ein. Wieder sucht mich sein Blick im Rückspiegel und in seinen dunkelblauen Augen blitzt ein heller Lichtstrahl auf.

Ewa löst sich aus ihrer Erstarrung und scheint nichts von Laurins Verwandlung bemerkt zu haben. Verbindlich und herzlich verabschiedet sie sich von mir. „Wenn Hannelore mich am Donnerstagabend nicht braucht, komme ich auch zur Krippenspielprobe." Etwas verkrampft lächelnd nicke ich zurück. Ich möchte unbedingt sofort aussteigen. Aber die Seitentür scheint mit einer Kindersicherung verriegelt zu sein. Würdevoll steigt Laurin in seiner mit Orden besetzten Kapitänsuniform aus dem Wagen. Galant öffnet er mir die verriegelte Seitentür und verabschiedet mich mit einem formvollendeten Seemannsgruß.

Irritiert bleibe ich in der Kälte vor der Auenwarft zurück und schaue Laurins Rover hinterher. Was war das? Halliggeister? Die Reinkarnation eines toten Seefahrers? Beklommen steige ich den sanften Warfthügel zur „Küstenschwalbe“ hinauf und plane bei Frauke einen Korn zu kippen, den ich eigentlich nicht mag. Im Stehen. Als Gruß an den galanten Kapitän.

11. Dezember

Meine Weihnachtsaktivitäten auf der Hallig nehmen immer mehr Zeit in Anspruch.

Dienstag breche ich mir beim wöchentlichen Plattdeutschtreffen der Halligfrauen die Zunge. Plattdeutsch ist wunderschön und klingt wie Musik, wenn man es richtig kann. Aber ich blamiere mich immer noch bis auf die Knochen.

Freitag singe ich im kirchlichen Pesel Weihnachtslieder mit, hinterher trinke ich mit dem Chor Teepunsch, um die Stimme zu ölen.

Heute backe ich unter Charlottes Anleitung meine ersten Halligweihnachtskekse und meinen ersten Hefezopf. Eigentlich backe ja nicht ich, sondern Charlotte. Ernst hat für uns alles bereitgelegt, damit nichts schiefgehen kann. Er ist der Hausmann, hält sich aber bei unserer Backsession vollständig heraus, außer mit gut gemeinten Ratschlägen.

12. Dezember

Chorsingen abgesagt. Charlotte wird mich bei Ulla entschuldigen.

Langes Telefonat mit Lilly. Unser Klärungsgespräch ist wichtiger als eine Chorprobe. Wir haben uns geeinigt, alle Beziehungsfragen zu verschieben, bis ich wieder zu Hause bin. Zu Hause – wo ist das und was ist das?

Lilly wird mir auch Mutters letzten Brief schicken. Ich wollte nicht, dass sie ihn öffnet und mir vorliest.

Ein Pluspunkt: Seit meinem Umzug auf die Farneswarft träume ich nicht mehr von Sabine. Auch die geheimnisvolle Alte vom Friedhof taucht nicht mehr auf.

Stopp, während ich das schreibe, fällt mir ein: Nach dem Gottesdienst am Totensonntag und der Predigt des sanften Halligpastors Rolfs über „den Engel, der das Licht in die Gräber bringt" träumte ich ein paar Tage später von einer lichten, durchsichtigen Gestalt. Diese Gestalt ging über den kleinen Halligfriedhof, und aus jedem Grab, das sie berührte, brach ein schillernder, warmer Lichtstrahl hervor. Schemenhaft waren Gesichter zu erkennen, und unter den Toten, die ich alle nicht kannte, schien auch Sabine zu sein. Ich spürte ihre unverwechselbare Nähe. Sabine – auferstanden im Lichtkegel eines Engels? Ab morgen keinen Glühwein und keinen Punsch mehr.

13. Dezember

Jasmin ist leider schon abgereist. So wird aus unserem Gespräch nichts mehr, jedenfalls nicht mehr hier auf der Hallig. Vielleicht skypen wir noch einmal. Ihre Bewerbung in Hamburg muss gut gelaufen sein. Charlotte glaubt, sie bekommt die Stelle auf Sansibar. Nur ihr Freund Tom hat es nicht geschafft. Das muss für beide ein Schock sein. Doch Charlotte nimmt den Liebeskummer ihrer Tochter gelassen. „Das ist für beide die beste Bewährungsprobe. Jasmin muss auf ihre eigenen Kräfte vertrauen. Ich musste mich hier in den ersten Jahren auch ohne Ernst zu behaupten lernen. Nachts haben mir manchmal die Zähne geklappert, weil ich nicht wusste, ob ich es schaffen würde, mich sozial und beruflich zu verankern. Meine Töchter werden ihren Weg gehen."

Mein frauenbewegtes Herz klopft schneller. Es scheint sie zu geben, die neue Frauengeneration, die nicht mehr mit den Müttern hadert und abrechnen muss. Weil ihre Mütter ein selbstbestimmtes Leben führen, weil sie ökonomisch unabhängig sind. Sie können ihre Männer verlassen, wenn es sein muss.

14. Dezember

Heute bin ich bei Alma eingeladen. Gemeinsam wollen wir mit ihrer Tochter Nele Sterne aus Bambusstrohhalmen und Buntpapier für die anstehende Weihnnachtsfeier in der Schule basteln. Aus dem Wohnzimmer kreischt und rappt die „total coole" Mädchenband „Galaxis", wie Nele mir bei meinem Eintritt ins familiäre Domizil erklärt. Ob ich die kennen würde? Ich verneine, bin jedoch geschmeichelt, dass Nele mir zutraut, so auf dem neusten Stand zu sein.

Neugierig kauere ich auf dem Sofarand und verfolge mit Nele den galaktischen Auftritt. Im Geheimen mache ich zehn Kreuze, dass meine Pubertät noch nicht im Sog aus Werbung, Konsum, Konformität und Körperzwängen untergegangen ist.

Nach einigen Minuten lädt Alma freundlich, aber bestimmt ihre Tochter dazu ein, sie möge bitte „ihren Laptop ausmachen", damit wir endlich mit Basteln anfangen können. Wie zu erwarten schlägt Almas Basteleinladung fehl. Empört springt Nele auf, man möge sie „mit diesem Kinderscheiß verschonen", und verschwindet türenknallend mit ihrem Laptop.

„Und ich denke immer noch, sie ist gar nicht in der Pubertät." Alma verdreht seufzend die Augen und entschuldigt sich für das ungezogene Verhalten ihrer Tochter. Insgeheim verstehe ich Nele gut. In ihrem Alter hätte ich auch keine Lust gehabt, mit meiner Mutter Weihnachtssterne zu basteln. Doch ich verkneife mir eine Bemerkung und beginne mit meinem ersten Strohstern nach mindestens dreiundvierzig Jahren.

Während die Galaxisgirls lautstark in Neles Zimmer rappen, wir schweigend basteln und mein Strohstern eher die Form eines kleinen Zahnrades annimmt, wandern meine Gedanken zu Mutter.

Ein Sonntagnachmittag in der Adventszeit. Im Ofen backen Zimtsterne und Engel aus Mürbeteig, ich stehe mit Mutter am Küchentisch. Aufgeregt schaue ich ihr zu, wie sie Strohhalme mit einem Messer halbiert und sie sorgfältig mit dem Bügeleisen so lange plättet, bis sie eine goldene Farbe annehmen. Mit leiser Stimme erklärt sie mir, dass wir aus den langen, braunen Streifen Sterne basteln werden. Hohe Engelstimmen aus dem Radio singen Weihnachten herbei und der süße, würzige Geruch der Zimtsterne steigt wieder in meiner Nase auf.

Meine Kindheit war auch schön und nicht nur beängstigend und mit Erinnerungslöchern durchsetzt. Es gab nicht nur den Wolf mit seiner kranken Pfote. Es gab auch Geborgenheitsmomente. Wiegen und zählen sie in meiner Erinnerung und Abrechnung mit Mutter nicht?

„Weißt du, ich überlege, ob ich Nele zum Konfirmandenunterricht schicken soll oder nicht", reißt Alma mich aus meiner Erinnerungsschleife heraus. „Wenn ich sie nicht mit den anderen Kindern zum Pastor schicke, verletze ich die Gefühle meiner Schwiegereltern und einiger Halligbewohner. Alle lassen ihre Kinder hier konfirmieren. Detlef sagt, ich solle das entscheiden. Na toll, aber wie?", bricht es aus Alma heraus, während ich ihr zuhöre und an meinem zahnradartigen Sterngebilde weiterbastele.

„Ich bin meinen Schwiegereltern immer noch für alles so dankbar, was sie für mich getan haben, und ich will auch sonst hier niemanden gegen mich aufbringen. Verstehst du?“ Unruhig sucht Alma kurz meinen Blick. Es kostet sie Mut, mit mir darüber zu sprechen. „Was würdest du mir raten?“ Unerwartet steht Nele im Türrahmen. „Meinetwegen mache ich mit. Wenn ihr mich unbedingt braucht.“

Abrupt dreht Alma sich zu ihrer Tochter um und strahlt sie versöhnlich an, während Nele sich in ihre Umarmung schmiegt. Während ich Zeugin der innigen Mutter-Tochter-Versöhnung werde, fällt mein Blick auf meinen Stern. So schlecht ist er eigentlich nicht geworden. Ich kann es noch. Und wenn ich ihn mit einem Adventsgruß an Mutter schicke?

15. Dezember

Laurin bringt mir einen dicken Umschlag von Lilly mit Mutters Brief.

Er grinst spitzbübisch und schlagartig sind mir unsere seltsame Begegnung, das Gespräch mit Ewa und Laurins Verwandlung in einen alten Kapitän wieder gegenwärtig.

Andrea hat mich angerufen. Sie hat endgültig zugestimmt. Sie findet mein neues Exposé ziemlich gut und hat mir sogar ein Recherchehonorar noch in diesem Jahr in Aussicht gestellt. 1000 Euro. Für drei Monate leere Kasse und harte Arbeit rund um die Uhr? Ein Tropfen für mein bis zum Anschlag überzogenes Konto. Auch sonst kann ich mich über Andreas Zusage nicht richtig freuen. Liegt es daran, dass mein Abschied näher rückt und ich nicht mehr weiß, in welche Welt ich jetzt gehöre?

Abends

Mutters Brief noch nicht aufgemacht. Es scheint wichtig zu sein, sie hat ihn per Einschreiben geschickt.

BEATRIX

„Das Leben hier ist eine Gratwanderung zwischen Ideal und Realität."

Auf der Farneswarft

Unsere Begegnungen sind kurz. Beatrix ist Ende dreißig, groß, hat lange, braune Locken und liebt neonfarbene Turnschuhe. Ihre Bewegungen sind geschmeidig wie die einer Katze.

Auch an diesem Morgen verteilt sie am Fethingteich gerecht Körner und Haferflocken in die Holzschalen. Kaum ist sie im Haus verschwunden, kommen die ersten Gäste angeflogen – Amseln, Schwärme kleiner Singvögel. Schwatzend fallen sie über ihr Frühstück her. Wir treffen uns gelegentlich. Kurz wechseln wir ein paar Worte, dann ist sie schon wieder verschwunden, während ich mich auf den Weg über die Hallig mache. Jedes Mal dasselbe Ritual. Unsere zufälligen Begegnungen sind knapp, freundlich – und das war es.

Der Zufall kommt mir zur Hilfe. Ich will Spaghetti kochen, es fehlt der Knoblauch, draußen tobt der Sturm, Windstärke sieben. Keine Chance, zu Fuß zum Halligsupermarkt auf der Kesselwarft zu kommen.

Auf dem kurzen Weg zu Beatrix' Haus bin ich schon durchnässt. Nach anhaltendem Klopfen öffnet sie, im gemütlichen Gammellook, und schaut mich fragend an. Unkompliziert bittet sie mich herein und führt mich in eine moderne, stilsicher eingerichtete Wohnküche.

Beatrix ist dabei, Hühnerschenkel in Currysoße zu kochen. Es duftet nach orientalischen Gewürzen, die mit Mandeln gerösteten Hühnerschenkel lachen mich an und ich unterdrücke meine neidvollen Gedanken. Doch Beatrix fängt meinen begehrlichen Blick auf. Lächelnd lädt sie mich zum Essen ein. Das ist mehr, als ich erwartet habe.

Während sie zwei türkisfarbene Keramikteller auf die Esstheke stellt, betrachte ich die großformatigen Fotos in Schwarzweiß und Farbe: Vogelschwärme im

Watt, dramatische Wolkenmotive. Beatrix bemerkt mein Interesse für ihre eindrucksvollen Fotoaufnahmen. Lebhaft beginnt sie, von ihren Wattwanderungen und Entdeckungen im vergangenen Jahr zu erzählen, schenkt uns selbst gemachten Holundertee ein und ich merke, wie ich mich zu entspannen beginne. Interessiert erkundigt sie sich, ob ich mich bereits eingelebt habe und warum ich ausgerechnet im Winter auf die Hallig gekommen sei.

Weiß sie tatsächlich nichts über meine Reportage? Die Spatzen pfeifen es doch von den Halligdächern. Ich schaue sie erstaunt an und erzähle ihr davon.

„Dein Vorhaben klingt spannend." Auch sie habe sich schon gefragt, warum Frauen sich für ein Leben auf der Hallig entscheiden würden.

Ich fasse die Gelegenheit beim Schopf. „Es ist schwer, euer Vertrauen zu gewinnen. Wärst du bereit für ein Interview?"

Stille. Versonnen schaut Beatrix aus dem Fenster in den Sturm, bevor sie sich mir zuwendet. „Warum nicht? Aber wenn, dann jetzt. Morgen habe ich wieder volles Programm."

Unser gemeinsames Essen mit Hühnerschenkeln in Currysoße wird verschoben. Konzentriert reden und dabei essen passt für uns beide nicht. Stattdessen holt Beatrix Nussschokolade, Erdnüsse und Ökosalzgebäck aus dem Küchenschrank, der mit Lebensmitteln und Konserven bis zum Anschlag gefüllt ist. „Proviant für Notsituationen. „Land unter", Sturm oder wenn im Winter die Fähre nicht fährt", erklärt sie. Während Beatrix alles auf einen Teller dekoriert, hört sie aufmerksam meiner Einstimmung auf unser Gespräch zu und setzt spontan ein.

Ja, wer bin ich? Das frage ich mich auch manchmal. Ich bin Beatrix und komme ursprünglich aus Frankfurt. Wenn ich heute aus beruflichen Gründen dorthin fahren muss, frage ich mich: „Oh Gott, wie konntest du hier siebenunddreißig Jahre leben?“ Ein Kurzurlaub hat uns, Manfred und mich, das erste Mal auf die Hallig geführt. Es war August, das ist der Zeitpunkt, wo hier in der Natur alles in Bewegung gerät. Der Herbstzug der Vögel beginnt. Ich weiß noch, dass wir von diesen unglaublich vielen Natureindrücken überwältigt waren. Wir haben den ganzen Tag nur geschaut, was in der Natur abgeht. Diese Landschaft ist für mich so gigantisch. Es gibt unendlich viel in der Natur zu entdecken.

Was genau hat dich fasziniert?

Ich beobachte gerne Vögel, am liebsten Sing- und Zugvögel. Hier kannst du die ganze Vielfalt der Vogelwelt kennenlernen. Es gibt unzählige Arten von Watt- und Zugvögeln zu entdecken. Und wenn du am Deich und auf der Hallig unterwegs bist, hörst du Tausende verschiedener Naturgeräusche. Das Licht ist komplett anders als in der Stadt. Du läufst im Watt durch ein Wolkenloch und plötzlich kippt jemand über dich und die Landschaft einen großen Kanister Farbe. Dieses mächtige Naturschauspiel hat mich nicht mehr losgelassen. Sechs Jahre sind wir immer wieder hergekommen und haben durchgespielt, wie es wohl wäre, hier zu leben. Letztendlich war es ein günstiges Kaufangebot für ein Haus, das den letzten Anstoß gab. Als Steuerberater kann Manfred seine Kunden von hier genauso gut betreuen wie vom Festland aus. Ich wollte mich damals auch beruflich verändern und habe gedacht: „Okay, ich kündige und mache mich selbstständig.“ Voraussetzung war lediglich eine gute Internetverbindung. Ich könnte als Webdesignerin im All oder im Ozean arbeiten, Hauptsache, das Internet funktioniert top.

So ein Schritt ist ein starker Schnitt im Leben. Wie seid ihr aufgenommen worden?

Freundlich. Neutral. Allerdings habe ich von Anfang an zu Hause gearbeitet. Man sieht mich selten. Es ist ein großer Unterschied, ob man beruflich hier verankert ist und viel auf der Hallig unterwegs ist, dann sitzt man für alle wie auf dem Präsentierteller. Wenn du so zurückgezogen arbeitest wie ich, wirfst du Rätsel auf. Ich glaube, die meisten wissen heute noch nicht, was ich überhaupt mache.

Hat sich dein Wunsch erfüllt, hier deine Arbeitssituation zu verändern?

Arbeitsmäßig bestimme ich heute meinen Rhythmus selbst. In der Regel fange ich morgens um acht Uhr an und arbeite bis siebzehn oder achtzehn Uhr. Ich checke meine E-Mails, telefoniere mit Kollegen in der Agentur, spreche mit den Kunden. Dann mache ich mich an die inhaltliche Arbeit. Ich kann mir zwar meine Arbeitszeit selbst einteilen, aber es ist immer noch nicht der Himmel auf Erden.

Im Frühjahr beginnt das Leben. Tausende Vögel kommen und ich weiß, es gibt so viel zu entdecken und zu tun! Du hörst die Feldlerche. Das ist ein ganz kleiner Vogel, er macht diesen Singflug. Singend steigt er bis zum höchsten Punkt, um sein Revier zu markieren, und schreit sich dabei die Kehle aus dem Leib. Das ist ein wahnsinniger Kraftakt. Es ist bewunderungswürdig, wie so winzige Vögel noch bei Windstärke sieben singen und fliegen können.

Die Küstenseeschwalben kommen zurück, und du erkennt sie an ihrem Geschrei. Von einem Tag zum anderen merkst du es an der Akustik. Du wirst hier mit deinen ganzen Sinnen angesprochen. Vielleicht habe ich deswegen dieses Hobby für mich entdeckt, Vögel zu beobachten. Du hast ihre Stimmen als Grundrauschen im Ohr. Wenn dann noch die Austernfischer am Brüten sind, hast du das Gefühl, gleich bekommst du einen Gehörsturz. Und ich sitze an meinem Rechner und denke: Du könntest jetzt rausgehen und sie stundenlang beobachten. Doch ich habe diese Zeit gar nicht, weil ich an meinen Projekten dranbleiben und sie fristgerecht abliefern muss.

Hat sich deine berufliche Situation verändert, seit du auf der Hallig lebst?

Der Druck hat sich verschärft, weil in meinem Kopf immer kreist, dass man in meiner Agentur denken könnte: „Die sitzt da auf ihrer Nordseeinsel und entspannt sich." Diese Haltung schleife ich mit und mache alles hundertachtzigprozentig. Du kannst hier nicht kontrolliert werden und du erhöhst den Druck in dir selber.

Alles, was meine Arbeit betrifft, mache ich jetzt noch mehr mit mir alleine aus. Es gibt keinen unmittelbaren Austausch mehr, und vieles, was an Infos wichtig ist, kann ich nicht mehr zwischen Tür und Angel besprechen. Ich telefoniere viel mit einem Kollegen, damit ich auf dem Laufenden bleibe, was in der Firma läuft. Wenn du vor Ort bist, bekommst du auch mehr positives Feedback oder jemand gibt dir Inputs für deine Ideen. Seitdem ich hier lebe, passiert das seltener und ich arbeite häufig ohne Feedback und Anerkennung.

Deine Arbeit lebt von Kreativität. Bist du durch die Natur schöpferischer und produktiver geworden?

(*Ernst*) Das ist eine Idealvorstellung, mit der auch ich hier gestartet bin. Die Realität sieht jedoch anders aus. Da ich den ganzen Tag über meinen Konzepten brüte, mit der Beantwortung von Anfragen beschäftigt bin und für meine Kollegen und Kunden erreichbar sein muss, bleibt kaum Zeit, um rauszugehen.

Natürlich wird dein Kopf freier, wenn du zwischendurch am Deich spazieren gehst. Doch diese Zeit habe ich nicht. Ich muss erreichbar bleiben. Zwar arbeite ich in einer supermodernen und professionellen Branche, doch herrschen hier letztlich noch ganz altertümliche Vorstellungen und eine knallharte Hierarchie.

Kann das Halligleben da Ausgleich schaffen?

Noch gelingt es mir, die Ressourcen für meine Arbeit aus der Natur zu gewinnen. Langfristig ist es mein Ziel, aus dem Agenturjob und dem Werbebusiness ganz auszusteigen. Eine berufliche Alternative sehe ich für mich auf der Hallig allerdings kaum. Es wäre eine super Perspektive, wenn ich hier im Naturschutzbereich arbeiten könnte. Doch da arbeiten fast alle ehrenamtlich.

Ist es hier schwerer, mit anderen in Kontakt zu kommen, als auf dem Festland?

Meine Arbeit frisst viele Stunden am Tag und abends bin ich oft zu kaputt und einfach alle. Ich bin auch nicht der Typ Mensch, der großen Spaß an Gesellschaftstanz hat. Es gibt viele Menschen, die sich gesellschaftlich wendiger bewegen können. Schon als Kind habe ich mich lieber alleine beschäftigt.

Wie nimmst du die anderen Halligbewohner wahr?

Was mir hier auffällt, ist diese Geschäftigkeit. Alle haben immer unheimlich viel zu tun. Im Sommer mähen alle ihre Rasen wie die Besessenen. Du siehst kaum jemanden hier, der am Deich spazieren geht und die Natur genießt. Außer wenn jemand einen Hund hat. Ich glaube, man verhält sich hier so, damit keiner sagen kann: „Guck mal, der oder die hat nichts zu tun!"

Gibt es so etwas wie eine Halligmentalität?

(*Lange Pause*) Spontan fällt mir nichts ein. Das Gängige, was man vermuten könnte, dass hier alles entschleunigter und entspannter ist, das finde ich gerade nicht. Alle klagen über ihren Stress, und es stimmt, wenn man sich gesellschaftlich und ehrenamtlich engagiert, hat man eine Termindichte zu bewältigen, die heftig ist. Es gibt zahlreiche Ausschüsse, deren Arbeit getan werden muss. Ich ziehe vor denen meinen Hut, die sich hier ehrenamtlich und politisch engagieren.

Gibt es noch eine Halligfamilie?

Es gibt von Halligbewohnern Bestrebungen, dieses Fähnchen hochzuhalten, dass wir zusammengehören und eine harmonische Halliggemeinschaft bilden. Es herrscht viel Misstrauen und Verunsicherung, vor allem bei den Neuzugezogenen, die von einigen abschätzig als Fremde bezeichnet werden. Auf dem Festland ist das ähnlich, aber in einer so kleinen Welt spitzt sich alles zu und verschärft sich extrem.

Zählst du dich noch zu den Neuen?

Ja. Allerdings habe ich das Privileg, ökonomisch von niemandem hier abhängig zu sein. Deshalb kann ich mich aus vielen Dingen raushalten, ohne in die Konfliktzone zu geraten.

Was muss man tun, um als Neuzugezogene in die Halliggemeinschaft aufgenommen zu werden?

(*Nachdenklich*) Schwer zu sagen, jeder muss selber herausfinden, wie die Regeln sind. Vieles läuft untergründig, nonverbal. Und wer bereit ist, unter den gesetzten Bedingungen der Halligbewohner zu arbeiten, und dabei nicht viel aufmuckt, ist sehr willkommen. So nehme ich es wahr.

Wo liegen die Herausforderungen, in einer so kleinen Gemeinschaft zu leben?

Am Anfang fand ich es schwierig, mich einzunorden. Man muss sich daran gewöhnen, eine Bühne zu betreten, sobald man das Haus verlässt. Mit der Zeit verliert sich dieses Gefühl, weil man alle mehr oder weniger kennt.

Weißt du, wie die Halligbewohner dich hier wahrnehmen?

Schwere Frage. (*Überlegt*) Da müsstest du die anderen fragen. Ich habe kaum ein Gefühl dafür. Vielleicht liegt es daran, weil alle versuchen, sich voreinander zu schützen.

Nimmst du die Menschen hier anders wahr als auf dem Festland?

Ich habe den Eindruck, dass man sich auf der Hallig genauer beobachtet als auf dem Festland. Viele umgeben sich mit einer künstlichen Härte. Das macht es mir schwer, mit ihnen in Kontakt zu kommen.

Künstliche Härte?

Ich weiß nicht, ob es tatsächlich Härte ist. Gerade jüngere Frauen, die wie ich vom Festland kommen, wirken auf mich streng und verschlossen. Das mag ein Schutzpanzer sein, weil man sich schnell sehr nahe kommt und schnell in Ungnade fallen kann, gerade bei den Alteingesessenen. Vielleicht braucht man so einen Schutzpanzer, wenn man als Frau hier leben will.

Könntest du dir vorstellen, ohne Partner auf einer Hallig zu leben?

Die treibende Kraft bin damals ich gewesen. Ich hatte das Großstadtleben satt und wollte in die Natur. Das Leben auf einer Hallig hat seine Klippen. Doch ich genieße es, aus der Tür zu treten, nur ein paar Meter zu laufen und dann im Watt zu stehen. In einem Schwarm von Vögeln zu sein und ständig neue Dinge auf meinen Rundgängen zu entdecken.

Vermisst du das kulturelle Angebot auf der Hallig?

Gar nicht. Wenn wir kulturell etwas machen wollen, fahren wir aufs Festland. Oft kommt das nicht vor, aber ich vermisse es nicht. Ehrlich gesagt, für mich ist es viel reizvoller, mit hochgekrempelten Hosen im hohen Gras oder im Wattschlick zu laufen. Und ich bin im Kontakt mit der Natur, und sei es nur durch meine Fußsohlen. (*Strahlt*) Ich fühle mich lebendig, wenn ich der Natur nah bin und die verschiedenen Jahreszeiten bewusst erleben kann. Nur mit dem Winter komme ich nicht gut klar. Alles erstarrt, das Meer friert zu und überall findest du tote Vögel und andere kleine Geschöpfe. Der Winter ist für mich eine lebensfeindliche Jahreszeit geworden.

Nimmst du das Leben in der Großstadt jetzt anders wahr als vorher?

Die Hektik und der Gestank in der Stadt haben mich immer genervt. Wenn ich jetzt nach Frankfurt fahre, weiß ich: „In zwei Tagen bist du wieder weg." Es sind für mich zwei Welten geworden. Sobald ich mich in Frankfurt mit meinem Rollkoffer durch die Masse bewege, habe ich das Gefühl, ich muss aufpassen, dass mich nicht ein Mensch mit seinem aggressiven Stachel niederrennt. Plötzlich steht man Nase an Nase und es hilft nur, aggressiv zu starren. Diese Aggressivität nehme ich heute noch mehr wahr.

Welche Welt ist authentischer?

Schwer zu sagen, denn beide Welten sind so extrem unterschiedlich. In dem einen Moment stehe ich mit meinen Füßen barfuß im Watt, im nächsten Moment renne ich mit meinem Rolli und im Businesskostüm durch den Frankfurter Hauptbahnhof zum Meeting.

Hat die Hallig für dich etwas Mystisches?

Ich würde das nicht mystisch nennen. Man macht Naturerfahrungen, die einfach überwältigend sind. Wenn in den Zugzeiten Vogelschwärme über dich im Watt hinwegsegeln, dann bleibst du stehen und hast das Gefühl, es ist ein ganz besonderer Augenblick. Das kann man vielleicht als mystisch bezeichnen. Doch, man kann durchaus mit metaphysischen Kräften in Kontakt kommen, und das ist schon einmalig.

Die Hallig als Ort, an dem man der Schöpfung nah sein kann?

Das sagen einige. Ich bin nicht religiös im gängigen Sinn. (*Überlegt*) Ich erlebe es als ein Geschenk, in einer so einzigartigen Natur zu leben. Es gibt nicht mehr viele Orte und Naturschutzräume auf unserem Planeten. Aber du bist hier den Zerstörungskräften auch verdammt nah. Nicht ohne Grund heißt es: Nordsee ist Mordsee.

Macht dir der Gedanke an eine große Sturmflut Angst?

Wind und Sturmflut gehören unmittelbar zu diesen starken Naturerfahrungen. Es gibt Sturmliebhaber, die sagen: „Erst wenn es richtig kesselt, dann ist die Nordsee Nordsee.“ Ich nehme die Sturmfluten eher als gewaltsam wahr.

Nimmt man das Meer noch wahr, wenn man hier lebt?

Du hörst das Meer und es umgibt dich! Ich nehme es wahr, sobald die Vögel da sind und ich mit meinem Fernglas unterwegs bin. Wenn du Vögel beobachtest, bist du von den Gezeiten abhängig. (*Begeistert*) Bei Hochwasser sind sie überall und du kannst sie gut beobachten. Bei Niedrigwasser erlebst du sie im Watt bei der Nahrungssuche. In diesen Momenten nehme ich intensiv wahr, dass ich am Meer lebe.

Du beschäftigst dich viel mit Vögeln und ihrem Lebensraum. Was bedeutet dir diese Arbeit?

(*Engagiert*) Es ist eine sinnvolle Arbeit, und ich finde sie tausendmal sinnvoller als meine Arbeit, die ich heute mache. Wenn ich die Codes von den Fußringen der Zugvögel ablese und sie im Internet eintrage, kann ich ihre Lebensläufe verfolgen. Das heißt, ich kann sehen, wo sie überwintert haben. Wenn sie dort auch abgelesen wurden, kann man herausfinden, wo sie ursprünglich herkommen und wo sie schon überall gebrütet haben. Diese Vögel bringen unheimlich weite Strecken hinter sich. Sie kommen aus Sibirien, überwintern in Frankreich, in den Niederlanden. Manche kommen auch aus dem Süden von England. Wenn dort ebenfalls ihre Codes abgelesen werden, kann ich ihr Leben mitverfolgen und schreibe an ihrem Lebenslauf mit. Dadurch gewinnt man wichtige Erkenntnisse, wie sich die Vögel verhalten. Welche Zugwege sie nehmen, wo sie überwintern und ob sich ihre Flugwege verändern. Diese Arbeit macht für mich hochgradig Sinn, weil sie ein wichtiger Teil der Naturschutzarbeit ist.

Wird man auf einer Hallig mehr auf sich zurückgeworfen als auf dem Festland?

(*Nachdenklich*) Es kommt darauf an, wie du gestrickt bist. In jeder kleinen Gemeinschaft gerät man unter einen enormen Anpassungsdruck, so auch auf der Hallig. Nonverbal herrscht die Erwartung, dass man sich einfügt. In einer so kleinen Welt wird zwangsläufig jeder mit den eigenen Schwächen konfrontiert.

War es die richtige Entscheidung, auf die Hallig zu gehen?

Ich hatte gehofft, dass ich durch den Umzug in die Natur auch die Probleme mit meiner Arbeitssituation klären könnte. Meine Idee war, dass die Natur mich hier auffängt oder wenigstens abfedern könne, was uns in der Arbeitswelt heute so entfremdet und einen dazu treibt, sich auspressen zu lassen. Aber das war eine Illusion. Das Leben hier ist eine Gratwanderung zwischen Ideal und Realität.

17. Dezember

Das Gespräch mit Beatrix hängt mir nach. Bin ich eine Grenzgängerin wie sie? Ich verstehe sie gut, und Andrea wird ihre Geschichte auf jeden Fall für das Feature haben wollen. Beatrix' Arbeitssituation scheint noch extremer zu sein als meine. Ich kann mich wenigstens in der Selbsttäuschung wiegen, ich wäre frei. Kein Sender, keine Redaktion, keine Andrea haben mich real oder virtuell so am Bandel der Kontrolle, wie es bei Beatrix der Fall zu sein scheint. Doch trotz hoher Arbeitsbelastung und angespannter Lebenssituation wirkt sie ausgeglichen. Und ich? Bin ich Burn-out-gefährdet? Bin ich deshalb so lange hier?

Gedankenspiele: Ist Beatrix die Inkarnation des Brachvogels, von dem sie so bewegt erzählte? Und was wäre ich, wenn ich hier leben würde? Ohne Charlottes

Halligeinnordung, die mich vor Fettnäpfchen schützt, wäre ich längst im morastigen Halligboden versackt. Oder von dannen gejagt worden. Oder mit fliegenden Fahnen und unverrichteter Dinge abgereist.

18. Dezember

Telefonat mit Lilly.

Ich habe ihr meine Rückkehr angekündigt. Hier weiß es noch niemand. Vielleicht entscheide ich mich ja in letzter Sekunde noch anders. Charlotte und Ernst haben mich eingeladen, gemeinsam mit ihren Töchtern und Freunden Weihnachten zu verbringen. Obwohl ich Charlotte nichts über meine Krise mit Lilly und mein Familiendrama erzähle, scheint sie mein Rudern zu spüren.

Lilly ist damit einverstanden, diesmal ganz traditionell Weihnachten zu feiern, mit Tannenbaum, Bio-Ente, ein paar Freunden und Kirchgang am Heiligen Abend. Zwar atmete sie scharf ein, aber dann sagte sie: „Ich mache alles mit. Hauptsache, du kommst endlich wieder in meine Arme."

Was spricht eigentlich dagegen, dass Lilly auf die Hallig kommt und wir gemeinsam mit Charlotte, Ernst und ihrer Familie feiern? Es könnte ein Neuanfang sein.

19. Dezember

Erste Probe zum Krippenspiel in der Kapelle auf der Kreuzwarft.

„Es wird in diesem Jahr einen weiblichen Joseph geben und auch die Weisen werden weiblich sein müssen. Außer dem Bürgermeister in der Rolle des Hirten ist keiner eurer Männer bereit, am Krippenspiel teilzunehmen. Wir belassen es also bei unserer Frauenbesetzung. Seid ihr damit einverstanden?", unterbricht Pastorin

Wiebke energisch das Geschnatter der Frauen in der kleinen Kapelle.

Doch kaum hat sie zu Ende gesprochen, geht ein Raunen durch die Reihe und die Frauen beginnen zu diskutieren, ob eventuell einer ihrer Männer oder Söhne wenigstens die Rolle des Schäfers übernehmen könnte. In einem Punkt sind sich alle einig: Die Rolle der Maria soll auf jeden Fall der süße Zivildienstleistende aus Schwaben übernehmen.

„Das hilft ihm vielleicht bei seinem Coming-out."

Die Einzige, die sich nicht so wohl in ihrer Haut fühlt, ist Ewa, die Jüngste unter uns. Auch mir gegenüber bleibt sie zurückhaltend, ja fast abweisend, als hätte es unser vertrautes Gespräch in Laurins Rover nicht gegeben. Wie ein Fremdkörper wirkt sie zwischen uns.

Während noch alle am Diskutieren und Feixen sind, beobachte ich Wiebke, wie sie geschickt und einfühlsam die Frauen auf die Probe vorbereitet. Die kernige Sylterin, die der Hallig durch eine lange Ahnenkette verbunden ist, wirkt dominant und durchaus autoritär. Und dennoch, überlege ich, während sie vor der Kanzel stehend mit den Frauen den Probenablauf abstimmt, strahlt sie Schutz und Sicherheit aus.

Seit ihrer Pensionierung vertritt sie in Krankheitsfällen Pastoren, bevorzugt auf den Halligen und den Nordfriesischen Inseln.

Jetzt steht sie für Pastor Rolf auf der Kanzel, der sich letzte Woche einen komplizierten Schlüsselbeinbruch zugezogen hat. Glaubt man einigen Halligstimmen, wird er es nicht mehr lange auf der Hallig machen. Die Zeit wäre endlich reif für eine Pastorin. Für eine wie Wiebke, couragiert, traditionsbewusst, mit großem diplomatischen Geschick. „Wenn es eine schafft, die alte und neue Halligwelt miteinander ins Gespräch zu bringen, dann ist es Wiebke. Es gelingt ihr, alte Tradition zu bewahren und trotzdem alte Zöpfe abzuschneiden, ohne dass die Alteingesessenen grollen oder ganz wegbleiben", erklärt mir Charlotte anerkennend.

Anfang 2000 gab es schon einmal eine Pastorin, die jedoch einer Halligintrige zum Opfer fiel. Als Frau ohne Ehemann traute man ihr nicht zu, den großen pastoralen Garten in Schuss halten zu können.

Derweil ist die Krippenspielprobe im vollem Gange. Alle schreien durcheinander, fallen sich beim Reden ins Wort, stolpern über die einfachsten Textstellen. Nur Ewa scheint ernsthaft bemüht zu sein, Wiebkes Regieanweisungen voll und ganz umzusetzen. Alle anderen, auch Charlotte, genießen es, sich so richtig pubertär benehmen zu können, und tanzen Wiebke auf der Nase herum. Die tut zwar genervt, scheint aber ebenfalls ihren Spaß zu haben.

Laut klatschend unterbricht sie nach einer Stunde die Probe. „Wollt ihr uns am Heiligabend blamieren? Bitte schön, ohne mich. Bis zum nächsten Mal könnt ihr eure Texte!"

Mit strenger Miene schaut sie ihren Spielerinnen nacheinander tief in die Augen. Alle halten ihrem Blick kurz stand, dann prusten sie wieder schallend los und schwirren nach terminlicher Absprache in allen Richtungen auseinander. Jede hat noch viel zu tun. Schließlich ist bald Weihnachten! Letzte Einkäufe und Besorgungen auf dem Festland stehen an, und auch die Zimmer und Wohnungen für die Gäste müssen noch fertig gemacht werden.

Zurück bleiben Wiebke und ich im stillen Kirchenraum.

„Was sagst du zu unserer Krippenspielprobe? Und konntest du mit meiner Predigt am letzten Sonntag etwas anfangen?"

Ich hole tief Luft, bin auf Wiebkes Direktheit nicht eingestellt. Zwei heikle Fragen in einem Atemzug. Soll ich ihr sagen, dass ich schon als Kind das weihnachtliche Krippenspiel hasste, ich immer nur die Schäferin sein sollte, im Gegensatz zu Sabine, die stets einen Weisen spielen durfte? Nicht ein einziges Mal konnte ich zu den Lichtgestalten aus dem Morgenland aufsteigen.

Und soll ich ihr eingestehen, dass ich trotz meines wöchentlichen Plattdeutschkurses nur einen Bruchteil ihrer Predigt verstanden habe? Dass ich trotzdem ihrer singenden Stimme folgte? Soll ich ihr sagen, dass mich ihre Präsenz vor dem Altar berührte? Es schien, als würde sie ihr bisheriges Leben noch einmal durchleben. Andacht und Trauer, Verlorenheit und Demut lagen in ihrer Haltung. Während sie mit dem Rücken zu uns stand und im stillen Zwiegespräch mit Jesus verharrte, war es, als würde sie eine schwere Bürde wie ein Blitz zerreißen. Doch bevor es geschah, drehte sie sich zur Gemeinde. Die Schwere war nicht aus ihrem Körper gewichen, aber sie schien ihre Last tragen zu können.

„Du musst nicht stumm bleiben", reißt sie mich aus meinen Gedanken. Hatte ich so lange geschwiegen? „Du kränkst mich nicht. Sag ruhig, dass du mit meiner Predigt nichts anfangen konntest und unser Krippenspiel dilettantisch findest. Das ist es auch! Trotzdem werden wir Heiligabend unseren Spaß haben. Die Menschen brauchen das Krippenspiel hier. Auch die Großen. Letztendlich bleiben wir alle Kinder, oder?"

Ich nicke nur.

„Hier sind die Menschen noch sehr mit ihren Traditionen verbunden. Und das ist auch gut so", fügt sie entschieden hinzu, während wir langsam durch das Kirchenschiff zum Ausgang gehen.

Ich frage sie, was ihr die Hallig bedeutet. „Warum ich immer wiederkomme? Und jetzt vermutlich sogar für länger bleibe? Ich weiß es nicht. Manchmal denke ich, ich bin noch nicht fertig mit der Hallig. Gott hat mit mir noch etwas vor. Dann denke ich wieder, Blödsinn, du bist immer noch nicht fertig mit dem Verlust deines

Sohnes." Sie hält inne, verloren geht ihr Blick durch den Kirchenraum. „Er verunglückte tödlich bei einem Motorradunfall. Die Polizei bezweifelt, dass es ein Unfall war. Und ich muss mit diesem Zweifel weiterleben."

Sie schaut mich an, scheint das Erschrecken in meinem Gesicht zu lesen und fängt sich wieder.

„Glaubst du etwa, Mütter seien Übermenschen und machten alles richtig?"

Sie lacht auf und versucht, den rostigen Kirchenschlüssel im Schloss zu drehen, um die Kirche abzuschließen. Doch der Schlüssel dreht sich nur knarrend und der Bart bricht ab. „Na toll, das muss jetzt auch noch passieren!"

Während wir in der Dämmerung über den Kapellenfriedhof gehen und es zu schneien beginnt, bleibt Wiebke plötzlich stehen. „Oft frage ich mich auch, ob ich wohl wiederkomme, weil ich die Letzte in einer langen Familienkette bin und wie ein Verschluss die beiden Seiten des Stranges zusammenbringen muss." Unsere Blicke treffen sich. „Hast du Lust, noch einen Tee zu trinken?"

Ich lehne ab, schiebe ein wichtiges Telefonat vor. Stolz nickt sie. Habe ich sie mit meiner Ablehnung brüskiert? Oder merkt sie, dass ich ihr ausweiche? Nur, wovor?

„Gut, dann komm vorbei, wenn es dir besser passt." Ihre Worte klingen wie ein Befehl und sie entschwindet im Schneegestöber.

Nachtrag

Auf dem Heimweg bleibe ich im Schneegestöber auf der Jakobswarft stehen und laufe den Warfthügel hinauf. Unter dem tintenblauen sternenlosen Himmel breite ich die Arme aus und fange mit meiner Zunge Schneeflocken auf. Je länger ich regungslos auf dem Hügel verharre und die weichen Flocken mich überall berühren, desto mehr wächst in mir das Gefühl, den höchsten Gipfel der Hallig erklommen zu haben. Noch einmal drehe ich mich zur Kreuzwarft um. Sie ist umgeben von einem Nebelreif. Rottgänse kreisen als Seelenwächter über dem Halligfriedhof und seinen Gräbern. Bin ich etwa auch der Verschluss einer Kette, meiner Familienkette, und soll ich zusammenführen und damit beenden, was mir unmöglich erscheint?

20. Dezember

Mutters Brief endlich geöffnet. Ihren Geburtstag hat sie mit alten Freunden in Göttingen verbracht. Sie scheint ihre Reise und die Feier im Ratskeller mit anschließendem Konzertbesuch genossen zu haben. Sie schreibt, dass sie immer häufiger Sehnsucht nach ihrer alten Heimat hat und überlegt, wieder zurückzugehen. Sie habe sich in Göttingen in einem Mehrgenerationenhaus mit Pflegestation um einen Platz beworben. Ich fasse es nicht und staune. Meine sonst so zögerliche Mutter kann plötzlich Entscheidungen treffen! Und das mit achtzig Jahren.

„Was hält mich hier noch? Vati gibt es nicht mehr, meine Freunde und Bekannten werden immer weniger. Noch kann ich über mein Leben entscheiden. Auch wenn es nicht immer leicht ist, ich bin für jeden Tag dankbar."

Über Sabine und mich schreibt sie kein Wort. Wundert mich das? Aber auch keine Frage, kein versteckter Vorwurf. Sabine hat recht behalten mit ihrer Prophezeiung: „Wir werden unsere Mutter als freie Frau erleben, wenn es Vater nicht mehr gibt."

21. Dezember

Der Schnee ist komplett weggetaut. Heute erstmals seit Tagen wieder die große Runde über den Deich und die ganze Hallig gemacht. Es herrscht Windstille und ich bleibe am alten Hafen stehen.

Ein magischer Ort. Unter meinen Füßen knarren die alten Bohlen, der Boden schwingt. Hier kamen früher die jungen Frauen vom Festland an. Viele von ihnen wussten nicht, wie hart das Leben auf der Hallig war und was sie erwarten würde. Sie kamen aus Liebe, vielleicht aus Abenteuerlust, als Flüchtlinge nach dem Krieg, in der Hoffung, aufgenommen zu werden und sich neu beheimaten zu können.

Und hier ist auch der Ort, an dem junge Halligfrauen ihre Heimat verließen, ebenfalls auf der Suche nach einem neuen Zuhause, nach Glück und einem besseren Leben. Hier standen sie mit ihren Wäschebündeln, ihren Ängsten und Sorgen. Für die meisten war es das erste Mal, dass sie von zu Hause wegfuhren. Was waren ihre Motive, Sehnsüchte und Hoffnungen für ein künftiges Leben auf dem Festland? War es auch Abenteuerlust? Fernweh?

Wenn ich mit nur einer von ihnen noch sprechen könnte! Hatten diese jungen Frauen einen Glücksanspruch, ähnlich wie wir heute? Wenn ja, was hat das Leben mit ihnen auf dem Festland oder auf der Hallig tatsächlich gemacht?

Ich atme tief durch. Vor mir liegt die silbrige, schwarze Weite des Wattenmeers. Es glänzt in der Sonne wie flüssiges Blei. Ein paar Alpenstrandläufer suchen im Schlick nach Futter.

Ist letztendlich alles vergeblich? Trage ich nur einzelne Puzzelsteine zusammen wie Tonscherben im Watt von untergegangenen Halligen, die nicht zueinander passen?

Vielleicht bin ich einfach zu ungeduldig.

Nachts

Ich beginne zu packen. Der erste Karton ist fertig, bereit zum Verschicken. Die Nacht lockt mich noch einmal vor die Tür. Die Hallig liegt im Nebel, doch über mir prangt ein gewaltiger Sternenhimmel.

Staunend wie ein Kind beginne ich, die Millionen Sterne zu zählen, wie Mutter und ich es oft taten. Jedes Sternbild zeigte sie mir und brachte mir ihre Namen bei. Und wenn wir den großen Wagen am Himmel entdeckten, versprach sie: „Dort ist genug Platz für uns alle. Irgendwann werden wir auch die Sterne besuchen können, wie der kleine Häwelmann in seinem Bollerwagen."

Es war nicht nur eine ihrer Gutenachtgeschichten. Mutter wollte wirklich ins All und zu den Sternen fliegen. Sie neckte Vater damit, doch er hielt sie für kindlich und verrückt, wie so oft, wenn sie sich in ihre heile Familienwelt träumte.

Und wenn Mutter nicht anders konnte? Wenn sie nur mich vor dem Wolf beschützen konnte, weil ihre Kraft zu mehr nicht reichte? Weil sie hoffte, dass Sabine es seelisch verkraften würde? So, wie Mutter Vaters unkontrollierte Wutausbrüche und Demütigungen immer wieder überstand und hinnahm, weil sie finanziell abhängig war und ihn auch liebte? Geht das zusammen: Lieben, Abhängigkeit und Wegsehen?

Muss man durch die Hölle des anderen gehen, um vergeben zu können? Oder geschieht Vergebung einfach so? Lässt man sie geschehen?

22. Dezember

Alles gepackt. Charlotte und Ernst holen mich morgen früh ab und bringen mich zum Hafen. Jetzt geht alles rasant schnell und ist doch unwirklich für mich.

Hans B. hat gerade angerufen und sich von mir verabschiedet. „Ich bin gespannt, was du aus dem Material machst! Und melde dich, wenn du noch ein Interview mit mir brauchst." Dann legt er eine kurze Kunstpause ein, räuspert sich und sagt: „Du hast dich hier tapfer geschlagen."

Ich denke an die Geschichte mit Einsteins Lichtstrahl. Wenn man schneller ist als das Licht, könnte man von diesem Lichtstrahl und seiner Vergangenheit abspringen und noch einmal von vorne anfangen. Theoretisch. Praktisch muss man schon sehr sportlich sein. Schneller als das Licht. Will ich das wirklich? Möchte ich von meinem Lichtstrahl, von meiner Vergangenheit abspringen?

23. Dezember

Abschied.

7.10 Uhr. Sturm Alexandra ist angesagt. Eisige Windböen fegen über die Hallig. In der vergangenen Nacht sind in Schottland 17 000 Menschen nach Windstärken von 130 Stundenkilometern zeitweilig ohne Strom gewesen, Überschwemmung und Sturmwarnungen halten Großbritannien noch immer in Atem. Jetzt ist das Sturmtief auf dem Weg nach Deutschland. Für die Nordfriesischen Inseln und die Halligen sind Sturmwarnungen verhängt.

Düstere Wolken liegen über der Hallig, der kleine Hafen ist in Nebeldunst gehüllt und der Blanke Hans peitscht seine Gischt über die Kaimauer. Flutlichter am Kai geben Signale für die Schiffe.

Besonnen steuert Ernst seinen Kombi-Transporter auf den kleinen Hafenparkplatz. Charlotte und ich sitzen auf der Rückbank und plaudern. Wird die Fähre vom Festland kommen? Charlotte ist ebenso skeptisch wie Ernst. Auch der Hafenmeister hat noch keine neuen Meldungen erhalten. Werde ich meine Abreise erneut verschieben, den Aufenthalt verlängern müssen? Lilly wird enttäuscht sein. Es wäre das erste Weihnachtsfest nach über zwanzig Jahren, das wir nicht gemeinsam feiern. Und ich, was will ich? Es wäre höhere Gewalt, ich müsste bleiben.

Fröstelnd ziehe ich die Schultern ein und schaue aus dem beschlagenen Seitenfenster auf die unwirkliche und sturmgepeitschte bleierne See. Wir schweigen und hängen unseren Gedanken nach.

Als die Fähre schließlich doch anlegt, steigen Charlotte und ich aus, während Ernst meine beiden großen Rollkoffer und den Vierzig-Liter-Trekkingrucksack aus seinem Kofferraum hievt. Besorgt runzelt er die Stirn. „Hast du dir schon überlegt, wie du das beim Umsteigen allein in den überfüllten Weihnachtszügen tragen willst?"

In der Tat, so richtig überlegt habe ich es noch nicht. Doch ich grinse optimistisch.

Ein kleiner, hellgrüner Renault Clio düst auf den Hafenparkplatz und hält neben uns. Frauke und Alma steigen aus. Frauke bestaunt mein Gepäck und tauscht mit Charlotte und Ernst die neusten Sturmwetterinfos aus. Ich stehe etwas abseits, als Alma auf mich zukommt und mir einen dunkelroten Briefumschlag übergibt. „Hier, den hast du bei uns vergessen."

Mein Stern, denke ich und fühle durch den Umschlag seine Zacken.

„Vielleicht möchtest du ihn ja demjenigen schenken, der dir das Sternebasteln beigebracht hat." Alma schaut mich ruhig an, wortlos nehmen wir uns in die Arme.

„Jetzt nicht flennen", geht Frauke dazwischen. „Hier, damit du auf deiner Reise nicht verhungerst."

Mit entschiedener Geste drückt sie mir eine große Tüte mit Halligplätzchen in die eine Hand und in die andere einen Holzrahmen mit der Fotografie der beiden Schwestern Sophie und Margret.

Fragend schaue ich Frauke an. Doch mit einer entschiedenen Handbewegung wischt sie alle Einwände beiseite. „Von deinen Wänden werden sie nicht verschwinden. Und für Tante Gesine ist es in Ordnung, wenn du sie mitnimmst.“ Es hört sich an, als hätte sie gerade noch mit ihrer Tante in ihrer Gaststube am Ofen gesessen und über die Frage diskutiert, ob man mir das Bild überlassen könne. „Du wirst schon einen passenden Platz finden. Tante Gesine wäre beruhigt, wenn sie wüsste, dass ich jemanden gefunden habe, der die wahre Geschichte von Sophie und Margret herausfinden wird.“

Mit verschränkten Armen lässt sie mich nicht aus dem Blick, neugierig, was in mir vorgeht. Nachdenklich betrachte ich die beiden Schwestern in ihren langen, schwarzen Kleidern: Sophie klein und schmächtig, Margret groß und knorrig. Beide halten scheu lächelnd ihre Heugabel in der Hand. Ein Geschenk oder eine neue Bürde? „Also, wenn du jetzt nicht hinne machst, fährt die Fähre ohne dich ab.“

Hektisch umarme ich erst Frauke und dann Charlotte, die sich verlegen ein paar Tränen aus dem Gesicht wischt. „Ich bin immer eine schreckliche Heulsuse“, schnieft sie.

Eilig laufe ich mit meinen Geschenken zur Fähre, wo Ernst schon mit meinem Gepäck wartet. Ich spüre Almas, Fraukes und Charlottes Blicke in meinem Rücken, doch ich drehe mich nicht mehr um.

Schnackend steht Ernst mit dem Hafenmeister an der Bohle. Seine warmherzigen, blau-grünen Augen schauen mich ruhig an: „Gröôt de grote Stadt vun mi. Wee de Vagels kaam'n, is dat hier am schönsten.“

Er lächelt und nimmt mich in seine Arme. Ich schmiege mich an ihn, als sei er mein Fels in der Brandung. Einen langen Moment fühle ich mich gewappnet für alles, was kommen wird.

Langsam schält sich die Fähre aus dem kleinen Hafen und steuert auf die See hinaus. Alma, Frauke und Charlotte stehen als kleine Punkte winkend am Kai, ich erwidere ihren Gruß mit beiden Händen. Charlotte winkt am längsten und wirft mir einen Handkuss zu. Habe ich ihr gesagt, wie gerne ich sie mag? – Alle. Alle auf ihre Art und Weise.

Ich taste nach dem Umschlag mit dem Strohstern in meiner Anoraktasche. Immer kleiner wird die Hallig, bis sie sich am Horizont aufzulösen scheint. Erst jetzt fühle ich die Kälte und den eisigen Wind an Deck, nehme die bewegte See und ihre schäumende Gischt wahr. In der Ferne erheben sich am azurblauen Himmel die anderen Halligen aus dem Meer, Trutzburgen, „schwimmende Träume". Über mir kreisen kreischende Seeschwalben, die mich auf meinem Weg zum Festland begleiten. Darunter auch Rottgänse, ich erkenne sie an ihren Hälsen. Sabine und Vater sind bei mir und werden es bleiben. In den aufsteigenden Vogelschwarm reihen sie sich mit anderen Seelenboten in eine endlose Reihe ein und fliegen der Horizontlinie entgegnen.

Dank

Ich danke allen Hallig- und Festlandsmenschen, die mich in meinem sturmumtosten Recherche- und Schreibprozess begleitet haben: Besonders meinen Gesprächspartnerinnen, für Offenheit und Geduld, der Kulturstiftung des Landes Schleswig-Holstein, für Ermutigung und tatkräftige Unterstützung, und allen meinen Lieben, die zum Gelingen meines Romans beigetragen haben.

Und Martina, die bei jeder Windstärke, bei Flaute und Orkan an meiner Seite war, im Ruderboot und unter vollen Segeln.